LEVENDE GEESTEN

Steve Yarbrough

Levende geesten

Vertaling Mieke Lindenburg

2003
DE BEZIGE BIJ
AMSTERDAM

Cargo is een imprint van uitgeverij De Bezige Bij, Amsterdam
Oorspronkelijke titel *Visible Spirits*
Oorspronkelijke uitgever Alfred A. Knopf, New York
Omslagontwerp Warren Sanders - Debut Art
Foto auteur Jerry Bauer
Vormgeving binnenwerk
Peter Verwey Grafische Produkties bv, Zwanenburg
Druk Hooiberg, Epe
ISBN 90 234 0112 3
NUR 302

Voor Lillian Faderman

Handige kneepjes

De laag modder in de hoofdstraat was wel vijftien centimeter dik en met zo veel paardenmest vermengd dat hij wilde dat hij iets bij zich had om voor zijn neus te houden. Maar zijn zakdoek was hij kwijtgeraakt in de trein, en die zat trouwens onder de bloedvlekken: in New Orleans had een kerel hem een stomp in zijn gezicht gegeven. Hij wist niet meer wie dat was geweest, al stond hem nog wel bij dat het veel pijn had gedaan.

Een met schepelzakken varkensmeel geladen wagen stond te wachten voor Magazijn Rosenthal en voor de ijzerwinkel waren een paar paarden vastgebonden. Maar hij kende zijn broer en wist dat Leighton er al was – waarschijnlijk zat hij al sinds vijf uur of halfzes op zijn werk. Iedere avond ging hij om negen uur naar bed en om vier uur stond hij op, zodat hij nog een uur kon lezen voordat hij aan het werk ging. Dat had hij altijd gedaan en dat zou hij altijd blijven doen, vooral nu hij twee banen had in plaats van één.

Op het raam stond WEEKBLAD VOOR LORING EN OMSTREKEN. Vroeger was het een café geweest, maar dat was in '96 dichtgegaan toen de voorvechters van het drankverbod de plaatselijke verkiezingen hadden gewonnen. Leighton had destijds zijn steentje bijgedragen aan hun zaak met zijn uitvoerige verhandelingen waarin hij betoogde dat de hele gemeenschap toch zeker in verontwaardiging ontstak bij de aanblik van dronkelappen die over de stoep waggelden en tegen vrouwen opbotsten.

Tandy keek door het raam en zag hem op dit vroege ochtenduur aan zijn cilinderbureau zitten, op de plaats waar vroeger de pokertafels hadden gestaan. Hij was verdiept in een dik boek met een leren band. Hij had een grijs pak aan en Tandy wist dat dat pak schoon was en fris rook, dat de boord van zijn witte hemd die ochtend nog was gestreken. Ook wist hij wie die boord had gestreken.

De deur zat niet op slot; hij deed hem open en stapte naar binnen. Naast een oude handpers met koperdrukplaten lagen stapels vellen blanco krantenpapier en op de balie stonden mandjes kopij. Aan een van de wanden hing een kalender van de Krantenunie van het Westen. Vroeger had hier een lucht van sigaretten en whisky gehangen, maar nu stonk het naar drukinkt en stof.

Leighton keek niet eens op. 'Ik vroeg me al af wanneer ik weer eens iets van je zou horen,' zei hij.

Tandy stampte met zijn laarzen op de vloer en de kluiten modder vlogen in het rond.

Leighton legde het boek neer. 'De meeste mensen zouden de modder er buiten hebben afgestampt.'

'Maar ja, ik val niet onder de meeste mensen. Ik ben familie.'

Leighton stond op.

Als altijd wanneer Tandy een tijd weg was geweest, voelde hij zich overrompeld door de lengte van zijn broer. Niet dat Tandy zelf klein van stuk was, maar Leighton was een meter vijfennegentig, nog een paar centimeter langer dan hun vader, en al was hij niet zo zwaar gebouwd als hun vader, hij zag wel kans in zijn eentje een hele kamer te vullen. Met Leighton in de buurt had Tandy het gevoel dat hij in alle opzichten met minder was bedeeld – met minder bewegingsruimte, minder lucht om in te ademen.

Aan het plafond hing een grote gloeilamp. Tandy wees ernaar en zei: 'Ik had al gehoord dat jullie elektriciteit hadden gekregen.' Nu liet de grote voorvechter van de vooruitgang van zijn stad die achter zijn broer schuilging, zich gelden: het scheelde niet veel of je zag zijn borst zwellen. 'Vorig najaar gekregen. Op het ogenblik hebben we enkel stroom van zes tot twaalf uur 's nachts, maar op woensdagavonden is dat een heel gemak, want dan drukken we de krant.' Hij glimlachte en sloeg zijn armen over elkaar. 'Al gehoord wat er op de stalhouderij gebeurd is?'

'Nee.'

'Oom Billy Heath had zich in het hoofd gehaald dat hij ook stroom moest hebben. Hij zei dat hij bij zijn paarden wilde kunnen kijken zonder dat hij een petroleumlamp hoefde mee te sjouwen die dan door een van z'n beesten omvergetrapt kon worden, dat de hele zaak in de hens vloog. Dus hij laat Loring Licht, IJs en Kolen een kabel leggen en zo'n grote peer aan de balken ophangen. Toen ze de schakelaar omdraaiden, kregen al die paarden de kolder in de kop. Ze trapten de staldeuren in en vlogen Main Street in. Een van die beesten is domweg over oom Billy heen gehold. Hij heeft toen op twee plaatsen zijn arm gebroken.'

Tandy lachte. Zo'n acht of tien jaar eerder had oom Billy Heath in deze zelfde ruimte een puik rijpaard van hem gewonnen. Tandy had de merrie nog geen vier uur in zijn bezit toen hij haar alweer was kwijtgeraakt, en de gedachte dat dat misschien wel het paard was geweest dat oom Billy's arm had gebroken, deed hem nu veel deugd.

'Als een mens de stad uit trekt,' zei hij, 'dan gebeurt er daar prompt van alles en nog wat. Je kent je eigen stad haast niet meer als je terugkomt.'

'Ja, er zijn best wat dingen veranderd, denk ik.' Leighton stak zijn handen in zijn zakken. 'Je weet zeker wel dat A.L. Gunnels is overleden.'

'Nee, dat had ik nog niet gehoord. Wie is er nu dan burgemeester?'

'Nou, het zit zo, die staat vlak voor je.'

Dit was het ogenblik waar Tandy enorm tegenop had gezien, daarom had hij het zo vreselijk gevonden om terug te gaan. Toen hij die nacht om twee uur op een harde bank op het station muggen van zich af had zitten slaan en zijn best deed niet in slaap te vallen, had hij zich voorgesteld hoe het zou zijn om oog in oog te staan met zijn broer en diens zoveelste succes te vernemen, en bij die gedachte was hij bijna op de eerste de beste trein gesprongen die de stad weer uitreed. Het probleem was dat hij geen geld had om een kaartje te kopen voor de eerste de beste trein.

'Verdomd zeg, kijk toch eens aan, een politicus in de familie,' zei hij. 'Gefeliciteerd.'

Hij stak zijn hand uit. Toen zijn broer die greep, voelde Tandy hoe nietig zijn eigen vingers waren. Ze werden bijna fijngeknepen.

'Ik ben enkel van plan om de rest van A.L.'s periode uit te zitten. Een paar lui hebben de koppen bij elkaar gestoken en mij gevraagd om het te doen, en ik vond eigenlijk dat ik geen nee kon zeggen. Maar ik vraag me af of een felicitatie wel zo op z'n plaats is. Misschien dat condoléances eerder van toepassing zijn.'

'Hoe dat zo?'

'We hebben met een paar lastige kwesties te maken. Je hebt hier bijvoorbeeld een groep die een verordening wil aannemen waardoor het niet langer toegestaan is houten gebouwen neer te zetten, want ze zijn bang dat er een uitslaande brand kan ontstaan die dan de hele stad in de as legt. Maar baksteen is duur, dus daarom beweren anderen weer dat zo'n verordening nieuwe bedrijven zal afschrikken en de vooruitgang tegen zal houden – *de vooruitgang tegenhouden* is een uitdrukking die je om de twee, drie minuten in de raadsvergaderingen hoort. De mensen maken zich verschrikkelijk dik om dat soort kwesties, en aangezien ik burgemeester ben én de hoofdredacteur van de plaatselijke krant, zit ik er pats-boem middenin.'

Als het hem niet aanstond er pats-boem midden tussen te zitten, dan was dat niet iets wat Tandy aan hem kon zien. Leighton leek als altijd bijzonder ingenomen met zichzelf.

Hij maakte echter niet de indruk dat hij erg blij was Tandy weer te zien. Hij liet zijn blik langs zijn broers bovenlichaam naar diens broek glijden, die een jaar daarvoor wit was geweest, maar nu een groezelige roomkleur vertoonde, met spetters modder en opgedroogd bloed op de knieën. Zijn laarzen waren in geen vijf of zes maanden meer gepoetst en moesten nodig gelapt worden.

'Wat is er gebeurd?' vroeg hij. 'Heeft iemand je erop betrapt dat je een jenner had ingezet?'

'Dat doet geen mens meer.'

'Nou, het ziet er anders wel naar uit dat iemand je érgens op betrapt heeft.'

Niemand had hem ergens op betrapt. Ruim een week tevoren had hij meegedaan aan een potje poker waarbij er op een gegeven ogenblik zesduizend dollar in de pot zat, en een vent die hij nooit eerder had gezien, een pezig mannetje met een raar accent en een gouden horlogeketting waar een piepklein jockeypetje en zadeltje aan bungelden, had hem en de drie andere spelers bepraat om met hem mee te gaan naar de bank, dan zou hij proberen een lening los te peuteren door op de waarde van zijn kaarten te wijzen. Tandy had het overzicht gekocht dat de merktekentjes op de achterkant van de kaarten gaf, maar het was geen ogenblik bij hem opgekomen, zelfs geen halve seconde, dat een van de andere spelers misschien wel hetzelfde had gedaan. Hij geloofde dat hij de ideale sukkel had gevonden. En dat was hij blijven geloven tot het ogenblik dat de man met de horlogeketting – die zijn lening had losgekregen van een man die in Tandy's ogen geen klap afwist van poker – een heer en vier azen uitspeelde.

Het geld dat Tandy toen verloor was niet van hem. Er waren lieden die dat geld wilden hebben omdat ze meenden dat het van hen was, en als je de zaak op een bepaalde manier bekeek, dan hadden ze geen ongelijk. Hij had gehoord dat als hij niet snel zijn biezen pakte, iemand hem weleens een kopje kleiner zou kunnen maken.

'Je bent zeker blut, hè?', zei Leighton.

'Tijdelijk insolvent, zou ik het liever noemen.'

'Tijdelijk duurt maar zo lang. Na een tijdje wordt tijdelijk permanent.'

'Zes maanden geleden heb ik drie dagen beleefd dat ik jou en alles wat jij maar je eigendom noemt, had kunnen opkopen.'

'Welnee,' zei Leighton. 'Dat had je nooit gekund.'

Terwijl Leighton daar zo tegenover hem stond en zijn woorden goed liet doordringen, voelde Tandy een ogenblik haat jegens zijn broer. Dat was niet de eerste keer en het zou ook de laatste niet zijn. Maar hij wist dat als hij kans zag zich nog een paar seconden te beheersen, dit ogenblik van haat voorbij zou gaan en hij enkel met de oude, vertrouwde mengeling van gevoelens zou blijven zitten, gevoelens die veel te ingewikkeld waren om met één enkel woord te worden aangeduid.

Leighton draaide zich om en liep terug naar zijn bureau. Hij sloeg een grootboek open dat vlak bij zijn typemachine lag. Met veel vertoon staarde hij erop neer terwijl hij zijn vinger over de bladzij liet glijden alsof hij getallen natrok.

'Heb je al onderdak?'

'Ik denk dat ik maar een kamer neem bij juffrouw Rosa.'

'Kost en inwoning bij juffrouw Rosa is iets van vier dollar per week. Ik neem aan dat je een paar dollar tekortkomt?'

Tandy was moe: hij had al twee nachten niet geslapen en drie dagen geen druppel gedronken, en het enige wat hij wilde was met een fles whisky in een lekker zacht bed kruipen en zich laveloos zuipen. Maar er was één ding dat je altijd nog kon doen als je niets beters kon, en dat was bluffen. Dan hield je tenminste de schijn op. Dus deed hij zijn best om een vlotte, onbekommerde toon aan te slaan. 'Eventjes wel, ja.'

Leighton trok een bureaula open en haalde er een metalen kistje uit. Hij nam het deksel eraf, pakte een paar bankbiljetten, telde ze en legde ze op het bureau. Daarna zette hij het kistje terug in de la. De hele operatie duurde waarschijnlijk maar iets van een minuut, maar voor Tandy's gevoel nam die tien jaar in beslag.

Leighton pakte het stapeltje biljetten, liep op hem toe en gaf ze hem.

'Dank je,' zei Tandy.

'Sarah en Will willen je vast zien. Kom je vanavond bij ons eten?'

'Ja, goed.' Hij propte de biljetten in zijn zak. 'Zeg Leighton... die raad waar je 't net over had, hè? Is die ook bevoegd om mensen aan werk te helpen?'

'Werk?' vroeg Leighton op een toon alsof hij zijn oren niet kon geloven.

'Ja, je weet wel. Een of ander baantje in de stad.'

'Jawel,' zei Leighton. 'Ze kunnen mannetjes inhuren om de vloer aan te vegen in het politiebureau en om afval naar de vuilnisbelt te rijden. Wil je vuilnis rijden, Tandy? Heb je het dáárover?'

Onder Tandy's voeten kraakten de planken van de vloer. Hij zweette nu. Hij rook zijn eigen lichaamsgeur.

Dwars door de letters in spiegelbeeld op het raam aan de voorkant keek Leighton zijn broer na, die met gebogen hoofd en zijn blik naar de grond over het kruispunt van Main en First sjokte. Hij zag eruit als een geslagen hond, op en top de neerslachtige zielenpoot, totdat hij het geluid van paardenhoeven hoorde en opkeek. Sally Stark, de vrouw van een plaatselijke planter, kwam aanrijden in een licht rijtuigje. Ogenblikkelijk nam Tandy een andere houding aan. Hij richtte zich in zijn volle lengte op, nam met een weids gebaar zijn hoed af en maakte een elegante buiging.

Sally Stark trok aan de teugels en het paard begon langzamer te lopen. Leighton zag een glimlach op haar gezicht verschijnen. Haar lippen vormden één enkel woord.

Tándy!

Het huis stond aan de oever van een dode rivierarm. Het was een groot wit huis met een wit houten hek eromheen en met een brede veranda waar de takken van ceders, notenbomen en acacia's overheen hingen. Leighton had het samen met zijn schoonvader ontworpen en het had hem vijfentwintigduizend dollar gekost. Die avond brandde er overal helder licht.

Toen hij er vanaf de straat naartoe liep, hoorde hij muziek: Sarah speelde piano en Tandy zong 'Danny Boy.' Heel even bleef hij staan luisteren. Hij had altijd graag geluisterd wanneer Tandy zong, maar als hij in het vertrek was waar zijn broer zong, moest Leighton zijn ogen dichtdoen om ervan te kunnen genieten. De aanblik van de man achter die stem bedierf het effect.

Ze hadden juist het laatste refrein achter de rug toen hij de deur opende. Tandy was nu schoon, zijn broek en jasje waren hagelwit en zijn laarzen glommen in het lamplicht, al leken de neuzen nog ietwat kaal. Hij had zich geschoren, pommade in zijn snor gewreven en zijn haar gekamd.

Hij stond naast de piano. Er lag een blosje op Sarahs wangen en ze keek lachend naar hem op. Boven lag in een walnoten kabinet een foto van Tandy en haar waarop ze naast elkaar in een open rijtuigje zaten. Op die foto droeg ze een met kant afgezette jurk en een grote hoed met ruches van tafzijde, en daar keek ze hem aan met diezelfde stralende lach.

Tandy voelde zich op zijn gemak in het gezelschap van vrouwen en zag altijd kans een lach op hun gezicht te toveren, terwijl Leigton zich in hun bijzijn nooit helemaal behaaglijk voelde. Hij was op hen gesteld en had hen graag om zich heen, maar wanneer ze vlakbij hem stonden, werd hij zich altijd zo bewust van zijn lengte. Hij had dan de neiging zich naar hen over te buigen en zijn hoofd in te trekken om de afstand kleiner te maken. Meestal deinsden zij dan instinctief iets achteruit.

'Zo, dat klonk verdraaid goed, zeg,' zei hij. Hij zette zijn hoed af, hing hem aan de kapstok, liep naar Sarah toe en legde zijn hand op haar schouder. 'Misschien dat jullie eens met z'n tweeën langs de deuren konden gaan en zo wat verdienen.'

'Tandy kan geen geld verdienen. Daar staat hij boven.'

'Nou, ik zou niet willen beweren dat ik daar boven stond. Ik zou zeggen dat ik zo'n beetje op dezelfde hoogte sta.'

'Het schijnt dat er een paar lieden in New Orleans rondlopen bij wie Tandy voor meer dan zesduizend dollar in het krijt staat.'

'Misschien voor iets meer, misschien voor iets minder, daar wil hij af wezen.'

'En die hebben laten doorschemeren dat het weleens slecht met hem zou kunnen aflopen.'

''t Zijn geen kwaaie lieden, hoor. Ze staan enkel een beetje te snel op hun achterste benen.'

'Dus Tandy houdt zich hier verborgen, zeg maar.'

Ze had Leighton nog niet aangekeken sinds hij binnen was gekomen. Hij beval zichzelf nu zijn hand van haar schouder te nemen, maar dat kon hij niet. Zij droeg een japon van zulke dunne voile dat zijn vingertoppen haar hartslag door het weefsel heen voelden. Ook de warmte van haar lichaam bespeurde hij, en dan nog iets – vocht, de glans van transpiratie op haar huid. Zijn andere hand kwam als op eigen kracht omhoog; bijna had hij die op haar andere schouder gelegd en haar gestreeld. Maar wat hem weerhield was de zwarte veeg op zijn handpalm die hij in het oog kreeg. Zijn handen hadden er altijd al ruw uitgezien, en nu had hij er ook nog vaak inktvlekken op. Hij slaagde er nooit helemaal in ze er allemaal af te boenen.

'Tandy kan zich niet verborgen houden,' zei hij. 'Tandy trekt mensen aan als een hond vlooien.'

Ze zaten nog wat na te tafelen met voor zich de restanten van een appeltaart die Sarah die middag had gebakken. Tandy vertelde een verhaal over zijn avonturen in New Orleans.

'Dus die voerman, die kijkt me zo over zijn schouder aan en die zegt: "Dat linkerbeest, mijnheer, die heb een onregelmatige gang, en dat rechterbeest, da's een lapzwans. Dit steenslag hier op de straat, dat gaat in zo'n paard z'n hoeven zitten en soms worden ze daar kreupel van. Nou, die knol rechts daar, die weet dat ik dat weet, dus die begint net te doen alsof d'r zoiets aan de hand is. Maar dan is d'r nog een ding dat zij weet dat ik weet. Ze weet dat ik haar net zo goed in de gaten heb als zij mij in de gaten heb." En weet je wat die voerman toen deed?'

'Nee,' zei Will. 'Wat deed hij toen, oom Tandy?'

'Nou, hij trok de zweep uit de houder en gaf die merrie een fikse klap op haar staart. Maar in plaats dat ze wat harder ging lopen, sloeg ze haar staart over het spatscherm en liet zo'n vijf, zes pond van dat stinkende spul op straat ploffen.'

Will barstte in lachen uit.

'Tandy!' zei Sarah.

'Die ouwe nikker was natuurlijk zo zwart als roet, maar toen dat paard dat deed, kokhalsde hij en hij werd groen. Hij moest zijn pet afnemen en die voor zijn gezicht houden, helemaal tot aan Jackson Square maar liefst. Om je de waarheid te zeggen werd ik er ook misselijk van.'

'Ja,' zei Leighton, 'en ik werd misselijk omdat ik dat verhaal moest aanhoren.'

Hij keek even naar Will. Het kind was negen, een lange, magere jongen die soms zo opgewonden werd dat hij vergat te eten. Slapen vergat hij ook wel. 'Het wordt zo langzamerhand bedtijd, jongen.'

'Papa!' Will balde zijn vuisten.

'William Lee Payne,' zei Sarah. 'Kun je je voorstellen dat je vader of je oom zich zo hadden gedragen als hun vader zei dat ze naar bed moesten?'

Met een nors gezicht gaf Will Sarah een nachtkus, waarna hij naar Leighton liep en zich even tegen hem aandrukte.

'Goeienacht, jongen.'

'Nacht.'

Op weg naar boven nam hij eerst nog de tijd om Tandy een hand te geven. 'Bent u er morgen ook nog?'

'Morgen ook en daarna ook nog vaak genoeg.'

'En vertelt u me dan nog meer verhalen?'

Tandy leunde achterover in zijn stoel. De knopen aan zijn jasje glansden. 'Ik zal je verhalen vertellen,' zei hij, 'waarvan je subiet haar in je oksels krijgt.' Hij greep Will beet en kietelde hem onder zijn armen, en Will gilde en stoof naar de trap.

Tandy keek hem na toen hij met twee treden tegelijk naar boven vloog. 'Dat wordt een boom van een kerel.'

'Tja, we hebben ook geen kleine kereltjes in de familie, hè.'

'Ik ben de kleinste welp van het nest.'

'Zo'n groot nest was dat anders niet,' zei Sarah.

''t Was groot genoeg. Ik had weleens het gevoel als ik zo aan tafel zat, met Leighton en Papa tegenover me, dat ik te midden van reuzen leefde.'

'Ach, kom toch. Zo tot m'n veertiende, vijftiende was ik niks langer dan jij.'

'Maar ik had het gevoel dat ik te midden van reuzen leefde. Met een oorlogsheld als vader en een broer voor wie duidelijk een of andere hoge positie was weggelegd. En nu is hij niet alleen een geletterd man, maar ook nog eens burgemeester.'

'Ja hoor, en die bestuursposten staan in hoog aanzien. Vandaar dat we vorig jaar het aantal wethouders van vijf naar vier hebben teruggebracht. We konden geen vijfde man overhalen om zich kandidaat te stellen.'

'Nu we het toch over de stad hebben,' zei Tandy, 'zijn er verder nog nieuwe dingen te melden? Koopt Percy Stancill nog steeds elk stukje land op dat hij maar kan krijgen?'

'Die heeft nu meer dan vierduizend bunder.'

'Is zijn vrouw niet overleden?'

'Twee vrouwen zijn er al overleden. Hij is nu aan de derde bezig.'

'Hele prestatie.'

'Je hebt zeker wel die palen in Main gezien,' zei Sarah. 'Het is nu verboden om je beesten aan een veranda vast te binden. En Rosenthal is ijs gaan verkopen. Het wordt per boot over de rivier aangevoerd en hij bewaart het in zaagsel. O ja, en we hebben nu een negerin op het postkantoor.'

Als je Tandy kende, kon je zien wanneer iets zijn belangstelling wekte. Als hij aan een tafel zat, legde hij twee handen plat voor zich, alsof hij van plan was zich overeind te duwen. Die twee handen lagen er nu. 'Een gekleurde vrouw die het postkantoor beheert?' vroeg hij. 'Hoe is dat zo gekomen, en wanneer?'

Leighton pakte zijn koffiekopje en keek Sarah even aan.

'Ik haal wel even meer,' zei ze.

Hij wachtte tot zij de eetkamer uit was. 'Ze is benoemd tijdens McKinley's* eerste periode,' zei hij. 'Ik geloof dat Jim Hill haar heeft aanbevolen.'

'De ene hand die de andere waste.'

'Tja, dat doen handen nu eenmaal, Tandy. Ik denk dat die van gekleurde mensen ook weleens een wasbeurtje willen, net als die van ons.'

'Ja,' zei Tandy. 'Denk ik ook. 'En wie is dat dan – die nu op het postkantoor zit?'

Leighton pakte zijn vork en prikte wat in de laatste stukjes van zijn appeltaart. 'Toevallig ken je haar wel.'

Hij keek net op toen er in de ogen van zijn broer een lichtje ging branden.

*McKinley, president van de Verenigde Staten van 1897 tot 1901, hij werd vermoord door een anarchist.

Met haar timmermansvoorschoot aan bewoog ze zich langs de rij, plukte de gespikkelde limabonen van de ranken en liet ze in haar zakken vallen. Ze was dit jaar laat geweest met planten, pas eind april had ze alles gezaaid. Nu had ze volop bonen en pompoenen in de tuin, komkommers en tomaten. De kanteloepen zagen er niet al te best uit, maar je kon niet alles hebben. Ze had meer dan genoeg.

De tuin was van haar: zij had de rijen voor de bonen aangelegd, eikenhouten staken aan weerskanten gezet, daar ijzerdraad tussen gespannen en de jonge planten met smalle reepjes stof aan de draden bevestigd; ze had in het voorjaar gezaaid, en geschoffeld op dagen in juni dat het zo heet was dat ze haast van haar stokje was gegaan. Seaborn P. Jackson was een enorm arbeidzaam man, maar hij was niet bereid ook maar een vinger uit te steken om groente te zaaien of een tuin bij te houden. Voor hem was aarde een substantie waar je op stond. Aarde aan zijn handen verschafte hem niet het minste genoegen.

Het eerste wat hij elke ochtend deed, was waswater warmen. In de bijkeuken ging hij achter een grijs gordijn in de wastobbe staan en dan gaf hij zichzelf een nauwgezette beurt, waarbij zijn kale hoofd boven de gordijnroe uitstak. Dan schoor hij zich en poetste zijn tanden met zuiveringszout en als dat klaar was, trok hij zijn pak aan en deed zijn stropdas om. Hij verscheen pas aan de ontbijttafel wanneer hij volledig gekleed was voor zijn werk.

Hij verkocht verzekeringspolissen – ziektekosten-, levens- en begrafenisverzekeringen, maar het meest die voor begrafenissen – voor de Onafhankelijke Levensverzekeringsmaatschappij. Voor maar twintig cent per week kon je je van een begrafenis van honderd dollar verzekeren. Seaborn hield in hoogsteigen persoon toezicht op de gang van zaken en mocht graag stellen dat hij nog nooit een dode in de kou had laten staan. De mensen noemden hem 'de polisman'. Achter zijn rug noemden ze hem 'opgeblazen nikker' of kortweg 'Blaaskaak'.

Ze liep naar de achterveranda, stortte de bonen over in een pan en nam die mee naar binnen. Ze zweette nu, haar benen en rug en oksels waren nat. Ze ging weer de achterdeur uit en nadat ze de heesters die de tuin aan de achterkant afsloten, nauwkeurig had afgespeurd, trok ze haar blouse uit. Ze bewoog de zwengel van de pomp een paar keer op en neer en plensde koel water over haar armen en haar buik, haar schouders en borsten. Seaborn had haar gewaarschuwd dat ze dat nooit meer moest doen. Op een dag had een blanke man hem vlak voor de winkel van Rosenthal aangehouden en gezegd dat zijn zoontje en nog een andere jongen een keer langs zijn huis waren gekomen en zijn vrouw toen in de achtertuin hadden zien staan met haar blouse uit.

''t Is allemaal goed en wel dat jullie slag daar zomaar woont,' had de man gezegd, 'maar zulk terrein brengt wel een bepaalde verantwoordelijkheid met zich mee.'

De enige manier waarop 's mans zoontje en die andere jongen haar met haar blouse uit hadden kunnen zien, moest zijn geweest dat ze gehurkt tussen de bosjes door hadden gegluurd, en Seaborn wist dat maar al te goed, maar tegelijkertijd wist hij wel beter dan dat hij dat ook zei.

'Nooit *mijnheer* tegen ze zeggen,' had zij hem eens een jongeman uit hun kennissenkring horen aanraden. '*Mijnhééé* moet je zeggen. Sommige klanken die over onze lippen komen stemmen hen onbehaaglijk, en één daarvan is de *r* aan het eind van het woord *mijnheer*. Zeg dus *ééé*. Leg het er dik bovenop als je die laatste lettergreep uitspreekt, rek hem flink, zorg ervoor dat je een keurige indruk maakt die nog een hele tijd blijft hangen, dan val je hun de eerste drie, vier maanden niet meer op.'

En dus had Seaborn die keer met zijn ogen gerold en geknikt bij deze wijze woorden en vervolgens luid en duidelijk die laatste lettergreep uitgesproken. 'Ja, *mijnhééé*.' Daarna merkte die man hem niet meer op, al waren hij en zijn zoontje en diens vriendje haar wel steeds blijven opmerken.

Het postkantoor bevond zich recht tegenover de winkel van Rosenthal, tussen de bank en apotheek Farmer. Toen ze die ochtend aankwam, stond er een postzak tegen de deur. Soms was de trein een paar minuten te vroeg en ze had de vrachtrijder van C&G gevraagd de post niet voor de deur te laten staan, waar de eerste de beste voorbijganger ermee aan de haal kon gaan, maar hij was blank en deed wat hij wilde.

Ze deed de deur van het slot en pakte de zak bij het trekkoord. In de loop van het volgende halfuur sorteerde ze de post, ze schoof enveloppen in de verschillende postvakken en af en toe boog ze zich voorover en keek even door de kleine luikjes om zich ervan te vergewissen dat er niet iemand binnen was gekomen zonder dat ze het had gehoord. Klanten laten wachten was niet haar stijl. Ze had zelfs op eigen kosten telefoon laten aanleggen, zodat de mensen konden bellen om te vragen of er ook post voor ze was.

Ze was net klaar met het uitzoeken van de post toen de buitendeur piepend openging. Ze pakte een doekje en veegde de inkt van haar handen, bracht haar haar op orde en liep naar de balie.

Het was Blueford. Hij had zijn handen in zijn zakken en droeg het malle, driekantige witte hoedje dat hij van Rosenthal per se op moest hebben wanneer de winkel open was. De meeste mannen zou dat hoedje potsierlijk hebben gestaan – ze kon het zich maar met moeite voorstellen op Seaborns kale knikker – maar op de een of andere manier droeg Blueford het met waardigheid, zelfs wanneer hij met een vijftigpondszak maismeel op zijn ene schouder liep.

'Zo, wat voer je zoal uit vanochtend, Loda?'

'Zelfde als altijd, hè.'

'Post al aangekomen?'

'Ja, hoor.'

'Zeker niks bij van m'n tante, hè?'

De post voor mensen zonder postbusadres bewaarde ze op een stapeltje op een plank achter de balie. Vandaag was er maar een handjevol stukken. Ze liep ze vlug door, maar vond niets voor Blueford. 'Helaas. Ik hoop niet dat je geld verwachtte.'

'O nee. Ze zou een kiekje laten maken van m'n nicht d'r kindje. Die heb ik nog nooit gezien.'

'Is dat die tante die in Vicksburg woont?'

'Tante Florice. Enige tante die ik heb. Enige échte tante dan. Tenminste, voor zover ik weet.'

Kennelijk had hij gemerkt dat haar blik van richting was veranderd, dat ze nu naar iets achter hem keek, naar de straat.

Er reed een stel wagens voorbij, maar er kwam geen mens naar het postkantoor. Niettemin deed hij wat hij wist dat zij nu van hem wilde: hij maakte aanstalten om op te stappen.

'Affijn,' zei hij, 'ouwe Rosenthal heeft twintigduizend karweitjes voor me in petto waarvan hij vindt da'k ze wel binnen twintig minuten kan opknappen.'

Hij lachte tegen haar en liep naar de deur. Heel even nam hij de straat in ogenschouw. Toen zei hij, alsof het om een gedachte ging die hij al die tijd voor zich had gehouden – dat was niet zo, want aan zulke gedachten deed Blueford niet: 'O ja, trouwens. Raad es wie ik net vanmorgen heb gezien?'

'Wie dan?'

'Die jongste vent.'

'O,' zei ze. 'Dus die is terug.'

'Ja.' Hij deed de deur open. 'Ik denk zo, waar hij ook mag hebben uitgehangen, daar zijn ze nu dus van een hoop ellende af.'

Ellende.

Ze piekerde erover – dat deed ze altijd, je moest wel – hoewel ze al een hele tijd niets meer van dien aard had meegemaakt. Zij was niet de enige neger in Mississippi met een overheidsbaan, maar ze was wel de enige in Loring. En als je daar dan nog de omstandigheid bij optelde dat Seaborn en zij een paar meter ten noorden van het spoor woonden en een belang van twintig procent in de winkel van Rosenthal hadden, dan werd je iemand die automatisch in de gaten werd gehouden door de mensen hier.

Toen de schemering inviel sloot ze het kantoor af, sloeg op weg naar huis de hoek om op de kruising van First en Main, en botste pardoes tegen een blanke man op, waarbij haar hoofd zelfs tegen zijn borst bonkte. Vlug deed ze een paar stappen achteruit en net wilde ze haar verontschuldigingen aanbieden, toen ze zag wie het was.

'O, Loda,' zei hij. 'Het spijt me. Ik had beter moeten uitkijken.'

'Nee,' zei ze. 'Het is mijn schuld.'

'Ik heb je toch geen pijn gedaan?'

Eigenlijk brandde haar neus gemeen. 'Nee,' zei ze. En toen: 'Neemt u mij niet kwalijk. Nee, *mijnheer.*'

'Niet doen, zeg. Alsjeblieft niet.'

Zij keek op naar zijn gezicht. Ze kon zijn trekken duidelijk onderscheiden: de vierkante kin, de volmaakt gevormde neus, de kobaltblauwe ogen. Nog niet zo lang geleden had hij zich bij het scheren gesneden; bij zijn ene mondhoek zat een flinke schram.

'Zo te zien,' zei ze, 'had uw vader u weleens beter mogen leren hoe je een scheermes hanteert.' Ze deed een stap achteruit om het effect van die woorden in ogenschouw te nemen: afgewende ogen, een adamsappel die even iets in de hoogte schoot, verder niets.

'Ik hoor dat uw broer weer in de stad is,' zei ze en liep door.

Sommige dingen moest je voortvarend aanpakken, en de twee dingen die het minste uitstel duldden, had Tandy zonder verwijl aangepakt. Zo kwam het dat hij op een gegeven ogenblik naast juffrouw Rosa Bates in bed lag.

Juffrouw Rosa was een weduwe van zo'n vijf-, zesenveertig jaar, een lange, uit de kluiten gewassen vrouw met kastanjebruin haar. Haar echtgenoot was een tenger mannetje geweest; vroeger had Tandy hem vaak de nachtspiegels zien leeggooien achter het pension, maar hij was al zo'n vijftien jaar tevoren gestorven, tijdens de gelekoortsepidemie. Juffrouw Rosa voorzag in de behoeften van handelsreizigers en ander rondtrekkend volk en ze had een afspraak met oom Billy Heath: zij stuurde klanten door naar hem en hij naar haar.

Je zag zo dat ze er slag van had een man te bemoederen, en ook zag je zo dat ze eenzaam en hunkerend door het leven ging. De tweede nacht dat hij onder haar dak verbleef, had hij haar bij zich in bed gekregen. Dat had niet al te veel moeite gekost, enkel een paar glaasjes whisky uit een fles die ze zelf uit een kast in haar zitkamer had gehaald, en verder een volmaakt eerlijke bekentenis van Tandy, namelijk dat hij al sinds zijn veertiende of vijftiende heel vaak voor zich zag dat hij op een nacht met haar alleen was. Misschien dat zij nog nooit een voet had gezet in plaatsen als Denver of St. Louis, zei hij, maar ze was toch heus met hém in die steden geweest, of ze dat nu wist of niet. Hij had haar daar in zijn verbeelding heen gedragen. Vooral één nacht stond hem nog bij, toen hij in bed lag in een hotel, in San Francisco maar liefst. Het raam stond open en het regende en je hoorde rijtuigen voorbijratelen. En hij had zijn ogen gesloten en aan haar gedacht: dat zij eigenlijk in een grote stad thuishoorde, want grote steden waren opwindend en zij was ook opwindend. Haar ogen werden vochtig toen hij dat zei en ze legde haar hand op zijn dij en voordat hij wist wat er gebeurde gleed haar tong door zijn oor.

Voor geen goud had hij zich gearmd met juffrouw Rosa op straat vertoond, maar in bed was hij bereid elke nacht van de week met haar de bloemetjes buiten te zetten.

In haar privé-vertrekken had ze een welvoorziene provisiekast, haar bed was groot en zacht en haar trek in uitgelaten stoeipartijtjes deed niet onder voor de zijne. En het allerbeste was nog dat ze geen woord had gezegd over de huur voor de tweede week.

Met haar armen gevouwen achter haar hoofd en haar grote borsten met de roze tepels slap neerhangend aan weerskanten van haar bovenlichaam lag ze nu naakt naast hem. 'Zeg het maar eerlijk, Tandy,' zei ze. 'Jij bent een voetenman.'

'Een voetenman?'

'De een is een tietenman, de ander een billenman. En jij hè, jij bent een voetenman. Je kunt er niet afblijven.'

Hij hield inderdaad van haar voeten; ze waren groot, maar wel fraai gevormd. Die nacht had hij, toen hij haar op haar rug had met allebei haar benen over zijn schouders, in een ogenblik van oprechte overgave haar linkerhiel voor zijn mond getrokken en eraan gelikt. Ook had hij aan haar tenen gezogen. Hij had zijn lange onderbroek aan toen hij dat deed, maar hij voelde zich naakt, en hij vond het fijn, dat soort naakt. Het had niet veel gescheeld of hij had gezegd dat hij wilde dat zij binnen in hem kon kijken, dat ze met haar blik door de huid op zijn borst kon dringen en hem zeggen wat er daar binnen ontbrak. Een keer had hij iets in die geest gezegd tegen een negerin die hij in een goktent in Memphis had opgepikt, en zij had hem met onverholen sympathie aangekeken. 'Ach schat,' zei ze, 'jij mist niks wat elk ander niet ook mist – misschien dat d'r bij jou enkel wat meer ontbreekt.'

Tegen juffrouw Rosa zei hij nu: 'Alles aan jou staat me aan.'

Zij ging op haar zij liggen. 'Dat lieg je.'

'Hoezo dan?'

'Mijn leeftijd staat je niet aan – die ga ik je trouwens niet aan je neus hangen – en ik weet wel zeker dat al deze rimpels in m'n hals je ook niet aanstaan. En waarschijnlijk had je liever gezien dat ik niet zo zwaar was.' Hij begon te protesteren, maar zij legde haar hand op zijn mond. 'En zal ik je eens wat vertellen?' zei ze. Haar ogen waren vlakbij de zijne, groot en blauw en veel verstandiger dan hem ooit eerder was opgevallen. 'Jij hebt ook zo het eén en ander waar ik niet weg van ben.'

Ze haalde haar hand weg, zodat hij iets kon zeggen als hij wilde. Maar dat wilde hij niet. Hij was alleen maar gespitst op wat zij nu te zeggen had, op haar mening over hem, of ze enig vermoeden had van zijn rotte kern.

'Jij hebt een vals trekje – je moet niet vergeten, jongen, dat ik je vader heb gekend. Alleen ben jij anders dan ouwe Sam: je bent niet altijd vals genoeg, en daardoor ben je een beetje minder makkelijk voorspelbaar. D'r is nog nooit een leugen bedacht die jij niet zou opdissen als het je uitkwam, en als ik vijfhonderd dollar had – en ik heb vijfhonderd dollar, en nog flink wat meer ook – dan zou ik die hier niet zomaar rond laten slingeren zodat jij ze kon vinden, net zomin als ik naar de stal van oom Billy zou stappen en de kont van een muilezel likken. Jij zit hier onder mijn dak en je ligt in mijn bed omdat je geen keus hebt, en als je de keus weer wel hebt, dan ben jij verdwenen. En de vraag is nu: wat gebeurt er eerst? Vind jij straks datgene waar je naar op zoek bent en trek je dan verder, of krijg ik m'n buik vol van die sneue kop van je en smijt ik je d'ruit?'

Dit alles had ze met een bijzonder vriendelijke uitdrukking op haar gezicht gebracht, en al pratend had ze zachtjes zijn borst gestreeld. Maar toen ze uitgesproken was bracht ze haar hand omlaag en kneep hem in zijn ballen. Het deed niet echt pijn, maar prettig voelde het ook niet.

'En nu vertel je me wat je eigenlijk van me wilt,' zei ze, 'afgezien van kost en inwoning voor niks en een gat om je paal in te rammen, en dan zal ik je vertellen wat ík wil. En geen gelul, Tandy, anders zou ik je weleens stante pede kunnen lozen.'

Tandy likte zijn lippen af en zei: 'Ik heb een paard nodig.'

Ze staarde hem een paar seconden aan en toen barstte ze in lachen uit. 'Mijn god, Tandy,' zei ze, 'ik ook hoor. Ik ook.'

Oom Billy Heath gaf Tandy een krachtige vos van een jaar of zeven, acht die volgens hem nooit struikelde en zelfs niet bang was voor ratelslangen. 'Elke handelsreiziger die hier komt gaat vroeg of laat naar de Deadening,' zei hij. 'En meestal is dit dan het paard dat ze willen hebben. Ik denk dat hij nog beter de weg weet dan jij.'

Tandy wist de weg heel goed, al was hij nooit meer die kant op geweest sinds de dag dat zijn broer de papieren had getekend en daarmee het huis en het land had verkocht aan een man uit Noord-Carolina die Ephraim Barnes heette. Zijn broer had zijn voordeel gedaan met die verkoop; met het geld dat hij had gekregen had hij de krant opgericht, en daarna had hij het oude café gekocht en ten slotte een groot huis laten bouwen. Tandy had zijn aandeel opgenomen – Leighton had het hem niet eens hoeven aanbieden – en zich een paar nieuwe laarzen aangeschaft, een wit pak, een fraaie koffer met bronzen gespen, een krat whisky en een kist havannasigaren, en vervolgens was hij aan boord van een grote raderstoomboot gestapt. Toen hij in St. Louis van boord ging, had hij het drie dagen achter elkaar op een gokken gezet en aan het eind daarvan had hij nog één dollar drieëntwintig over. Pas later, toen hij van de handige kneepjes had gehoord – de microscopische bril, de plekjes in vest en mouwen waarin alle beroepsspelers ongemerkt diverse kaarten lieten verdwijnen – begreep hij dat er nog meer aan de hand was geweest dan domme pech.

Wat hem in St. Louis was overkomen, verschilde blijkbaar niet al te veel van wat Ephraim Barnes op zijn nieuwe plantage had gepresteerd. Tandy had al gehoord dat Barnes een paar slechte oogsten achter elkaar had moeten incasseren en volgens de verhalen had hij zijn problemen nog verergerd door zijn ondeskundige aanpak en doordat hij zijn land verwaarloosde. Twee jaar tevoren had hij een groot stuk land verkocht en één jaar eerder nog een lap, plus zo ongeveer de helft van zijn vee. Men zei dat hij een vrouw had meegebracht uit Louisville maar dat zij niet tegen de meedogenloze zomers kon; vorig jaar was ze zogenaamd op familiebezoek gegaan, maar ze was nog steeds niet terug. Men zei dat het er niet naar uitzag dat Barnes het zou redden.

Tandy reed in zuidwestelijke richting de stad uit via een smalle, onverharde weg met aan weerskanten riet dat hier en daar was opgeschoten tot zo'n drie, vier meter hoogte. Zijn vader had destijds wel een paar duizend bunder van dat riet ontdaan. Zijn mannen en hij hadden het gekapt en op grote stapels gegooid en die hadden ze aangestoken. De ruimten tussen de tussenschotten in de stengels waren luchtdicht. Brandend riet knalde als zevenklappers.

Er hadden toen heel wat grote vuren gebrand: dat was de enige doeltreffende manier om uitgestrekte gebieden te ontginnen. Maar in tegenstelling tot riet wilden bomen niet branden zolang ze nog groen waren. Vandaar dat zijn vader de mannen opdracht had gegeven om de bomen te ringen; vervolgens had hij een oude azijnfles met gif gevuld en dat via een rietje naar binnen gegoten. Toen de bomen het jaar daarop zo dood als een pier waren, gooiden de mannen takken op hopen en ontstaken vuren die soms de hele nacht bleven branden.

Er hing dan zo veel rook in de lucht dat Tandy's moeder zakdoeken natmaakte en die in de slaapkamer op zijn en Leightons gezicht legde. Leighton kon zo slapen, maar hij niet. Dan stapte hij uit zijn bed en tot het ochtendkrieken zat hij met die vochtige zakdoek voor zijn neus en met brandende ogen voor het raam, uitkijkend over een landschap dat precies op de hel leek van de plaatjes in zijn moeders geïllustreerde bijbel.

Het oude visgat tegenover het hek was min of meer droog komen te staan. Hij hield zijn paard in en keek ernaar en herinnerde zich hoe hij als jongetje van tien, twaalf jaar met zijn voeten in het water en een lange rietstengel in zijn hand had zitten dagdromen over later: dat hij eens de baas zou zijn op deze plantage, of op net zo'n grote als deze. Hij zou een bevel schreeuwen en tien mannetjes zouden vliegen op zijn wenken. Bomen zouden omvallen, bossen in vlammen opgaan en uit de as zou een groot landhuis verrijzen.

Het huis dat zijn vader gebouwd had, zag hij toen hij zijn hoofd omdraaide, begon te vervallen. Een van de gegroefde zuilen langs de voorkant hing uit het lood, er waren stukken uit de raamkozijnen gevallen en de verf bladderde; hier en daar ontbraken dakpannen.

Het huis telde zeventien kamers, had een trap van bijna tweeënhalve meter breed en een balzaal waar half Loring in paste. Zijn vader had eens een feest gegeven dat drie dagen duurde en waarvoor meer dan vijfhonderd gasten waren uitgenodigd; hij had duizend broden en achttienhonderd pond rundvlees voor dat grote gebeuren gekocht en dat alles vanuit Vicksburg over de rivier hiernaartoe laten transporteren.

Een huis als dit neerzetten en een plantage van zo'n drieduizend bunder bestieren was een riskante onderneming, maar zijn vader had goed gegokt. Zijn eerste vijfhonderd bunder had hij bij een partij poker gewonnen, daarna had hij op alle mogelijke manieren steeds meer bij elkaar gekregen en dat was zo doorgegaan tot aan de dag dat hij onder de groene zoden verdween.

Uit wat voor hout je was gesneden dat je zo'n bezit kwijtraakte, of tenminste jouw aandeel, was een vraag waar Tandy vaak over had nagedacht zonder dat hij ooit een concreet antwoord had kunnen bedenken. Daarom had hij in de loop van de week dat hij nu terug was voor zichzelf vastgesteld dat die vraag niet belangrijk was. Wat wel belangrijk was, en dat hadden zijn vader en Leighton allebei begrepen, dat was wat je wilde. Dat had Tandy nooit precies geweten, maar voor het eerst van zijn leven meende hij nu dat hij zeker was van zijn zaak. En nu hij dat had uitgeprakkiseerd, was hij vast van plan om te krijgen wat hij wilde. Het enige wat hij nodig had, was wat zijn vader destijds had gebruikt om die eerste vijfhonderd bunder te winnen.

Grootse plannen. Een kleine inzet.

Er kwam een hond om de hoek van het huis. Het beest nam hem een ogenblik op en begon te blaffen. Even later verscheen er een oude neger in een blauw ketelpak. De man sleepte een schoffel achter zich aan en kwam naar het hek. 'Ja, mijnheer?'

'Mijnheer Barnes thuis?'

'Nee, mijnheer. Mijnheer Barnes is al zowat twee weken weg.'

'Waar is hij?'

'Mijnheer Barnes is naar Louisville, Kentucky.'

'Wat doet hij in Louisville?'

De oude man leunde op zijn schoffel. 'Ik denk dat hij daar misschien iemand opzoekt, of zo.'

De katoen op het land aan de zuidkant van het huis stond al ruim anderhalve meter hoog, met bovenin bloemen en onderaan zaadbolletjes die al begonnen open te gaan. Het veld stond er niet slecht bij. Eigenlijk zag het er zelfs verdomde goed uit. 'Hij is wel een enorme stommeling,' zei Tandy, 'dat hij er zo vlak voor de pluk nog vandoor gaat om achter een vrouw aan te zitten.'

'O,' zei de man op een toon alsof hij het vreselijk vond om de reputatie van zijn broodheer aangevochten te horen, 'maar hij heb toch iemand die het werk voor hem doet.'

'Jawel, en ik denk dat die iemand er verantwoordelijk voor is dat het huis er begint uit te zien als een nikkerkot.'

De oude man liet niet zijn hoofd hangen, zoals Tandy had verwacht, maar keek hem recht in de ogen. Tandy voelde hoe zijn bloed begon te koken. *Nog één woord,* dacht hij, *en ik verkoop je een klap met m'n rijzweep.* Hij kon zich dat veroorloven, en nog wel iets ergers ook, want hij was Tandy Payne, en die oude man was niemand, alleen maar een gekleurd verlengstuk van Ephraim Barnes, die hier niet thuishoorde en hier nooit zou thuishoren.

Dit was de conclusie die Tandy in de loop van de laatste dagen had bereikt: hij had het grootste gedeelte van zijn volwassen leven doorgebracht in oorden waar hij niet thuishoorde. Elke valsspeler van New Orleans tot Cincinnati en van daar tot Denver en weer terug had een loopje met hem genomen. Ze waren niks beter dan hij, ze hadden geen zier meer geluk, ze waren zelfs niks slimmer. Als je de zaak op de keper beschouwde, dan waren het enkel kerels die zich in hun element voelden met gemerkte kaarten in hun handen en met een spiegeltje in de kop van hun pijp. Terwijl hij zich hier in zijn element voelde. En op dit ogenblik.

'Zeg tegen mijnheer Barnes dat ik naar hem heb gevraagd.'

'En wie mag ik zeggen dat d'r is geweest?'

Tandy vierde de linkerteugel en trok de andere tegen de hals van het paard om het dier in de richting van de stad te keren.

'De heer Terrell Andrew Payne.'

'Het keukenfornuis Familiecomfort heeft witte porseleinen deurtjes voor de bordenwarmer,' zei Jakub Rosenthal en hij trok een deurtje boven het kookgedeelte open. 'Je hebt twee openingen boven de stookoven en hier rechts nog eens twee, wat verder weg van de hitte. Bakoven hier onderaan, naast de stookoven. En dan, als klap op de vuurpijl, nog dit.' Hij tilde een zwaar metalen deksel van het fornuis en onthulde een groot koperen vat dat naast de stookoven was aangebracht. 'Als je zin hebt in een warm bad, dan verhit je water in dit ding en je hebt een warm bad – zo voor elkaar.' Om die laatste uitspraak kracht bij te zetten, knipte Rosenthal met zijn vingers.

Dit ritueel werkten ze steevast af en Seaborn had er steevast plezier in. Het stond buiten kijf dat hij het fornuis zou kopen, want daarvoor was hij gekomen; en praktisch bekeken bezat hij al twintig procent van het ding. Maar het was belangrijk dat Rosenthal een vaste procedure afwerkte en het bij hem aanprees. En als bij elke grote aankoop die Seaborn wilde doen, hield Rosenthal zich daaraan. Er kwam maar één basisregel, door geen van beide partijen ooit uitgesproken, aan te pas en die luidde dat zulke transacties alleen mochten plaatsvinden wanneer er geen andere klanten in de buurt waren. Op dit ogenblik was er verder niemand in de buurt, of je moest Blueford meerekenen, die met dat potsierlijke hoedje op zijn hoofd in een hoek tussen de blikken runderpoot- en minkolie bezig was de vloer aan te vegen. Maar Seaborn rekende Blueford niet mee. Hoeveel herrie Blueford ook zou maken en hoe wild hij ook zou gebaren, nooit zou Seaborn Bluefords kant opkijken, evenmin als Blueford ooit zijn gezicht in Seaborns richting zou wenden.

'Welke houtsoorten raadt u me aan daarin te stoken, mijnheer Rosenthal?'

'Die brandt overal op. Maar het beste brandt hij op eiken en op acacia.'

'En naaldhout dan?'

'Naaldhout is ook prima. Gaat er alleen wel snel doorheen.'

'Goed, en dan de prijs van dit fornuis – '

'Een mooie prijs. Zacht prijsje. Tachtig dollar. Als u naar Greensville gaat, dan kost zo'n kachel u vijfennegentig.'

'Maar dan is er nog iets,' zei Seaborn, met zijn armen over zijn embonpoint gevouwen, 'en dat is de kwestie van de korting.'

'Ah, de korting.' Jakub Rosenthal, als altijd in een donker kamgaren pak met een vest, das en mouwbanden in dezelfde tint, stak zijn handen in zijn zakken. 'Kijkt u eens, *mijnheer* Jackson, die tachtig dollar, dat is al met de korting inbegrepen.'

'Ik meen dat u zojuist opmerkte dat als ik naar Greenville zou reizen, deze zelfde kachel me vijfennegentig zou kosten?'

'Vijfennegentig, ja. Dat is de prijs die u in Greenville betaalt.'

'Welnu, mijnheer Rosenthal, wanneer ik vijfennegentig zou verminderen met twintig procent van vijfennegentig, dan zou het bedrag waarop ik uitkwam, ergens in de buurt liggen van... eens zien... ik meen dat dat dan zesenzeventig dollar zou bedragen.'

'Zeker, mijnheer Jackson. Er mankeert niets aan uw rekenkunde. Maar die kachel, hè, die gaat u niet daarginds in Greenville kopen, want u gaat deze hier kopen, die kachel in Greenville komt zó van de boot in de winkel. En deze kachel hier komt van de boot, wordt dan op een lage goederenwagon gezet en naar het station vervoerd, en daarna laden ze hem over op een wagen van de C&G en de C&G brengt hem hierheen en Blueford daar, die laadt hem over op de wagen en rijdt ermee naar uw huis en dan tilt hij hem samen met nog drie man van de wagen, en al die bewerkingen en al die mannen kosten Magazijn Rosenthal vijf dollar. Waarmee de kosten van deze kachel – deze kachel uit Loring – op honderd dollar uitkomen. Goed, trekt u nu twintig procent af van honderd, en vertelt u me dan eens, u met uw rekentalent, wat u krijgt.'

Seaborn had zijn hand al in zijn zak.

'Wat u me nu gaat vertellen dat u krijgt, mijnheer Jackson, want u bent een eerlijk man, is tachtig Amerikaanse dollars.'

Seaborn opende zijn portefeuille en begon er briefjes van vijf en tien uit te halen. Toen pakte hij nog vier biljetten van één dollar. 'Ik regel zelf wel dat hij bij me wordt thuisbezorgd,' zei hij. 'Morgen komt iemand hem ophalen.' Hij legde de biljetten in volgorde op elkaar, van groot naar klein, en overhandigde het hele stapeltje aan Rosenthal.

Rosenthal had als jongeman toneelgespeeld. Als hij iets kon, dan was het wel dit: zich houden aan een scenario. Hij telde de briefjes. Niet één, maar twee keer. 'Negenenzeventig dollar,' zei hij bleek van ontzetting.

'Twintig procent van de vijf dollar voor al die bewerkingen en dat personeel is één dollar. En die ene dollar komt mij toe.'

Hij tikte even aan zijn hoed voor Jakub Rosenthal en wenste hem een goede dag.

Toen hij de winkel uitliep, keek hij even naar het postkantoor aan de overkant. Daarbinnen stond zij achter de balie, ze bediende een blanke vrouw en haar mond vormde net de woorden *ja mevrouw*. Hij zag de vrouw wat geld op de balie leggen. Loda wachtte een paar seconden om de kans op contact tussen beide handen te verkleinen en pakte vervolgens het geld op. Haar manier van doen werd door geen spoor van kruiperigheid ontsierd; ze voerde haar taak uit op stijlvolle en elegante wijze en met een volmaakt uitgestreken gezicht.

Hij had gestudeerd, was vertrouwd met de beginselen van de fysiologie en wist dat een gezwollen hart eerder een reden tot zorg was dan tot trots. Maar op dat ogenblik zwol zijn hart, en niet doordat het ziek was. Ondanks zijn vaste voornemen om in het openbaar nooit een lachend gezicht te tonen, maakte hij voor deze ene keer een uitzondering en stond zichzelf een brede lach toe.

Zij zag dat lachende gezicht en moest bijna huilen. Aan de andere kant van weer een andere ruit, achter klossen henneptouw en balen gingang, stond Blueford Seaborn na te kijken, die over straat kuierde alsof de hele wereld van hem was. Toen hij eindelijk uit het gezicht was verdwenen, sloeg Blueford zijn blik op. Hun ogen ontmoetten elkaar en heel even hielden ze elkaars blik vast, net als op die junidag toen ze hem lachend dwars door de katoen achterna had gezeten tot aan de oever van de rivier. Toen hij geen kant meer op kon, had hij de tak van een populier gegrepen en zich afgezet. Zij had haar armen wel om zijn knieën kunnen slaan om te proberen hem naar beneden te trekken, maar ze liet hem gewoon hangen, aan zijn pezige armen waar de spieren in kronkelden, totdat aan de huid van zijn wangen die steeds strakker trok, te zien was hoezeer hij zich inspande. Op het laatst liet hij los en zodra zijn voeten de grond raakten, dook zij op hem af en duwde hem omver.

Samen hadden ze daar toen gelegen, geen ogenblik aan de slangen denkend die stellig in de buurt rondgleden, hun gezichten maar een paar centimeter van elkaar.

'Wat wil je dan?' vroeg hij.

'In de hele wereld is er niks dat ik hoef.'

'Als je niks wilt, waarvoor ren je dan achter me aan alsof ik een lekker luchtje aan me heb?'

'Ik zei niet dat ik niks wilde, ik zei dat er niks ter wereld was dat ik hoefde.'

'Rare meid ben je.' Hij raakte haar nog steeds niet aan. 'Hoe komt 't dat je huid zo geel is?'

'Misschien heb ik wel gele koorts.'

En toen raakte hij haar aan, hij liet zijn wijsvinger over de rug van haar neus glijden. Zij zwoer bij zichzelf dat ze niet zou rillen. En dat deed ze ook niet.

'Die koorts van jou, dat is echt geen gele.'

Zo lang geleden al: het was in hetzelfde jaar dat een neger die zichzelf doctor Sellers noemde, op een roodbruine ruin van de ene plantage naar de andere reed en alle voormalige slaven aanspoorde om het werk neer te leggen, om niet langer als houthakkers en waterputters te zwoegen en hem te volgen naar het land Liberia, waar ze, zo zei hij, hun eigen staat zouden krijgen.

Hij droeg altijd een gele ruiterjas, zwarte laarzen van ongelooid leer en een breedgerande hoed met een zwarte band om de bol. Men zei dat hij altijd gewapend was, hoewel niemand hem ooit met een pistool had gezien. Ook had niemand hem ooit zien eten of slapen, en niemand wist waar hij woonde. Sommigen zeiden dat hij gewoon verdween wanneer het nacht werd. Anderen beweerden dat hij tussen het hoge riet ging liggen.

Op een dag in het vroege najaar, toen de plukkers al naar het land waren, reed hij naar de Deadening van Payne. Hij reed langzaam en zat kaarsrecht in het zadel. Wel vijftig mensen kwamen te voet achter hem aan, volwassen mannen en vrouwen, ouden van dagen met hun gebogen schouders en grijze gezichten, kinderen waarvan sommige nog zo klein waren dat ze haast niet konden lopen. Eén vrouw droeg twee zuigelingen, op iedere arm een kindje. De oude juffrouw Bessie sloot zich bij hem aan en Markham, haar jongste zoon, liep ook mee.

En in die blik die zij nu met Blueford wisselde, kwam dit alles terug: het geritsel van katoenblaadjes, in beweging gebracht door twee paar jonge benen die door een veld stoven, die stilte aan de oever van de rivier, de fiere man op zijn ruin en die stoet achter hem aan.

Dat alles, en nog meer.

Telkens wanneer ze later haar best deed zich precies voor de geest te halen wat ze aan het doen was toen hij binnenkwam, liet haar geheugen het afweten. Ze wist dat ze met haar rug naar de deur had gestaan, dus misschien was ze bezig geweest poststukken te stempelen. Of misschien dat ze de cijfers in haar kasboek aan het nalopen was. Maar altijd had ze het idee dat ze wist dat het Blueford was die binnen was gekomen. Ze had een hand naar haar nek gebracht – dat was iets wat ze zich nog haarfijn herinnerde – en daar even aan een hinderlijk plekje gekrabd. Toen had ze zich omgedraaid.

'Morgen,' zei hij.

'Ha, Blueford.'

'Seaborn is geweest.'

'Heb ik gezien.'

'Kwam binnenstappen en kocht een keukenfornuis Familiecomfort. Zei dat hij zelf wel zou regelen dat het ding thuis werd bezorgd.'

'Tja... hij stelt er een eer in om in elke situatie de touwtjes in handen te hebben, dat weet je wel.'

'Hij zei niet dat het een cadeau was of zo. Ik hoop maar dat ik niks te veel heb gezegd.'

Voor het eerst sinds tijden bespeurde ze een zweempje bitterheid. Hij had er meer slag van dan de meeste mensen om zijn gevoelens verborgen te houden – over het algemeen zelfs voor iemand die daar al alles van afwist. 'Jij zegt nooit iets te veel,' zei ze.

Die opmerking deed hem zo te zien goed. Hij glimlachte en hield zijn hoofd een beetje schuin, en heel even zag hij er weer uit als de jongen die hij vroeger was geweest, voordat al die uren houthakken en katoenplukken terwijl het tegen de veertig graden liep, hun tol hadden geëist. De laatste jaren werkte hij weliswaar in de stad, maar hij verzette nog steeds heel wat zware arbeid, bijvoorbeeld als hij van die grote zakken van een wagen tilde.

Samen met een oude man die Scheider heette, een voormalige slaaf die nu hand- en spandiensten verrichtte voor een blanke vrouw, woonde hij in een keetje buiten de stad. Op een dag waren Loda en Seaborn er in een huurrijtuigje langs gekomen. Scheider zat blootsvoets op de treetjes voor de deur uit een kan te drinken; hij klokte de drank ingespannen weg en zijn adamsappel wipte op en neer. Toen kreeg hij hen in de gaten, en hij liet de kruik zakken en schreeuwde: 'Daar gaat de polisman, daarginder!' Plotseling stapte Blueford naar buiten. Hij bukte zich, nam Scheider rustig de kan af, pakte de oude man onder de oksels en hees hem overeind. Zonder ook maar een blik in de richting van de weg loodste hij de oude man terug naar binnen. Zij kon zich amper voorstellen wat dat ogenblik hem wel niet moest hebben gekost. Ze wist echter maar al te goed wat het haar had gekost.

'Zeker geen post voor me, vandaag?' vroeg hij.

'Ik kijk wel even.'

Ze draaide zich om en deed net of ze de post die daar klaarlag, vlug doorliep. 'Nee,' zei ze ten slotte. 'Spijt me, vanochtend niet.'

'Nou ja, dan moest ik maar...'

Hij kreeg zijn zin niet af, want daar ging de deur open en Tandy Payne stapte het postkantoor binnen.

Het was lang geleden sinds ze hem had gezien – maar op geen stukken na lang genoeg. Hij was ouder geworden, de eerste lichte plekjes vertoonden zich in zijn snor.

Zij wist nog dat ze haar moeder eens had gevraagd hoe het kwam dat zij niet in de duivel geloofde, zoals ze vaak verkondigde, en haar moeders antwoord had geluid: 'De Heer had nooit Sam Payne hoeven maken als hij Satan al had geschapen. Wij hebben Sam Payne hier in ons midden, hij en dat jongste zoontje van hem, en ik zal je nu eens wat zeggen. Als jij ooit dat blanke joch achter je ziet aankomen, dan ga je er als de gesmeerde bliksem vandoor. Dan kom je naar mij toe en dan doe ik wel wat ik moet doen. Want dat jochie ziet er nu misschien nog uit als een klein wurm en anders niks, maar dat wordt straks een grote, valse slang, dat geef ik je op een briefje.'

Nu stond hij niet achter, maar voor haar, met een envelop in zijn hand en hij schonk haar een glimlach alsof hij blij was haar te zien.

Blueford moest er wel iets voor doen om zijn aandacht te trekken. Hij wist natuurlijk best dat hij nu met gebogen hoofd naar buiten hoorde te sjokken, maar hij bleef doodgemoedereerd staan. Nooit zou ze weten of het door dat bezoekje van Seaborn van even tevoren kwam dat hij was gebleven, en nooit zou ze die vraag meer van zich afzetten.

''k Moet geloof ik nog een paar postzegels hebben, mevrouw Jackson.' Hij haalde wat geld uit zijn zak.

'Hé daar,' zei Tandy.

'Want thuis heb ik – es zien, ik heb thuis nog twee brieven liggen die op de post moeten – o nee, wacht es, verekskuseer, drie heb ik d'r liggen.'

'Hé daar. Ben jij niet die snuiter die stenen onderin de zak stopte als de boel gewogen moest worden?'

Geen mens zou het lef hebben gehad zoiets uit te halen met een zak van Sam Payne. Zelfs Blueford niet. Nu was Tandy Payne Sam Payne niet, maar Blueford had oog moeten hebben voor enkele uiterst belangrijke overeenkomsten, en kennelijk ontgingen die hem.

Hij draaide zich om en keek Tandy aan. 'Ik heb nooit geen stenen in zakken gestopt. Maar ze hebben míj wel een paar keer afgezet.'

'Wou je zeggen dat mijn vader je heeft opgelicht?'

'Zijn opzichter had er een handje van om gesmolten lood onderin die gewichten op de weegschaal te stoppen. Uw vader wist dat ook. Juffrouw Bessie heeft d'r vaak genoeg iets van gezegd, maar hij wou nooit niet naar d'r luisteren.'

Tandy beet op zijn onderlip. 'Zeg eens tegen hem dat hij zich gedraagt, Loda.'

Ze hoorde dat jankerige toontje in zijn stem, hetzelfde toontje dat ze vroeger altijd had gehoord wanneer hij moeite had op zijn jonge hengst te klimmen. Zijn vader had hem opgedragen dat dier te berijden omdat hij wist dat het zou gaan bokken en hem eraf zou gooien, hij wilde zijn zoontje wat flinker maken. Maar zodra Tandy zo begon te jammeren, kwam zijn moeder aanhollen. Dan riep ze een van de negers erbij en het enige wat hij nog hoefde te doen was zich in het zadel te laten tillen.

'Zeg hem dat, Loda.'

Zij was zijn moeder niet: er was geen woord voor haar band

met hem of voor die van hem met haar. Toch deed ze wat hij haar vroeg. 'Ga nu maar, Blueford. Ik meen het. Die postzegels krijg je nog wel van me.'

Blueford liet zijn handen slap neervallen en liep in de richting van de deur.

Payne stond er vlak voor, en zij sloot haar ogen en bad dat hij een stap opzij mocht doen, maar toen zij ze weer opendeed, had hij geen voet verzet. Blueford en hij stonden tegenover elkaar met maar een paar centimeter tussenruimte.

Dit kan niet waar zijn, dacht ze. Seaborn had gezegd dat dit niet zou gebeuren, dat dat niet kon zolang zij zich gedroegen zoals het hoorde. Maar Seaborn vergat vaak dat ze te midden van anderen leefden.

'Wat probeer je nou te zeggen?'

'Ik ga niks niet zeggen. En ik kan hier niet weg, want ik kan niet door die deur daar.'

'Dan ziet het ernaar uit dat je daar kunt blijven staan totdat je een ons weegt.'

Blueford haalde zijn schouders op. 'Ziet ernaar uit dat iemand anders hier straks ook een pond weegt.'

Tandy bleef nog even staan en zei ten slotte: 'Ik ben van plan in deze stad te gaan wonen en dit soort gedoe gaat voortaan onherroepelijk ophouden. Werkelijk waar, dit slaat alles wat ik ooit heb gezien. En ik heb het een en ander gezien. Zoveel is zeker.' Hij monsterde Bluefords rare hoedje even. 'Jij moet die ouwe Rosenthal eens zeggen dat je dat geval niet meer wilt dragen. Dat is een veel te makkelijke schietschijf.'

Hij stopte de envelop terug in zijn zak, deed de deur open en ging naar buiten.

Pas na een paar seconden keerde Blueford zich naar haar om. En toen lachte hij breed tegen haar en stak zijn handen in zijn zakken. 'Kijk nou maar niet of het Kerstmis is, hè,' zei hij. 'Het is geen Kerstmis. En ook geen Oudjaar.'

'Nee,' zei ze.

''t Is enkel maar een gewone dag.'

'Nee,' zei ze weer, 'dat is het toch echt niet. Nu niet meer.'

'Nou, dat was het anders wel. Behalve dan dat ik hier naar binnen ben gestapt en jou hier toen zag. En dat is het enige waardoor deze dag anders is dan de meeste dagen.'

En daarmee liet hij haar staan, in die hete, stille lucht, geladen met zijn en Tandy Paynes afwezigheid.

Toen Leighton de stalhouderij in reed, kwam oom Billy net een box uit waarin een kastanjebruine merrie met glasogen stond te snuiven. In de ene hand van de oude man bungelde een halstertouw.

Oom Billy spuwde een straal sap van zijn pruimtabak op de grond. 'Zo, op nieuws uit geweest?'

Leighton steeg af en gaf hem de teugels. 'Ja. Ben naar Brent's Landing geweest. Weet jij nog wanneer Devere Logan is gestorven?'

'Twee jaar geleden, drie misschien?'

'Vorige maand vier jaar geleden. Ze hebben hem toen onder een grote ouwe eik in de achtertuin begraven en hem daar tot ergens vorig najaar laten liggen, toen hebben ze de kist overgebracht naar de begraafplaats hier in de stad. Zijn vrouw beweerde dat zodra ze hem daar hadden begraven, die boom al z'n bladeren liet vallen. En dit voorjaar, toen hij dus ergens anders lag, toen is die boom pas weer uitgelopen.'

Oom Billy leidde Leightons merrie naar haar box, waar hij haar hoofdstel afdeed en de halster aan, en haar vastzette aan de ring in de muur. 'Geloof jij dat ze de waarheid vertelt?'

'Tja, ik geloof wel dat Devere een hoop gif bevatte.'

'O ja, over giftig volk gesproken, ik hoor dat je broer z'n zinnen heeft gezet op jullie ouwe huis en het land.'

'Waar heb je dat gehoord?'

Oom Billy tilde het zadel van het paard en zeulde het naar de zadelkamer. Leighton liep achter hem aan.

'Hij komt hier laatst aanzetten om een paard te huren. Je kunt waarschijnlijk wel raden wie er voor dat paard had betaald en waarschijnlijk kun je ook wel raden wat Tandy heeft gedaan om de gunsten van die iemand te verdienen, en ik kan daar maar één ding over zeggen, en dat is dat ik je garandeer dat Tandy zal moeten aanpakken voor elke cent die zij hem geeft. Hij deed er anders niks geheimzinnig over, hoor, dat hij van plan was om naar de Deadening te gaan.'

'Ik neem aan dat hij alleen maar eens een kijkje wilde nemen.'

'En gisteren zat ik bij de kapper,' vervolgde Billy, alsof Leighton niets had gezegd. 'Vertelde Ben Huffnagle me dat Tandy langs was geweest om zich te laten knippen. Hij zei dat Tandy hem had verteld dat hij in de weer was om geld bij elkaar te krijgen om de hele zaak terug te kopen van Barnes.'

Het zweet op Leightons rug en schouders voelde koud aan. 'Wát had hij hem verteld?'

Oom Billy ging op een bankje zitten, haalde een dot pruimtabak te voorschijn, trok er een plukje af en stopte dat in zijn mond. Zo'n twee minuten lang maalden zijn kaken verwoed. Hij sloot zijn ogen om de bitterzoete smaak genietend tot zich te laten doordringen.

'Nou goed, die Ben Huffnagle van ons, die is goed in knippen. Maar laten we open kaart spelen. Het eerste het beste paard in deze stal, om van de muilezels nog maar te zwijgen, wint 't van Ben als het eropaan komt een probleem op te lossen. Ben denkt dat Tandy van plan is z'n geld bij elkaar te krijgen door juffrouw Rosa d'r vuurtje een beetje op te stoken, maar ik – nou ja, ik heb daar zo m'n twijfels over. Ik denk dat

Tandy heus wel uitgeslapen genoeg is om te weten dat Rosa niet zoveel heeft, en áls ze iets had, dat ze 't dan niet aan hem zou geven.' Hij spuwde eens. 'Wat denk jij?'

Leightons mond was zo droog dat hij opeens snakte naar een glas water, of misschien eigenlijk naar iets sterkers; maar hij dronk nu eenmaal niet, dus zou hij het met water moeten doen. 'Ik weet niet goed wat ik ervan moet denken.'

Oom Billy nam hem op. 'Zeg, jij bent hier de nieuwtjesman. Hoe kan dat nou, dat ik dat allemaal aan jóu moet vertellen?'

'Het beste paard struikelt weleens, hè.'

'Dat kon wel es wezen.' Oom Billy grinnikte en liet weer een straal tabakssap op de grond neerkomen. 'Maar onder ons gezegd en gezwegen, jij doet er beter aan je er niet meer druk over te maken door wie het komt dat die verdomde eik van mevrouw Logan de geest heeft gegeven.'

Hij zat alleen in zijn werkkamer en besefte dat hij moest gaan schrijven en alle gedachten aan zijn broer van zich afzetten. Tandy was een alchemist, steeds op zoek naar een manier om ijzer in goud te veranderen, en nog bijna nooit hadden zijn plannetjes iets opgeleverd. 'Dat joch is geen knip voor de neus waard,' had hun vader meer dan eens gezegd. Niettemin had Tandy altijd veel meer tegen Sam Payne opgekeken dan Leighton, al waren beide jongens even bang voor hem geweest.

Leighton pakte een vel papier van de stapel op zijn bureau en draaide het in de Underwood. Vandaag was het vrijdag, de dag dat hij zijn 'terry zegt' voor de krant van de week daarop schreef. 'Terry' was zogenaamd een kakkerlak die 's nachts zijn werk deed en alles met kleine letters schreef, want om een stukje voor elkaar te krijgen moest hij van de ene toets op de andere springen, en daarbij zag hij geen kans de hoofdlettertoets in te drukken. Het stukje was langzamerhand enorm geliefd, ook al hield terry er op het gebied van de nationale politiek enigszins republikeinse opvattingen op na, terwijl district Loring zo vooruitstrevend was als een stel aartsvaders bij elkaar.

De mensen vergaven terry zijn opinies, net zoals ze Leighton die van hem vergaven. Het najaar daarvoor, toen Booker T. Washington op het Witte Huis te dineren was genood en alle kranten in Mississippi daar woedend op hadden gereageerd en geëist dat president Roosevelt werd afgezet, had alleen Leighton op verdraagzaamheid aangedrongen. *De president,* had hij geschreven, *is geen zuiderling, hoewel hij beslist welwillend tegenover het Zuiden staat; zijn denkwijze is echter niet altijd de onze, en dat hoeft ook niet. Wat B.T. Washington betreft: wij moeten onszelf de vraag stellen of één enkele onbezonnen stap het omzichtige gedrag van een heel leven tenietdoet. Het antwoord daarop luidt, dunkt mij, neen. B.T. Washington is een mens net als wij allen. Hij is niet volmaakt. Wellicht begaat hij nu en dan een vergissing. Maar over het geheel genomen heeft hij heel wat meer goeds verricht – voor zijn eigen volk én voor ons – dan kwaad berokkend.*

Niemand die hem dat redactionele artikel kwalijk had genomen. Men had alleen glimlachend het hoofd geschud en gezegd: 'Ach ja, je weet hoe Leighton is.' Drie maanden later, toen A.L. Gunnels overleed, vroegen ze hem om burgemeester te worden.

Aarzelend sloeg hij een toets aan. Als altijd kwam er nu een woordenstroom op gang, een van de weinige dingen waar hij nooit moeite mee had. Nog nooit was hij door woorden in de steek gelaten, maar diep in zijn hart was hij bang dat dat andersom wel eens het geval was geweest.

iedereen maakt zich zorgen over de mijnwerkersstaking in pennsylvania. als het straks winter wordt, zeggen ze, dan krijgen de mensen het koud. ze zeggen dat de president die mijnwerkers moet aanpakken, dat hij ze moet zeggen dat ze van hun luie krent moeten komen en weer aan het werk moeten gaan.

maar kijk, ik ben een kakkerlak, en ik weet zo het een en ander af van de kunst om met weinig toe te kunnen, en ik zal de lezer eens wat vertellen. die mijnwerkers hebben tot nu toe zes dagen per week twaalf uur per dag gewerkt voor het vorstelijke bedrag van vijftig dollar per week, en daarvan betaalden ze hun huur en daarvan betaalden ze hun levensmiddelen en hun brandstof en daar ging elke maand ook nog een vaste som af voor de dokter van het bedrijf, hoewel die dokter zelden iets anders voor ze deed dan verklaren dat ze dood waren.

en waar vragen die mijnwerkers nu om? om een loonsverhoging van tien of vijftien procent, een achturige werkdag en erkenning van hun vakbond.

wat vakbond, zal de lezer nu zeggen, vakbonden zijn niets dan europese fratsen.

maar luister nu eens, lezer, naar wat ik laatst hoorde.

iemand was een jongetje van twaalf jaar tegengekomen dat daar in een van die donkere krochten werkte voor dertig dollarcent per dag, en dat loon van hem werd tot en met de laatste rooie duit ingehouden ter afbetaling van een schuld die zijn vader had nagelaten; die vader had drie jaar eerder zijn leven verloren in precies diezelfde mijn.

kijk, lezer, ik zeg al, terry is maar een doodgewone ouwe kakkerlak, en voor een kakkerlak is een kakkerlakkenleven wegge-

legd, maar mensen zijn mensen, en die verdienen het als mensen te worden behandeld. dus terry zegt, laten we samenwerken met t.r. laten we hem met open armen ontvangen als hij hier straks in het najaar op de berenjacht komt, en laten we die staking nou niet met geweld te lijf gaan, dan trekken we uiteindelijk allemaal aan het langste eind.

en misschien dat die kleine jongen dan tenminste een paar van die dertig centen zelf mag houen.

Hij las het stukje nog eens door, legde het opzij en keek op zijn horloge: halfzes. Als hij zorgde dat hij gauw thuiskwam, dan kon hij misschien nog een paar hengels pakken en met Will naar de kreek gaan en kijken of ze voor het avondeten nog een paar visjes konden verschalken. Ze beten nu. Toen hij die ochtend over de brug was gekomen, had hij daar drie negermannen met bengelende benen zien zitten, en vlakbij hen stond een emmer waar een paar snoekbaarzen wild in tekeergingen. De mannen hadden alledrie aan hun pet getikt toen hij voorbijkwam.

'Goeiemorgen, baas,' zei eentje. 'Hoe gaat het, mijnheer?'

'O, prima, Sambo,' had hij gezegd, zich tot hen alledrie wendend. Hij kende geen van hen bij naam en kon hen ook niet bij hun beroep aanspreken. Hij wist alleen dat ze zich vriendelijk en beleefd gedroegen, en daarom deed hij ook zijn best.

Hij deed de deur open en stapte op de stoep; op straat heerste een levendige drukte. Percy Stancill had een paar honderd balen katoenpluis naar de stad gestuurd in wagens met muilezels ervoor, en die knerpten nu in een lange stoet door Main Street op weg naar de pers. De negers die op de bok van de wagens zaten, werden gevolgd door een schare bont uitgedoste vrouwen uit de rosse buurt, die hen luidkeels aanspoorden om die avond langs te komen.

Zijn vader had dat oord weleens bezocht, vermoedde hij, en van zijn broer wist hij het zeker. Soms betrapte hij zichzelf ook op het verlangen, al schaamde hij zich daarvoor, er ook eens heen te gaan. Hij dacht dat als je de moed kon opbrengen om te gaan, je je niet meer druk hoefde te maken over je lengte of over je ruwe handen; je kon er daar op los grommen en lebberen en kreunen en alles doen wat je altijd al had gewild, en niemand die daar iets van afwist behalve jijzelf en God en de vrouw met wie je die dingen had gedaan, en zij zou er nooit een woord over zeggen tegen mensen van enig gewicht. Maar vroeg of laat zou je haar voorbij moeten lopen op de stoep, en hoewel je al die dingen die je met haar had gedaan op dat ogenblik geweldig had gevonden, zou je dan niet eens je hoed kunnen afnemen en knikken of haar goedendag kunnen zeggen. En dat was toch geen manier.

Hij deed de deur op slot, stopte de sleutel in zijn zak en wilde oversteken.

'Leighton! Hé – Léighton!'

Dat was wel de laatste stem die hij op dat ogenblik wilde horen, de laatste stem die hij wanneer dan ook wilde horen, en heel even overwoog hij naar de overkant te stormen en te verdwijnen in het gewoel van de stoet wagens aan weerskanten. Zo kon hij wegglippen en naar huis gaan, en misschien dat Tandy opeens zin kreeg in een van die vrouwen en dan vergat wat hem bezighield.

Maar Leighton bleef staan wachten terwijl zijn broer zwaaiend met een vel papier haastig naar hem toekwam. Er stak een sigaar tussen Tandy's tanden, maar dat weerhield hem niet van een onrustbarende grijns.

''t Ziet ernaar uit dat ik wat van die literaire aandrift van je heb overgenomen,' zei Tandy en gaf Leighton het papier. 'Ik wou graag dat je dit volgende week in de krant zet.'

Geachte redacsie

'Vond dat ik maar een officiële aanhef moest gebruiken,' zei Tandy. 'Dat de mensen niet denken dat het hier om iets gaat wat eigenlijk niet door de beugel kan, want we zijn tenslotte familie van elkaar.'

'Het woord *redacsie* is fout gespeld.'

'Nou ja, jij hebt altijd zoveel meer gelezen dan ik, daar heb je natuurlijk een hoop van opgestoken.'

Het val me sins kort op dat we hier in Loring een vervelende toestand hebben. Om het maar ronduit te zeggen een van de belangrijkste instellingen van onze stad namelijk het Postkantoor een overheidsdienst wort beheert door een gekleurde vrouw. Laatst ging ondergetekende toevallig voornoemde instelling binnen maar moest toen constateren dat er behalve deze vrouw nog iemand van haar ras in die ruimte rondhing en wel een mannelijk exemplaar.

Nou zul u misschien zeggen dat dat haar echtgenoot was een gerespecteerd lid van dat ras die het tot zakenman heeft gebracht en dat er niets verkeerds aan is als hij daar soms aangaat om zijn vrouw te spreken en dat het best mogelijk was dat hij iets moest versturren. Goed maar ik weet toevallig dat dat niet haar echtgenoot was en ook geen lid van de gekleurde zakengemeenschap van Loring Mississippi maar een arbeider die vroeger op een plantage vlak buiten de stad heeft gewerkt en nu als manusje-van-alles in een winkel aan Main Street de kost verdient.

De kwestie wat hij daar eigenlijk uitvoerde laat ik nu eerst buiten beschouwing maar was hij duidelijk op gedempte toon in gesprek met die vrouw die zeg ik nogmaals met een andere gekleurde man getrouwd is. Ik wou alleen maar dit zeggen. Weten wij burgers van Loring die onze belasting aan de overheid van de Verenigde Staten betalen wel zeker dat wij ons vrouwvolk naar een oord willen sturen waar een gekleurde man zijn tijd loopt te verbeuzelen?

En dan wil ik dit nog zeggen. Die gekleurde man gedroeg zich op een zeer agressieve manier toen hem te verstaan werd gegefen dat als hij hier geen tranzacties te zoeken had hij opzij moes gaan voor iemand die die wel had. Ik had geen ogenblik geaarzeld hem te dwingen opzij te gaan als het daar geen openbare instelling was geweest en wou ik geen consternasie veroorzaken waar misschien rake klappen bij zouden vallen voor het geval dat een van onze vrouwen of de Heer verhoede zoiets een kind binnen zou komen en bij die opschudding betrokken raken.

De vraag daargelaten hoe het zover heeft kunnen komen zonder dat onze stadsbestuurders hebben ingegrepen stel ik alle fatsoenlijke inwoners van Loring wel de vraag willen wij dit of willen wij de toestand terugdraaien en de instellingen van onze mooie en geliefde stad weer zelf besturen?

Met de meeste hoogachting
Terrell Andrew Payne

'Nou?'

Leighton wilde Tandy de brief teruggeven, maar die maakte geen aanstalten om hem aan te nemen. Daarom vouwde Leighton het papier twee keer dubbel en vervolgens stak hij het in de ruimte tussen twee knopen aan het overhemd van zijn broer.

'Dit betekent zeker dat hij je niet aanstaat?'

'Ten eerste is dat een brief van een ongeletterd man – alleen daarom al zou ik me generen om hem in de krant te zetten. En ten tweede zet hij aan tot haat. Loring is nu een vreedzame stad. Wij hebben hier geen moeilijkheden met onze gekleurde medemensen en ik zou niet weten waarom iemand er zin in zou hebben daar verandering in te brengen, tenzij het om iemand ging die er plezier in heeft om andere mensen leed te berokkenen. Die vrouw heeft jou nooit iets gedaan. Maar ja, dat is misschien wel het probleem.'

Tandy's gezicht had altijd iets slaps gehad: hij miste de uitgesproken kin van Leighton, en hun vader en de huid op zijn jukbeenderen was zelfs enigszins week. Maar nu zag zijn gezicht eruit alsof er een strakke laag vernis op was aangebracht.

Hij haat me, besefte Leighton. Hij begreep niet waarom hij dat nooit eerder had gezien, maar het was zo. Op een merkwaardige manier verleende die haat Tandy meer gewicht.

Zonder een oog van Leighton af te laten haalde Tandy de brief uit zijn hemd. Hij vouwde hem weer open en streek hem glad. 'Dan verzin ik zelf wel een manier,' zei hij, 'om dit bericht te laten circuleren.'

'Tja, ik kan je niet tegenhouden. Maar dit komt niet in mijn krant.'

Tandy tikte even aan zijn hoed en liep verder. Voordat hij drie of vier stappen had gedaan, hield hij stil en draaide zich om. 'Wat jij daarnet zei is trouwens niet waar. Ze heeft me wel iets gedaan. En geloof me, broer, het is verdomde jammer dat ze dat jou niet ook heeft aangedaan.'

Leighton ging de badkamer in om zich te scheren – hij wist niet dat daar al iemand was. Sarah lag er in bad, haar borsten staken boven het zeepsop uit. Toen ze de deur hoorde opengaan en hem zag staan, niet bij machte zijn blik van haar af te wenden, kreeg ze een kleur. Ze ging rechtop zitten, pakte een stuk puimsteen, boog zich helemaal voorover en begon haar voeten te bewerken.

Het water stroomde langs haar rug omlaag. Onder aan haar ruggengraat zat een gezwel. Het toch al lelijke ding was in de loop van de laatste twee jaar groter geworden, maar zij weigerde naar een dokter te gaan, want ze was bang dat hij dan zou zeggen dat het verwijderd moest worden. Dit was de enige smet op haar schoonheid, en telkens wanneer Leighton het zag, werd hij half waanzinnig van begeerte, ook al als gevolg van de zekerheid dat alleen hij van het bestaan ervan afwist.

Hij liep naar de kuip, ging er op zijn knieën naast zitten en legde zijn hand op het gezwel.

'Het doet vandaag pijn,' zei ze. Ze hield op met het afboenen van haar voeten, maar bleef voorovergebogen zitten. Hij liet zijn hand over haar rug glijden, over haar schouders. Met het oog op het bad had ze haar haar in een knot boven op haar hoofd bij elkaar gebonden. Zijn vingers gleden over de strak gevlochten strengen. Zij zuchtte, greep met haar ene hand de rand van de kuip en hees zich overeind.

Het water droop van haar zware borsten, stroomde over haar buik langs haar dijen. Ze stond vlak voor hem en liet hem haar met zijn ogen verslinden, hoewel zijn gezicht hoogrood werd van schaamte.

'We kunnen wel in de slaapkamer gaan,' zei ze. 'Als je wilt.'

Ze ging met haar hoofd tussen twee kussens in liggen, haar benen net ver genoeg uit elkaar om hem binnen te laten. Hij zwoer altijd bij zichzelf dat hij zich stil zou houden tot hij klaar was, maar hij begon te fluisteren dat hij zoveel van haar hield, dat haar lichaam zijn grootste schat was, dat hij de hele dag met de gedachte hieraan door de stad liep, één en al verlangen naar het plekje waar hij op dit ogenblik lag. 'Mmm,' murmelde ze. 'Echt lief van je, Leighton.' Al die tijd lag ze met haar ogen dicht, haar handen vlak langs haar zijden en haar heupen roerloos tegen de matras gedrukt.

Hij hijgde en drong diep in haar door, en daarna bleef hij nat en verzaligd stil liggen, nog niet vernederd bij de gedachte aan zijn onstuitbare behoefte en de woorden die hij had gezegd, al wist hij dat dat alles gauw genoeg zou komen.

Zij gaf hem een paar zachte klopjes op de schouder. 'Ik zal me weer moeten gaan wassen,' zei ze met een blik op de klok. 'Als we niet opschieten komen we nog te laat. Ik hoopte eigenlijk op een plaatsje vlak bij het podium.'

Toen hij alleen lag, hoorde hij haar nog een kuip volpompen en daarna luisterde hij naar de geluiden die ze maakte toen ze in de badkamer heen en weer liep. Hij stelde zich voor hoe ze haar lichaam afboende met het waslapje, zich daar van onderen met een groot stuk zeep brandschoon waste, en het duurde niet lang of hij verlangde alweer naar haar.

Hij stond op en liep naar de kleerkast. Hij haalde zijn pak van het knaapje, legde het netjes op het bed en liep naar het raam. Het briesje dat van de straat naar binnen kwam was koel. Hij bleef even vlak naast het raam staan, legde zijn hoofd tegen de muur en liet het zachte windje zijn bezwete lichaam afkoelen.

Toen zij terugkwam, had hij zich al aangekleed en stond in alle rust voor de spiegel zorgvuldig zijn das te strikken.

'Onze positie in de gemeenschap,' zei Seaborn, 'eist van ons dat wij erheen gaan. Anders concluderen alle negers in Loring dat wij geen zin hadden om voor de zoveelste keer toe te kijken hoe een neger de pias uithangt, en dan voelen ze zich schuldig omdat zij daar wél zin in hadden. En tegelijkertijd vermoeden de blanken dan dat wij zo'n voorstelling beneden onze waardigheid achtten. Dus gaan we. En ik kan je tenminste één ding beloven: naar een idioot zitten luisteren die in twee toonsoorten *Dixie* speelt en er in een derde bij zingt is geen pretje, maar we gaan er niet dood aan. Uiteindelijk wordt iemand anders ertussen genomen, net als altijd.'

En dus waren ze gekomen en nu zaten ze op een slecht afgewerkte houten bank in het met touwen afgezette gedeelte aan de ene kant van de tent. De negerafdeling was bijna vol geweest toen ze arriveerden, maar als op afspraak hadden de mensen twee plaatsen vlak voor het touw opengelaten. Toen Seaborn zag dat ze gereserveerde plaatsen hadden, had hij even gegrinnikt en gefluisterd: 'Jawel, zet je beste negertje maar voor.'

Ze zag Tandy Payne in het blanke gedeelte zitten, en zo'n vier of vijf rijen voor hem Leighton Payne en diens vrouw en zoon. De jonge Payne leek erg op zijn vader toen die zo oud was geweest, alleen had hij iets arrogants dat zijn vader nooit had gehad. Een tijdje geleden had zijn moeder hem naar het postkantoor gestuurd om een paar brieven te verzenden. Nadat hij de deur had geopend had hij één blik geworpen op de forse blanke man met het rode gezicht en het bemodderde ketelpak die achter mevrouw Claiborne Gray in de rij stond, beseft dat de man een kleine pachtboer of een dagloner was, en was hem straal voorbijgelopen. De man had zijn lippen afgelikt en naar de grond gestaard, maar niets gezegd.

Die blanke man heette Grover Beam en hij was er vandaag ook, hij zat met zijn vrouw en drie kleine kinderen achterin de tent. Loda nam zich vast voor om uit zijn vaarwater te blijven. Zij was immers getuige geweest van zijn vernedering – dat maakte hem tot een gevaarlijk man.

Het podium, in elkaar gezet met behulp van planken van cipressenhout die op op elkaar gestapelde betonblokken rustten, was afgezien van de vleugel die er middenop stond, helemaal leeg. Toen de eerste ongeduldige geluiden begonnen op te klinken, kwam er een lange man in een grijs pak en met een grijze hoed op tussen de mensen aanbenen. Via een paar stoelen klom hij op het podium en vandaar keek hij uit over het publiek.

De impresario heette Boyce Hendricks, maar noemde zich kolonel Jameson. Alle hier aanwezige blanken geloofden waarschijnlijk wat er in de circulaire stond – dat hij uit Savannah, Georgia kwam en in het leger van Tennessee had gediend onder generaal John Bell Hood – maar Loda wist toevallig dat hij was opgegroeid in een plaatsje in het zuiden van Ohio. Een neef van Seaborn woonde in datzelfde stadje, en hij had hun geschreven dat Hendricks het contract voor zijn voornaamste attractie had overgenomen van een voormalige cavalerist bij het leger van de geconfedereerden, en wel met het geld dat hij had verdiend door clandestien gestookte whisky aan bordelen in Cincinnati te leveren.

'Ik ben kolonel John Dabney Jameson.' Hij deed een paar stappen in de richting van de rand van het podium. 'Dames en heren, zo dadelijk zult u iets aanschouwen van een zo ongewone, zo volstrekt unieke aard, dat er in geen enkele taal een woord voor bestaat, behalve in eentje die uitsluitend in een onbekend, bergachtig gebied in West-Afrika wordt gesproken. De stam die daar woont, duidt het verschijnsel in kwestie aan als *doemkoembanjala*.'

Seaborn boog zich naar haar over en fluisterde: 'Er zou net zo goed met grote letters *Hoe bedonder ik die boerenkinkels* op die idioot zijn voorhoofd kunnen staan. Ik geloof dat ik hem wel mag.'

'Wanneer iemand bezeten is van *doemkoembanjala* beschikt hij over het vermogen allerlei verbluffende dingen te doen die hij niet kan begrijpen en ook niet kan uitleggen, omdat zijn geestelijke vermogens erg aangetast zijn en hij geen verstandig woord kan uitbrengen.

De man die wij als Blinde Bob kennen, is als slaaf geboren op een plantage in de Piedmonte in Carolina. Hij heeft nooit het daglicht gezien. Bepaalde geluiden – de donder bijvoorbeeld, en ook het geloei van koeien – jagen hem grote angst aan. Zodra hij die hoort, drukt hij zich plat tegen de grond met zijn handen op zijn oren. Hij eet alleen aardappels en maïs en wil niets anders drinken dan water en, hoe vreemd dat ook klinken mag, bramenbalsem, dat zijn gestel als dessert schijnt op te vatten. Hoewel hij het fysiek van een volwassen man vertoont, heeft hij nog nooit blijk gegeven van hebbelijkheden van seksuele aard – met andere woorden, hij is niet gevaarlijk voor de voortreffelijke dames die ik hier voor mij zie zitten.

Hij vertoont alle tekenen van *doemkoembanjala* wanneer hij muziek ten gehore brengt. Hij heeft geen muziekonderwijs genoten, maar zijn speciale gaven, die u zo dadelijk in de praktijk aangewend zult zien, zijn door zijn eigenaar ontdekt toen Bob een kind van vier was. Op een dag had Bobs meester Bobs moeder, een huisslavin, ontboden naar de kamer waarin zijn dochter een menuet op de piano zat te spelen. Om de een of andere reden was Bob aan zijn moeders rokken met haar meegedribbeld. De meester gaf Bobs moeder haar opdrachten voor die dag en intussen hield het dochtertje op met spelen en ging naar buiten. Voordat Bobs moeder en haar meester wisten wat er gebeurde, was Bob naar de piano gescharreld. Hij voelde eens aan de toetsen en liet zijn vingers er langs glijden. Toen ging hij, tot zijn moeders ontzetting en zijn meesters verbijstering, op het bankje zitten. Zijn vingers bewogen zich over de toetsen en hij begon dat menuet te spelen – geen zier minder mooi dan een ander het zou doen.

De meester en Bobs moeder stonden verstomd. In een oogwenk liet de meester zijn dochter terugkeren. Ze moest weer voor de piano gaan zitten en nog een stuk spelen, een gedeelte uit de *Mondscheinsonate*. Toen ze klaar was, ging Bob weer zitten en speelde het zonder haperen na.

Dames en heren, dit heeft zich afgespeeld in het jaar 1858. Sinds die ochtend heeft Bob voor drie presidenten gespeeld, voor twintig gouverneurs, acht buitenlandse staatshoofden en koningin Victoria van Engeland. De verhalen over zijn vaardigheid zijn legio. Duizendkoppige menigten en selecte gezelschappen hebben hem vol ontzag aanschouwd.

Hij houdt van applaus. Wanneer hij applaus hoort, schijnt dat stimulerend te werken op zijn talent. Dus als hij u in verrukking brengt, laat u hem dat dan merken. De bijval van een verrukt publiek is misschien wel het enige genoegen dat deze achterlijke stumper ooit smaken zal.'

De kolonel maakte een weids gebaar met zijn ene hand en de gordijnen achter hem schoven uiteen. Zijn stem kreeg een schallende klank. 'Dames en heren, heet u hem vandaag van harte welkom hier in Loring, Mississippi: het indrukwekkendste, levende voorbeeld van het fenomeen *doemkoembanjala*, de wonderbaarlijke en ongelooflijke Blinde Bob!'

De man die het podium betrad en op het bankje voor de piano ging zitten, was inderdaad blind, maar hij was niet achterlijk en had wel degelijk muziekonderricht gehad. Weliswaar had hij al vloeiend gespeeld voordat hij leerde wat het woord *noot* betekende of hoe noten zich tot toonladders verhielden of wat toonladders met akkoorden te maken hadden. Zijn lessen had hij gekregen nadat de man die eens zijn meester was geweest, had ontdekt dat hij kon spelen.

Vandaag speelde hij om te beginnen Chopins mazurka in cis klein; hij zwelgde in het spervuur van septimen aan het eind en raakte slechts lichtelijk van zijn stuk van het schallende commentaar van de kolonel: 'Hij heeft niet het flauwste idee wat hij daar doet, dames en heren. Hij heeft dit stuk nooit op papier gezien, het alleen maar één keer *en plein air* in Parijs gehoord.'

In werkelijkheid had hij het niet in Parijs gehoord, maar in het Standentheater in Praag, waar hij in alle rust achter een gordijn had gezeten in de loge van een gravin die zijn pianospel bewonderde. Lang geleden, in de tijd voordat de kolonel zijn contract had opgekocht, had hij bij die dame gelogeerd. Hij had bij haar en haar gezin aan tafel gezeten en op een ijskoude decemberavond was haar echtgenoot met hem gaan wandelen op een heuvel met uitzicht op de stad. De graaf had hem toen een beschrijving gegeven van de stad die zich beneden hen uitstrekte, van de met sneeuw bedekte daken en de sliertjes rook die uit duizenden schoorstenen opkringelden, en zijn gastheer zou nooit hebben geloofd dat hij die daken en die schoorstenen kon zien, maar hij had ze toch heus voor zich gezien, en nu zag hij ze weer, en hij wilde ze laten zien aan iedereen die bereid was ze te zien.

Noten waren beelden, akkoorden waren taferelen, melodieën bepaalde plaatsen en herinneringen. In een stad in Oost-Arkansas was eens een klein meisje op het podium gekomen dat een zelfgecomponeerd stukje had gespeeld, en in de tent had een zware lucht gehangen van de bloedworst die in een groot vat erachter werd gekookt. Het liedje van dat meisje, dat hij nog altijd speelde, bracht de zintuiglijke waarnemingen van die avond weer mee: de smaak van de bloedworst die hij na zijn optreden van de kolonel had mogen eten, de iets vochtig aanvoelende toetsen nadat het zenuwachtig zwetende kind ze had aangeraakt. Het liedje stond vandaag niet op het programma, maar hij speelde het toch, net als dat meisje destijds, en onder het spelen vroeg hij zich af of het kind zich hem nog herinnerde, of de gravin en haar man nog weleens aan hem dachten.

En ook vroeg hij zich af hoeveel van de mensen die hier vanavond zaten, zich hem over tien jaar nog zouden herinneren. Zouden ze dan, net als hij, nog weten dat er vlak voor zijn optreden een trein door de stad was gedenderd, dat het buiten naar regen had geroken? Dit waren de herinneringen die hij zou vasthouden, de herinneringen die hij de volgende maand of volgend jaar zou spelen voor een nieuw publiek in weer een andere stad waar de kolonel hem op het pianobankje neerzette.

Hij speelde nog een stuk waar hij veel van hield – de *Begrafe-*

nisgondel van Liszt, vol griezelig aangezette kwartnoten – en daarna gaf hij, omdat het tijd werd, een paar van zijn nieuwste vaste nummers ten beste: hij speelde twee melodietjes tegelijk, tingelde een stukje uit dit deuntje, een brokje uit dat, *Yankee Doodle* met de linkerhand, *Dixie* met de rechter. Toen hij Hendricks' hand op zijn schouder voelde, ging hij klaarzitten voor het gedeelte van zijn optreden waar het publiek het meest van genoot, wanneer de kolonel deze en gene uit de zaal uitnodigde om hun eigen compositie te komen spelen die hij, Blinde Bob, vervolgens noot voor noot naspeelde – alleen veel beter.

'Mijn moeder kan pianospelen!' Will was opgesprongen. 'Mijn moeder kan spelen! Ze maakt zelf liedjes!'

De kolonel glimlachte en wenkte haar. Ze voelde haar wangen gloeien. Ze zou dolgraag de treetjes beklimmen en op het podium stappen, en besefte nu pas dat ze met dat verlangen in haar hart hierheen was gekomen, al zou ze niet kunnen zeggen waarom ze er zo naar verlangde. Haar positie in de stad echter – ze was tenslotte de vrouw van de burgemeester – maakte het haar onmogelijk mee te doen aan zulke evenementen.

Ze schudde nadrukkelijk haar hoofd, maar de kolonel hield voet bij stuk. Hij kwam de treetjes af en onder het gejuich van het publiek pakte hij haar bij de hand. Achter zich hoorde ze Tandy's stem: 'Ja, goed. Laten we eens horen wat die dame voor ons in petto heeft!'

Leighton zat aan de andere kant van Will en staarde recht voor zich uit, net als zondags in de kerk: alsof hij niets te verbergen had voor de Heer. Zij kon Gods blik niet verdragen – ze had inmiddels al te veel weggestopt in een duister hoekje van haar hart. Wanneer ze iemand zag die dat wel kon, stond ze meteen stijf van afgunst.

Als Leighton zich naar haar had overgebogen en gezegd had *niet doen*, was ze op haar plaats blijven zitten, maar hij deed niets, en daarom stond ze op en liet zich onder de opgewonden kreten van het publiek naar de treetjes geleiden.

Hij rook naar eau de cologne. 'Mevrouw,' fluisterde hij, 'mag ik vragen hoe u heet?'

'Sarah. Mevrouw Sarah Payne.'

Bij de piano bleef ze staan. De kolonel knipte met de vingers en er kwam een negerjongetje het podium op rennen dat een handdoek over Bobs bankje uitspreidde. Bob zelf was op een kruk aan de achterkant van het podium gaan zitten; zijn hoofd hing iets voorover en zijn ogen staarden in het niets.

'Maakt u zich niet bezorgd over de toetsen,' fluisterde de kolonel. 'Ik let er altijd op dat Bob zijn handen wast voordat hij gaat spelen.'

Nadat zij zich op het bankje had geïnstalleerd, wendde de kolonel zich tot het publiek. 'Degene die het eerst iets voor ons speelt, is uw eigen mevrouw Sarah Payne.'

Het publiek klapte. Ze wist dat Tandy naar haar keek. En profil kwam ze het best uit – dat had hij kortgeleden nog gezegd. Meestal kwam hij 's morgens langs, dan dronk hij een kopje koffie met haar en soms maakte hij haar een complimentje. Hij vertelde haar over zijn belevenissen, over de gevaarlijke mannen die hij in New Orleans had gekend. Op een keer had hij poker gespeeld met Charles Matranga, zei hij, en hij zou het zeker hebben gewonnen als hij aan de uitdrukking in Matranga's ogen niet had gezien dat hem dat waarschijnlijk zijn leven zou kosten. Hij kende George en Peter Provenanza, de aartsrivalen van de Matranga's, en had de oplossing kunnen verschaffen van de raadselachtige moord op David Hennessy, de commandant van politie, als de Provenanza's hem erom hadden gevraagd. Maar ze hadden hem te verstaan gegeven dat hij zich erbuiten moest houden, zei hij, anders wisten ze heel zeker dat er nog meer moorden zouden volgen.

Zij was niet van gisteren en geloofde nog niet de helft van wat Tandy haar vertelde. Maar tegelijkertijd wist ze dat hij dat ook niet van haar verwachtte, dat hij alleen maar zijn best deed haar wat verstrooiing te bieden, haar tenminste enig respijt te bieden van die straten vol modder en paardenmest.

'Wel, juffrouw Sarah, zou u iets voor ons kunnen spelen dat u zelf hebt gecomponeerd?'

'Goed.' Ze legde haar handen op de toetsen.

'Zou u ons voordat u begint,' vroeg de kolonel, 'willen vertellen hoe het stuk heet?'

Zij schraapte haar keel. '*De Rivierwals.*'

Bij Tandy riep de melodie bittere herinneringen op.

Aan een ochtend hartje zomer, toen zij tweeën op de aanlegsteiger aan de rivier zaten, terwijl het water zacht tegen de palen kabbelde. Zijn vader was nog geen maand dood; zijn testament was nog niet geopend, omdat zijn vaders notaris in Memphis zat, maar Tandy wist al wel dat het geen goed nieuws voor hem in petto had.

Het was juli '88, de angstige tijd dat de gele koorts heerste. De week tevoren had een gezin uit Jackson geprobeerd aan de quarantaine te ontsnappen door stiekem door de Delta te trekken om zo verwanten in Tennessee te bereiken. Ten zuiden van de Deadening hadden ze halt gehouden om te kamperen. Midden in de nacht waren ze wakker geworden van gekrijs. Een panter was naar de plaats geslopen waar ze lagen te slapen en had de baby gegrepen, waarop de vader was opgesprongen, zijn geweer had gepakt en een schot had gelost dat zijn doel had gemist, maar wel nog twee van die beesten had aangetrokken.

Toen Leighton het tumult had gehoord, had hij geprobeerd zijn broer wakker te schudden, maar Tandy, die die hele dag tot laat in de avond had gedronken, had tegen hem gezegd dat hij naar de hel kon lopen. Dus was Leighton in zijn eentje te paard op het gekrijs afgegaan. Toen hij op het open gedeelte aankwam, schoot hij twee beesten dood en het andere joeg hij weg.

Er was een fiks bloedbad aangericht, maar de vader en een van de kinderen hadden het overleefd. Leighton was de grote held, terwijl Tandy's reputatie net zo erg was toegetakeld als de lijken van de vluchtelingen.

Toen Tandy die ochtend naast Sarah op de steiger zat, wist hij dat hij weg zou gaan, dat hij nooit op de Deadening zou kunnen blijven, waar zijn broer de grote planter zou spelen terwijl iedereen hem als een prul van een vent zou zien.

'Als ze het testament straks openen,' zei hij, 'dan wordt dit allemaal' – hij maakte een gebaar naar de rivier en het land aan weerskanten ervan, naar de velden met kniehoge katoen die zich uitstrekten zover het oog reikte – 'van mijn broer. En dat is iets waar ik me gewoon niet bij kan neerleggen.'

'Hoe weet je dat zo zeker, dat Leighton alles krijgt?'

'Hij is het soort kerel dat midden in de nacht opstaat om panters een kopje kleiner te maken, en dat ben ik niet. En mijn vader had dat helaas in de gaten.'

En Sarahs vader ook. Hij was aannemer en bouwde landhuizen in zeventiende-eeuwse stijl voor welgestelde lieden en welgestelden in spe, en hij zou er niet over peinzen de hand van zijn dochter aan een zoon te schenken die bijna niets erfde. Tandy was achttien, een leeftijd waarop een mens langzamerhand bekend was met bepaalde elementaire feiten.

Sarah was ook achttien, maar zij was minder goed op de hoogte. Ze begon een melodietje te neuriën, eentje dat hij nooit eerder had gehoord, een zacht deuntje in driekwartsmaat. Die ochtend had hij daarnaar zitten luisteren, net zoals hij nu hier zat en het weer hoorde, verhalen van dingen die hij nooit zou kunnen krijgen omdat hij niet wist hoe hij ernaar moest verlangen.

Zijn vingers klemden zich om de rand van de bank. *En dat speelt die idioot met z'n halfgare kop maar eens precies na.*

'Krankzinnig zijn ze,' fluisterde Seaborn. 'Het hele stel.'

Ze waren nu buiten en liepen langs een venter in een gestreept hemd die snoep van rietsuiker verkocht en brulde: 'Warme veter! Warme veter!' terwijl hij de gulden kabel tussen zijn met bloem bestoven handen kneedde en liet ronddraaien. Een tweede venter probeerde in een kraampje worstenbroodjes en maïskolven aan de man te brengen.

'Ik wist niet dat ze negers toelieten op het Koninklijke Conservatorium,' zei Seaborn, 'maar ik vermoed toch heus dat Blinde Bob daar zijn opleiding heeft gekregen. 'Blanken zijn wel rare snuiters, hè? 't Is best dat een neger Chopin speelt, zolang hij maar niet weet dat hij dat doet. En aangezien zijn duim en zijn zelfkennis het enige zijn wat de mens van de aap onderscheidt, en negers onmiskenbaar duimen bezitten – enfin, het zal je duidelijk zijn waar ik heen wil, denk ik.'

Dat was het inderdaad, en dan was er nog iets wat ze duidelijk zag. Leighton Payne had zich een weg door het gedrang gebaand en kwam nu hun kant op. Achter hem draaide zijn vrouw zich juist om naar zijn broer, die op haar toekwam en voor alle vrouwen die hij passeerde even glimlachend zijn hoed afnam.

Leighton tikte niet aan zijn hoed, maar knikte wel toen hij 'Hallo, Loda,' zei.

'Dag mijnheer Payne.'

Leighton wierp een vlugge blik om zich heen en dempte zijn stem. 'Seaborn, zou ik je even kunnen spreken?'

Seaborn nam zijn bolhoed af en hield die tegen zijn borst gedrukt, alsof Leighton hem zojuist met speciale egards had behandeld. 'Zeker, natuurlijk, burgemeester.'

Loda bleef alleen achter en keek hen na. In de loop van het concert was de zon doorgebroken, zodat Seaborns kale hoofd nu glansde; terwijl Leighton tegen hem praatte, begon het te knikken.

Er stond nog iemand te kijken.

Hij had de burgemeester naar de beheerster van het postkantoor zien kuieren om haar goeiendag te zeggen, terwijl dat mens toch gekleurd was. De burgemeester had nooit met hem gepraat en zou ook nooit een woord tegen zijn vrouw en kinderen zeggen als hij hen op straat tegenkwam, hij zou ze straal voorbijlopen. En nu was hij een eindje verderop gaan staan met de man van dat mens. Waarschijnlijk hadden ze het over zaken – tenslotte bezaten ze allebei van alles. Grover gaf nooit een dollar uit in Magazijn Rosenthal zonder bij zichzelf vast te stellen dat twintig cent daarvan in de zak van een neger zou belanden.

In zijn zak was nooit veel geld beland. Vijf jaar tevoren was hij vanuit Oost-Mississippi naar de Delta verhuisd, gespitst op een fatsoenlijk leven en een eerlijke broodwinning. Daarginds in district Webster wisten de mensen dat hij een halve Choctaw was, en ze hadden hem verdomme steeds als indiaan behandeld. Hier dachten ze dat hij blank was, maar toch behandelden ze hem nog beroerder dan een nikker.

Hij had vier jaar op de plantage van Stancill gewoond; toen had de opzichter gezegd dat hij weg moest omdat ze het huis nodig hadden, en hij wist verdomde goed wie ze daar toen in hadden gezet. Overal in de Delta zetten ze advertenties in plattelandskrantjes waarin ze negervolk gouden bergen beloofden als ze maar hierheen trokken om die verrekte katoen te plukken. Nog even en ze waren de eigenaar van de velden waarin ze nu nog liepen te plukken. Een paar hadden het al zover gebracht. Terwijl hij nu op de plantage van Stark woonde en voor de paarden van een rijke boer zorgde. En zelfs dat zou niet eeuwig duren. Dit jaar of anders volgend jaar zou Stark natuurlijk zijn opzichter te paard naar hem toesturen om hem te laten weten dat ze het huis nodig hadden.

Maar vroeg of laat zouden de mensen in deze streek erachter komen dat je niet maar alles kon uithalen met een kerel. In district Webster waren een paar klootzakken te vinden die dat hadden kunnen bevestigen, alleen kon je het die kelerelijers niet meer vragen.

Zijn jongste zoontje trok hem aan zijn mouw. 'Papa, mogen we niet wat van die worstjes die die man daar verkoopt?'

'Dat zijn geen worstjes. Dat zijn worstenbroodjes. Nee, die mag je niet. Daar heb ik geen centen voor.'

Seaborn Jackson werd het nu blijkbaar eens met de burgemeester, want hij stond te knikken – waarschijnlijk verkocht hij hem iets voor diens krant of had hij beloofd dat hij er een advertentie in zou zetten.

'Nee, ik heb dan wel geen rooie cent,' zei Grover Beam weer, en hij sloeg de hand van zijn zoontje van zich af. 'Maar ik ben tenminste geen opgeblazen nikker.'

Het verzoekschrift

Seaborn zat bij het vuur zijn voeten te warmen en de nieuwe catalogus door te nemen. Achterop stond een foto van het gebouw van Sears, Roebuck in Chicago, volgens het onderschrift een van de grootste handelsgebouwen van de hele wereld; het lag aan vier verschillende straten – Fulton, North Desplaines, Waymon en Jefferson – en had vier verschillende adressen.

'Van groot gesproken,' zei Seaborn hardop, maar alleen tegen zichzelf. Het geluid van zijn eigen stem had hem altijd gekalmeerd, en ook op andere mensen had het dat effect. Destijds op hogeschool Cold River had hij zijn redenaarstalent ontdekt en korte tijd had hij een loopbaan als predikant overwogen. Maar zijn mentor, die nog van niemand minder dan Booker T. Washington les had gehad, had hem ervan weten te overtuigen dat het handels- en zakenwezen de beste vooruitzichten bood. Bijna was hij begrafenisondernemer geworden, maar een leertijd van één week had die aspiratie in de kiem gesmoord, al was hij daardoor wel op het idee gekomen van de carrière waarvoor hij uiteindelijk had gekozen.

Om het eenvoudig te stellen: hij kon bijna iedereen bijna alles aanpraten, en dat talent was hem als verzekeringsagent goed van pas gekomen. 'Mijnheer Jackson,' had een cliënt eens tegen hem gezegd, 'dankzij u stemt het vooruitzicht van de dood me gewoonweg tevreden.' Dat was zijn talent, zijn gave: zo op mensen inpraten dat ze zich tevreden voelden met het product dat hij hun probeerde te verkopen, en meestal was dat product een begrafenis. Maar niet enkel een kist. Een fatsoenlijke uitvaart. Een teraardebestelling met stijl en zwier en flink veel vertoon. Hij gaf de mensen, als ze eenmaal dood waren, iets mee wat ze bijna geen van allen in hun leven hadden kunnen bereiken.

Ze waren arm, zijn cliënten, ze bezaten zo ijselijk weinig dat *arm* eigenlijk niet het juiste woord was. Seaborn voelde mee met hun narigheid en ook al was hij geen predikant, hij stond hen bij. Hij leidde een leven dat in al zijn uiterlijke verschijningsvormen verkondigde dat er iets beters mogelijk was, dat de sleutel tot een bevredigend leven te vinden was in onderwijs en zelfbeheersing, rechtschapenheid en doorzettingsvermogen. Als hij succes had kunnen behalen, probeerde hij uit te dragen, dan konden zij dat ook. Hij wist niet zeker of dat onomstotelijk vaststond, maar hij geloofde wel dat de boodschap die hij verkondigde, troost bood aan velen die daar wanhopig behoefte aan hadden.

Als gevolg van dit besef, deze overtuiging was hij na zijn gesprek met de burgemeester trillend van boosheid blijven staan. Alles wat hij bereikt had kon zomaar instorten, zo fragiel was het fundament waarop hij had gebouwd. Toen hij nog studeerde had er in het *Weekblad van Cold River* een artikel gestaan met de titel: 'Een verhaal van één van ons'. In dit artikel had een jongen die aan Cold River studeerde, verteld hoe zijn vader eens was gevraagd een groot hert te slachten dat was afgeschoten door de eigenaar van de plantage bij wie hij werkte. De vader van die jongen had een loopje willen nemen met die blanke en gezegd: 'Zeg mijnheer, mag ik u es wat vragen? Als zo'n groot hert als dit nou nooit door iemand was afgeschoten, was het dan op het laatst een eland geworden?' De blanke had die vraag serieus genomen en lachend en hoofdschuddend uitgelegd dat een eland een eland was en een hert een hert.

'Is er wel iets waar blanke mensen niet in trappen?' had het slot van dat artikel geluid.

Er mocht dan niet veel zijn waar sommige blanken niet in trapten – de rest stelde er beslist geen prijs op dat iemand hen daar op wees. De staatsoverheid had gedreigd de school te sluiten; de directeur had de opleiding open weten te houden door te beloven dat de krant opgeheven zou worden, maar zelfs dat was niet genoeg. In de loop van de weken daarna waren verscheidene studenten ontvoerd en afgetuigd door groepjes blanke mannen met een doek voor hun gezicht. Bij de jongeman die dat artikel had geschreven sneden ze zijn ene grote teen af en vervolgens smeten ze hem aan handen en voeten gebonden op de stoep voor het kerkje van de hogeschool, met een briefje op zijn borst gespeld:

We pakten deze nikker bij de teen.
Zijn wild gekrijs deed ons veel deugd,
Dus ditmaal sturen we hem nog heen.

Er waren nog wel meer dingen waar Seaborn van afwist, en waar alle negers van afwisten, of in ieder geval van hoorden af te weten. Zijn eigen vader, huisdokter met een praktijk die zich over twee districten uitstrekte van Winona tot Carrollton, was erbij geweest toen het bloedbad van Carrollton zich voordeed. Twee negers hadden een blanke man aangeklaagd wegens poging tot doodslag. Alle negers in de stad waren gewaarschuwd weg te blijven van de rechtszitting, maar een paar, onder wie ook de vader van Seaborn, hadden besloten als getuige op te treden. Er was toen een bende gewapende blanke mannen de stad binnengereden die de rechtszaal was ingestormd en het vuur had geopend. Tien negers waren daarbij omgekomen, maar zijn vader had geluk gehad. Hij was uit een raam op de eerste verdieping gesprongen en had weliswaar zijn been gebroken, maar was achter in een wagen met een blanke op de bok die hem kende, de dans ontsprongen. Die avond had hij, na een paar fikse teugen uit een fles whisky, zijn eigen gebroken been gezet.

Loda had hem verhalen verteld over allerhande dingen die hier in Loring waren gebeurd – of tenminste hier in de buurt. Dat die dingen tot het verleden behoorden, was niet van belang; de mensen herinnerden zich de daden en de reacties erop, en zij wisten, of hoorden dat althans te weten, dat als je dat blanke volk maar lang genoeg ergerde, ze al die dingen opnieuw zouden doen.

Met haar kamerjas aan en haar haar al los voor in bed kwam ze de huiskamer in. Als ze haar haar zo los droeg, kon je zien – als je dat tenminste niet allang uit haar huidskleur had afgeleid – dat haar moeder iets had gehad met een blanke. Hij had haar vaak gevraagd wie dat was geweest, maar zij zei altijd dat ze het niet wist, omdat er tegen de tijd dat zij oud genoeg was om zich dat af te vragen, helemaal geen mannen meer op de Deadening hadden rondgelopen. Haar moeder had altijd een jachtgeweer achter de deur staan, zei ze, en iedereen wist dat ze niet zou aarzelen om het ook te gebruiken.

'Waar had je moeder dat jachtgeweer vandaan?' had hij haar gevraagd. Zij beweerde dat ze dat niet wist. 'Moet haar behoorlijk wat moeite hebben gekost,' zei hij. 'Voor negers viel het toen niet mee om aan zo'n ding te komen – of een blanke moest er al eentje hebben afgeschoven. Maar waarom zou een blanke man erop gebrand zijn je moeder en jou zo degelijk beschermd te zien?' Toen hij zo ver was gevorderd met zijn redenering, zat zij hem met donkere, zwijgende ogen aan te staren, dus wist hij dat het, op dat ogenblik althans, niet verstandig was om verder te vragen.

Seaborn legde de catalogus weg. 'Ik vind dat we een keer naar Chicago moeten gaan. Goed, dit jaar waarschijnlijk niet meer, maar volgend jaar misschien.'

'Waarom dan?'

'Enkel en alleen om dit te zien.' Hij tikte op de foto van het gebouw van Sears, Roebuck. 'Daarginds in het Noorden pakken ze de boel veel grootschaliger aan dan wij hier in het Zuiden ooit zullen presteren. Soms voel ik een intens verlangen om eens iets groters te zien dan een katoenpers. Er valt heus wel iets te zeggen voor reusachtige dingen.

Zij trok haar kamerjas dichter om zich heen en ging zitten. Ze had een kop thee ingeschonken; het kopje en schoteltje stonden op het tafeltje naast haar leunstoel. Destijds op Cold River was het haar manier van theedrinken geweest die hem in het oog was gesprongen. De meeste jonge vrouwen daar, en ook heel wat van de jongemannen, waren er door liefdadigheidsinstellingen naartoe gestuurd; zij waren afkomstig uit gezinnen van ex-slaven, en als hun ouders niet als huisslaaf hadden gewerkt, hadden ze meestal geen idee hoe je je in gezelschap moest gedragen. Een kop thee aan hen geven was net zoiets als een blinde een scalpel overhandigen met de woorden dat hij een operatie moest uitvoeren: zoiets kon alleen rampzalige gevolgen hebben. Zij grepen het kopje met beide handen beet en zetten het op een slurpen, of bij hun poging hun wijsvinger door het oortje te wurmen morsten ze thee over zich heen. De strenge mevrouw Matthison, die huishoudkunde gaf, schudde dan haar hoofd en mompelde: 'We zullen de wasserij maar weer extra lang openhouden.'

Nooit schudde ze haar hoofd om Loda. Loda was niet door een liefdadigheidsinstelling gestuurd. Niemand wist waar het geld voor Loda vandaan was gekomen en wie die stille jonge vrouw met haar lichte huid en haar onberispelijke manieren eigenlijk was. Maar iedereen wilde daar dolgraag achter komen. Vooral de jongemannen.

'Seaborn,' zei ze nu. 'Ik zou het graag eens met je hebben over wat er laatst gebeurd is.'

Hij schudde zijn hoofd. Hij had geen zin om die kwestie weer op te rakelen. Hij had op zakelijke toon de waarschuwing overgebracht die hij had ontvangen. De burgemeester had gezegd dat zijn broer boos was omdat een lid van de arbeidende stand hier ter stede – zo had de burgemeester het geformuleerd, dus zo vertelde hij het na – had geweigerd voor hem opzij te gaan. Dit voorval had zich op klaarlichte dag voorgedaan in het door de Amerikaanse overheid ingestelde postkantoor in het centrum van Loring. De burgemeester had geen hypothesen naar voren gebracht betreffende de motieven van de leden van de negergemeenschap die bij dit voorval betrokken waren geweest, en evenmin had hij geopperd dat de betrokkenen iets anders op het oog hadden gehad dan het afwikkelen van een zakelijke transactie. Meer had Seaborn niet gezegd en meer wilde hij er niet over kwijt.

'Seaborn,' zei ze weer. 'Schud je hoofd nu niet. Ik zei dat ik het daarover wilde hebben.'

'Maar het is onmogelijk een gedachtewisseling te voeren wanneer een van beide partijen daar niet aan wenst deel te nemen. En ik wens daar niet aan deel te nemen omdat ik niets te zeggen heb – behalve dat ik vind, zoals ik daarnet al opmerkte, dat wij eens een bezoek aan Chicago moesten brengen.'

'Jawel, maar ik wilde je zeggen dat hij alleen binnen was gekomen om te zien of er ook post voor hem was. Dat is alles. Ik weet niet waarom hij niet wegging of een paar stappen opzij deed toen Tandy Payne binnenkwam. Waarschijnlijk weet hij dat zelf ook niet.'

Zijn hartslag was sneller geworden en hij had dat lichte gevoel in zijn hoofd dat hij altijd kreeg wanneer hij zich opwond. Daarom deed hij altijd zijn best niet opgewonden te raken. Want wanneer je zo'n licht gevoel in je hoofd had, kon je niet goed nadenken.

'Al te veel vruchteloze bespiegelingen omtrent de aard van de mentale processen die zich al of niet afspelen in het hoofd van die... die *lakei*,' zei hij, 'komen niet te pas voor een vrouw in jouw positie.'

Zij bracht haar kopje thee naar haar lippen en nam een paar slokjes, en haar elegante en rustige manier van doen maakte hem razend. Hij was nu niet meer rustig – zij had hem zijn geestesrust ontstolen – en elegant was hij ook al niet. Hij was vijfendertig jaar oud, te zwaar en kaal, en de laatste tijd voelde hij zich doodmoe. Zij wist dat niet – hij bad tenminste tot God dat ze het alsjeblieft niet wist – maar hij droeg tegenwoordig een elektrische gordel onder zijn kleren. In de advertentie voor de gordel, type Heidelberg met Speciale Reuzenkracht van 80 volt, was beloofd dat de stroom de bloedsomloop in het gehele lichaam zou stimuleren, zodat hij de drager meer uithoudingsvermogen verleende en allerlei ziekten op afstand hield. Seaborn was van zins een lang leven te leiden. Een voortreffelijk leven.

'Wat is mijn positie dan, Seaborn?'

'Wat jouw positie is? Je bent beambte in overheidsdienst en de echtgenote van een waardige neger.'

'Soms vraag ik me af of jij materieel succes niet verwart met waardigheid.'

'Of ik die met elkaar verwár?' Nu zag hij echt vlekken voor zijn ogen – ze leken op plukjes katoenpluis, zacht en donzig. Duizenden waren het er. 'Die kan ik onmogelijk met elkaar verwarren. Want zonder materieel succes is er geen waardigheid. Niet voor ons, tenminste.' Zijn stem, anders zo laag en sonoor, had nu bijna het timbre van een sopraan bereikt. 'Denk je soms dat het hun bedoeling is dat jij je waardig voelt als je die katoen van ze loopt te plukken, als je van 's morgens vroeg tot 's avonds laat met zakken zeult en manden torst – *ja mijnhéé dit* en *ja mijnhéé dat, helemáál niet Blanke Baas mijnhéé, ik ben u toch zó dankbaar dat ik voor u m'n vingers mag openhalen aan die zaaddozen, ik vind het toch zo heerlijk, hè, dat zweet dat over m'n achterste stroomt* – en je dan, als de zon onder is, je uitgeputte lijf naar een piepklein, krakkemikkig, stinkend oud hok mag slepen en je op een dun matje mag uitstrekken, terwijl zij zomaar bij je binnen kunnen stormen als ze daar zin in hebben, en je trakteren op hun smerige streken en hun blanke treiterijen? Denk je soms dat je je dan waardig voelt?'

Hij kon haast geen lucht meer krijgen. Met zijn handen op zijn knieën zat hij snel achter elkaar te ademen, maar ondanks die inspanning kreeg hij nauwelijks lucht binnen, hapte hij in het niets. Zij bleef van haar thee drinken en liet haar ogen op de haard rusten, waar de vlammen nu lager begonnen te flakkeren.

Een paar minuten later had hij zich hersteld. Hij sloeg zijn benen over elkaar, leunde achterover in zijn stoel, vouwde zijn handen achter zijn hoofd en stond zichzelf een geeuw toe.

'We moeten toch echt eens naar Chicago,' zei hij.

Juffrouw Rosa Bates kookte niet maar at wel vaak en uitgebreid, en dat hield in dat Tandy hetzelfde deed. Hij was al ruim vier kilo aangekomen sinds hij zijn intrek had genomen in het pension. Eerlijk gezegd was het de laatste paar jaar meer dan eens voorgekomen dat het hem moeite had gekost zich een hap eten te verschaffen of een droog plekje voor de nacht te vinden. Begin augustus nog had hij, vlak voordat hij had besloten om naar zijn eigen stadje terug te gaan, twee nachten achter elkaar op de zolder van een stalhouderij in Metairie gebivakkeerd. De tweede ochtend had de eigenaar hem daar onder het hooi aangetroffen, en de man had hem met behulp van een hooivork gedwongen zijn biezen te pakken.

'Nog zin in wat van die koekjes?'

'Nee, ik geloof heus dat ik er nu beter een punt achter kan zetten.'

'Komt wel uithoudingsvermogen aan te pas, hè,' zei Rosa met een knipoog.

'Waaraan?'

Zij prikte een worstje aan haar vork en stak het in haar mond. Terwijl haar kaken het vermaalden, hield ze haar blik op hem gericht; het glimlachje verdween niet van haar gezicht.

Ze droeg die ochtend een zijden kamerjas en hij wist dat daaronder niets dan Rosa schuilging. Een kwartier daarvoor had ze nog boven op hem gelegen en zich met een knalrood gezicht en haar ogen stijfdicht uit alle macht ingespannen. Hij had nooit eerder een vrouw meegemaakt die er zo hard tegenaan ging. Ze duwde zich zo'n dertig centimeter op van het bed en stortte zich vervolgens met zo'n klap boven op hem, dat hij bijna elke keer naar adem snakte, en zo ging ze door: steeds sneller en steeds luidruchtiger snuivend. Ze klonk als een locomotief. Dat had hij op een keer tegen haar gezegd en zij vond dat de kostelijkste opmerking die ze ooit had gehoord. Inmiddels was ze zich 'de Kanonskogel van Loring' gaan noemen.

Eindelijk gaf ze antwoord. 'Je maakt toch nog geen aanstalten om mij te laten zitten, Tandy? Nog niet toe aan iets anders?'

Langzamerhand was hij zeer zeker toe aan iets minder van wat zij te bieden had. De laatste paar dagen had hij lange wandelingen door de stad gemaakt. In de eerste plaats deed hij dat om eens met deze en gene over belangrijke kwesties te praten, maar ook zocht hij zo nu en dan een rustig plekje in een smal straatje op, ging met zijn ogen dicht zitten en probeerde zich op iets anders te concentreren dan op de dingen die in Rosa's bed voorvielen. Hij voelde zich net een ingehuurde kracht. Hij had dat gevoel al wel eerder gehad en een tijdje was het niet onprettig, vormde het voor hem de bevestiging dat er tenminste één ding was waarin hij het er net zo goed afbracht als andere mannen. Maar vroeg of laat was het nieuwtje eraf. En dat was nu ook zo.

'Welnee zeg,' zei hij.

'Dacht dat je langzamerhand misschien wel zin had in iemand die een beetje netter en fatsoenlijker leefde.'

'Netjes en fatsoenlijk is mijn stijl niet zo.'

'Tja, want je hebt een hoop mannen die liever appeltaart voorgezet krijgen dan pecantaart, maar zo af en toe hunkeren ze toch naar een piekfijne notentaart. Als je begrijpt wat ik bedoel.'

Hij begreep het, maar was niet van zins dat toe te geven. Tenminste niet zolang de pecantaart niet gebakken was en voor hem stond. 'Appeltaart,' zei hij, 'voldoet aan al mijn behoeften.'

'Prima,' zei ze. Ze bracht haar koffiekopje naar haar lippen en nam een paar slokjes. 'Want dat serveer ik.'

De bijeenkomst zou die zaterdagmorgen om tien uur plaats hebben ten huize van Catchings Stark.

Catchings was een planter wiens vader in 1853 naar district Loring was gekomen met drie slaven – alle drie met maar één arm, zo luiddde de legende – en vier oude muilezels. De oudste Stark had zich neergelaten op een stuk land aan de Choctawkreek, maar een paar kilometer van de nederzetting die uiteindelijk zou uitgroeien tot de stad Loring. Dat eerste jaar was hij aan het ontginnen geslagen; in 1860 bezat hij al honderd slaven en ruim tweeduizend bunder. En nu bezat zijn zoon al meer dan drieduizend bunder. Hij woonde in de stad in een groot herenhuis in plantagestijl met in de tuin een replica van de Vrijheidsklok, waar precies op de juiste plaats een barst in zat.

Tandy was eerst met Stark gaan praten, omdat hij op Percy Stancill na waarschijnlijk de rijkste man van het district was, en in tegenstelling tot Stancill was Catchings alom geliefd. Stancill nam nooit een blad voor de mond: voor Percy was een stinkdier een verdomd stinkdier. Catchings zou een stinkdier altijd aanduiden als 'een zwart zoogdiertje dat helaas dient te worden verdelgd'. Met andere woorden, hij beschikte over tact, hoewel hij ook de kunst verstond dingen voor elkaar te krijgen, en het had Tandy niet al te veel tijd gekost om hem op te stoken.

Anderen ophitsen was iets waar hij altijd al goed in was geweest. Op een keer was hij in Paducah op een rivierboot gestapt, had zich laten overhalen tot een partijtje poker en had in een van de deelnemers een valsspeler herkend die hem drie jaar daarvoor in Denver compleet kaal had geplukt. Destijds had die vent rood haar gehad, gelispeld en samengewerkt met een oude man die op een fraaie viool speelde. Achteraf pas had Tandy beseft, en hij was goed misselijk geworden bij die gedachte, dat die fiedelaar de aard van de kaarten van de andere spelers had doorgegeven met behulp van bepaalde riedeltjes. Bij het partijtje aan boord had de vent in kwestie geen rood haar meer en lispelen deed hij ook niet meer, maar het stond als een paal boven water dat hij het was; er zat een lelijke wrat boven zijn rechteroog en als hij aan zijn neus krabde, gebruikte hij nog steeds zijn pink. Maar hij was er wel op achteruit gegaan. Op de rivier ging niet veel meer om. De enige beroepsspelers die je daar nog tegenkwam, waren figuren zoals Tandy. Mislukkelingen.

Die dag op de rivier stelde Tandy vast dat de man achter de tap degene was die met de bedrieger onder één hoedje speelde: hij rookte de ene sigaar na de andere, op zich al merkwaardig, want zelfs slechte sigaren waren duur, en die van hem roken of het goede waren. Telkens wanneer hij iemand een glas had gebracht liep hij terug naar de toog, stak een sigaar op en begon erop los te paffen.

Het duurde niet lang, of Tandy had de signalen ontcijferd.

Hij speelde door tot alleen de valsspeler en hij nog over waren en schreeuwde toen tegen de man achter de tap dat hij nog een glas wilde. Toen de man met de fles kwam aanzetten, lette Tandy erop dat de man goed kon zien wat voor kaarten hij had. Daarop ging de man terug naar zijn kruk en stak weer een sigaar op, en Tandy zag in gedachten een paar beelden voor zich: hoe hij in de koude regen ergens in Denver op straat stond en door een raam een blik in een warm hotel wierp waarvoor hij geen geld had; de valsspeler zat in datzelfde hotel op een pluche sofa voor de open haard en vertelde lachend aan een andere losbol hoe hij die boerenkinkel uit het Zuiden had geplukt.

Met bonkend hart en zijn buikspieren gespannen omdat hij half en half verwachtte dat er zo dadelijk een kogel doorheen zou vliegen, verkondigde hij: 'Dat waren dan drie snelle trekjes aan die sigaar, dan even niks en dan nog twee trekjes.'

Alle drie de spelers die het bijltje erbij neer hadden gegooid, waren in de salon blijven zitten; zij waren er het eerst bij om de valsspeler bij de lurven te grijpen, maar ze waren niet tevens de laatsten. Zo'n tien, twaalf mannen sleurden hem met zijn allen de salon uit en aan dek. Terwijl Tandy aan de kaarttafel op zijn gemak zijn glas leegdronk, bewerkten zij zijn voormalige tegenstander met hun vuisten en daarna smeten ze hem, bewusteloos en bloedend en wel, in de Mississippi. De man achter de tap wist de dans te ontspringen door via een personeelsgangetje te verdwijnen en overboord te springen.

Toen de bende vechtersbazen terugkwam, gaf Tandy een rondje. De anderen hieven het glas op zijn pientere kop, en een van hen stelde voor nu de kapitein overboord te kieperen en Tandy tot gezagvoerder uit te roepen.

Voor het huis van Stark stonden al verscheidene rijpaarden aan de schaduwbomen gebonden, en op de oprijlaan stonden drie of vier tilbury's te wachten. Als je ervan uitging dat die aan het juiste slag mensen behoorden, dan was dat geen slechte opkomst.

Hij sprong van zijn vos, bond het dier aan de balustrade van de veranda en terwijl hij de treden beklom, trok hij zijn nieuwe zijden vlinderdasje recht.

Een oude neger in een donker pak deed open. Tandy had dit exemplaar al eerder gezien, maar niet hier. Waarschijnlijk had hij bij iemand anders gewerkt, iemand bij wie Tandy in zijn jongere jaren weleens op bezoek was geweest.

'Komt u binnen, mijnheer.'

Tandy stapte de vestibule in. De oude man deed de deur achter hem dicht.

'Deze kant op graag, mijnheer.'

Tandy talmde nog even bij de voordeur. 'Heb jij vroeger niet bij iemand anders gewerkt?'

'O, mijnheer, ik denk dat ik wel zo'n beetje bij iedereen heb gewerkt. Behalve dan bij mijnheer Percy Stancill hierbinnen – bij hem heb ik nooit gewerkt. Maar begrijpt u me goed, mijnheer, ik zou er trots op zijn om bij hem te dienen. Als ik het hier niet zo naar m'n zin had.'

Er klonken luide stemmen in de huiskamer. 'Vind je 'm dan geen oetlul?'

De oude man deed zijn best hem mee te tronen naar de gang, maar Tandy had niet de minste haast. Hij amuseerde zich.

'Ik weet eigenlijk niet goed wat u bedoelt, mijnheer.'

'Percy Stancill. Vind je die niet een ongelooflijke rotvent?'

De oude man pakte een blad vol glazen van een zijtafel; de

glazen waren met whisky gevuld. 'Zou u misschien een glas willen, mijnheer?'

'Nou en of.' Hij pakte er eentje van het blad. 'Maar wat vind je nu van Percy?'

'Ja, ziet u, mijnheer, ik persoonlijk beschouw mijnheer Percy Stancill als een voortreffelijk, rechtschapen man. Maar ik ken hem natuurlijk niet door en door, zoals u ongetwijfeld.'

Tandy sloeg de whisky achterover en zette het glas op de zijtafel. Hij kwam zo dicht op de oude neger toe dat die achteruit moest wijken en ten slotte met zijn rug tegen de muur stond.

Tandy wist hoe het voelde om zo ingeklemd te staan. Nog geen twee maanden tevoren had hij zelf in een donker steegje met zijn rug tegen een muur gestaan en zijn mond opengehouden om er de drol in te krijgen die hij beloofd had te zullen inslikken, om daarmee te voorkomen dat hij zijn duimen moest verliezen.

'Weet je wat ik mijnheer Stancill eens heb zien doen?'

Het gebit van de oude man was hagelwit en volmaakt regelmatig. 'Nee, mijnheer.'

'Dat was geen al te prettig gezicht.'

De oude malloot knipperde niet eens met de ogen. Dat had Tandy toen wel gedaan. Hij had geknipperd en hij had gesmeekt en hij had beaamd dat zijn moeder een vuile teef was en zijn vader een schoft en zijn zuster die hij niet had een hoer die het met een bezemsteel deed als er niets anders in de buurt was; en nu hij aan dat alles terugdacht, kreeg hij zin om die ouwe zak eens een flink stuk stront in zijn bek te douwen.

'Er was een vent bij van ongeveer dezelfde leeftijd als jij nu, maar ik betwijfel of die nog altijd aan de scharrel is en duistere genoegens najaagt.'

'Tja, misschien dat hij die genoegens wat al te ingespannen heeft nagejaagd, mijnheer. En misschien dat mijnheer Stancill daarom datgene deed waarvan hij meende dat hij het moest doen. Maar omdat ik daar niet bij ben geweest, mijnheer, zal ik geen oordeel uitspreken.'

Tandy hoorde voetstappen in de gang. Hij grijnsde tegen de man, pakte vlug nog een glas, sloeg het achterover en draaide zich weer om op het ogenblik dat Sally Stark de vestibule binnenkwam.

'Ah, Tandy,' zei ze. 'Ze begonnen zich al af te vragen of je wel zou komen.'

'Je kent me, hè,' zei hij en bood haar zijn arm. 'Altijd te laat, steevast op zwart zaad.'

'Goed, Ouwekoek Charley, die speelde – de heren kunnen het geloven of niet – die speelde op een viool die gemaakt was van een sigarenkistje, verdomd als 't niet waar is. Cajun speelde op een harmonica, Warme Jus speelde op een stuk of drie, vier verschillende hoorns en fluitjes en Pindachinees, die speelde op een geval dat eruitzag als een contrabas, maar volgens een vriend van me was dat een doodkist met snaren d'rop. De Spasmen noemden ze zich, en ik heb ze voor 't eerst gehoord, affijn, als de heren bereid zijn te geloven dat ik daar voor zaken moest zijn, dan wil ik wel toegeven dat ik ze voor 't eerst heb gehoord in het Rode Paleis.'

Alom gelach. 'Zo, Tandy,' zei Catchings, 'en wat voor zaken had jij daar dan wel te verhapstukken, in het Rode Paleis?'

'Ik durf te wedden dat dat octoronenzaken waren,' zei Percy Stancill. 'Soms achter dat mens met d'r gekleurde vachtje aan gezeten, Tandy?'

'Ach, de heren kennen me toch, jullie kennen m'n broer en

jullie hebben m'n vader gekend. Mijn hartje is zo zuiver als langvezelkatoen.'

'En zelfs in dat spul zitten altijd wel een paar klitten,' zei Robert Vaiden.

'Deelt Madam Gertie daar nog altijd de lakens uit?' vroeg Stancill. 'Ik heb vroeger namelijk een vent gekend die beweerde dat hij haar kende, daarom vraag ik dat. Hij had echt bewondering voor een paar hoogstandjes van haar.'

'Ik ken ook zo'n vent die beweert dat hij haar kent,' zei Tandy. 'En als je die moet geloven, Percy, dan heeft Madam Gerties vakkennis niks te lijden van haar positie aan de top.'

Nogmaals alom gelach.

Ze zaten in de huiskamer met de deur naar de gang dicht. Iedereen was van drank voorzien. Tandy kende iedereen al jarenlang: Percy Stancill, Catchings Stark, Robert Vaiden, A.H. Ellsbury, Charles Baskett, James Burth en nog zo'n drie, vier anderen, onder wie ook Newcomb Teague, van wie iedereen zei dat hij het allereerste huis in heel district Loring van planken in plaats van blokken had gebouwd. Zelfs Baker Stallings was er. Hij had bij Vicksburg een been verloren, en men zei dat hij al vijftien of twintig jaar zijn verstand kwijt was. Hij zat met kussens in zijn rug op de sofa; zijn ogen waren gesloten en zijn kroezige witte baard was bezaaid met bruine speekselvlekken.

'Van losbandig gedrag gesproken,' zei Catchings, 'ik geloof dat Tandy van plan is ons op de hoogte te brengen van een situatie die weleens ergerlijke proporties zou kunnen aannemen.'

Tandy, die in een leunstoel zat, stond nu op en trok zijn jasje recht. 'Ik heb al met een paar van de heren gesproken,' zei hij, 'en ik weet dat Catchings gesprekken heeft gehad met alle andere aanwezigen. Maar voordat ik verderga, moet ik, vind ik, het volgende zeggen. Toen ik nog maar een kleine jongen daarginds op de Deadening was, vertelde mijn vader vaak een bepaald verhaal. Hij zei dat hij een vent had gekend in het heuvelland van Oost-Tennessee die ongeveer in dezelfde tijd als hij het idee kreeg om daar weg te trekken. Ze besloten om samen te gaan. Zo kwamen ze eind april 1850 op een dag uit bij de rivier de Sunflower. Vader was toen twintig, die ander een jaar of twee ouder. Goed, mijnheer Teague hier, die was er al, die had zich al een puik huis gebouwd, maar dat wist mijn vader natuurlijk nog niet. Het enige wat hij zag als hij om zich heen keek, waren bomen en moerassen en slangen en muggen. Vader vertelde dat die vent met wie hij opreed toen zei: 'Zo'n griezelig rotoord heb ik nog nooit gezien en zoiets hoop ik ook nooit weer te zien, dat kan ik je wel zeggen, en ik ben van plan om dit zaakje heel ver achter me te laten.'

Tandy liep naar het raam en deed net of hij belangstellend naar iets daarbuiten keek. Catchings had een koepeltje in zijn achtertuin gebouwd en zijn kinderen waren in de schaduw van het gebouwtje bezig aan een partijtje croquet onder toezicht van een oudere negerin die op het trapje zat.

Een ogenblik later draaide hij zich weer om naar de andere mannen. 'En weten jullie wat vader toen zei tegen die vent? Hij zei: "Ga jij maar verder, en dan nog verder." Dat was het. En verder geen woord. Hij kwam gewoon van z'n paard, haalde een hakmes uit zijn zadeltas, liep naar een boom en begon daar dooie takken af te kappen om een vuurtje aan te leggen. Hij zei dat toen hij weer opkeek, die andere vent al was weggereden.

Dat land was een soort hel, zei mijn vader altijd, maar er moet iets in z'n karakter hebben gezeten dat hem heeft geholpen er de hemel in te zien die eruit zou kunnen groeien. Het was de plaats waar hij thuishoorde, zei hij, meteen vanaf het ogenblik dat hij het in het oog kreeg. Dat heeft hij altijd tegen Leighton en mij gezegd, en ik denk dat dat bij Leighton meteen is aangeslagen en bij mij gewoon niet. Sommige mensen leren sneller dan anderen, wou ik maar zeggen. 't Heeft even geduurd, maar nu blijf ik hier, tenminste, als jullie d'r niks op tegen hebben.'

'Ach jongen, wat dondert 't,' zei de oude Teague. 'Sommige mensen moeten gewoon eerst de wereld in en hun wilde haren een beetje kwijtraken.'

'Jij bent d'r eentje van ons, Tandy,' zei Percy Stancill. 'Je vader is hier begonnen en die heeft jullie naam tot een begrip gemaakt. Een echte Loringse naam is het. En dat zal nooit veranderen.'

'Het doet me deugd je dat te horen zeggen, Percy,' zei Tandy, en dat meende hij. Heel even werden zijn emoties hem bijna de baas. Hij was zo lang en in zoveel verschillende oorden een vreemdeling geweest, dat hij zich langzamerhand overal een vreemdeling voelde.

Maar hier niet. Ondanks alle veranderingen die zich hier de laatste paar jaar hadden voorgedaan, kon hij nog steeds met zijn ogen dicht de hele stad doorkruisen. Al twintig jaar ontbrak dezelfde plank in het voetbruggetje over de kreek; hij wist net zo goed als ieder ander precies hoe hij over die spleet heen moest stappen.

'Maar goed, Tandy,' zei Catchings, terwijl hij hardhandig zijn sigaar aftikte in een koperen asbak, 'wat is er laatst nu eigenlijk gebeurd in het postkantoor?'

'Nou, ik ging daar naar binnen om een brief aan een paar vroegere compagnons van me in New Orleans te versturen.

Goed, ik wist wel dat jullie een gekleurde vrouw op het postkantoor hadden zitten, en of dat nu al of niet een goed idee is – tja, daar wil ik af wezen, want ik ben een tijd weg geweest.'

'Als je 't mij vraagt is dat geen goed idee,' zei Charles Baskett. 'Wat staat ons straks te wachten als al dat verdomde volkje werk in de stad wil? Wie gaat er dan de katoen plukken, vertel me dat maar eens. Ik ga 't in ieder geval niet doen, godbewaarme, zeg.'

De oude Teague zei: 'Ze kan echt lezen, hè? Heb ik, geloof ik, van iemand gehoord.'

'Ja, ze kan lezen,' zei James Burth. 'En ze praat ook als een blank mens.'

A.H. Ellsbury zei: 'Ze ziet er anders ook half blank uit.'

Er viel een stilte. Robert Vaiden boog zich naar voren en pakte zijn glas. Hij nam een teugje van zijn whisky, hield het glas in de hoogte, bestudeerde de donkergele vloeistof een ogenblik alsof hij die aan een scheikundige analyse wilde onderwerpen en zette het glas weer terug.

Op het laatst kuchte er iemand. Catchings schoof heen en weer in zijn stoel dat de poten ervan kraakten. Baker Stallings begon te snurken. De oude Teague gaf hem een por in de ribben en hij hield zich stil.

'Nou goed, ik ga daar dus naar binnen,' zei Tandy, 'en zij staat achter de balie met een nikker te praten.'

'Was dat niet haar man? Blaaskaak?'

'O nee, dat was niet haar man. Het was een nikker die vroeger bij mijn vader heeft gewerkt. Stopte altijd stenen in de zak.'

'Ach, ik zie dat zo,' zei Ellsbury, 'je moet er gewoon rekening mee houden. Weet je wat ik doe, ik zeg tegen m'n opzichter dat hij d'r vier pond van aftrekt als ze de zaak komen laten wegen. Als je dat doet, dan kom je wel zo'n beetje uit op het goeie gewicht.'

'We hebben het hier niet over een eerlijke manier van wegen, A.H.,' zei James Burth. 'We hebben het hier over onhebbelijk gedrag in een gebouw van de federale overheid.'

'Ik hou niet van dat woord *federaal*,' zei de oude Teague. 'Echtwaar, daar moet ik niks van hebben.'

Percy Stancill bonkte met zijn stok op de vloer. 'Godverdomme nog aan toe, als ik ergens de pest aan heb, dan is het wel aan van die voortdurende onderbrekingen, als mensen een verhaal finaal naar de kloten helpen. Ga door, Tandy, en vertel nou verdomme eindelijk wat er gebeurd is.'

Dus deed Tandy zijn verhaal, en al pratend hield hij zich veel meer aan de historische waarheid dan hij zich had voorgenomen. Als je een verhaal vertelde, dan wist je pas aan welke onderdelen je iets moest veranderen wanneer je de uitdrukking op het gezicht van je toehoorder zag. In dit geval hoefde hij niet al te veel te veranderen. Het feit alleen al dat Blueford in het postkantoor was blijven staan en geen poot had verzet, was voldoende. De enige echte veranderingen die hij aanbracht, verpakte hij in zijn antwoord op een vraag van Percy.

'En wat deed je, jongen, toen die nikker gewoon bleef staan? Als het mij was overkomen ...'

Percy hoefde zijn zin niet af te maken – iedereen wist precies wat er was gebeurd als het hem was overkomen. Maar hij had een teer punt aangeroerd. Tandy was een behoorlijk potige man, maar hij had nooit veel moeten hebben van fysieke geschillen. Niet dat hij opzag tegen pijn, maar hij was bang voor het ogenblik dat de toestand uit de hand liep, dat alle woorden overboord werden gegooid omdat de tijd voor praatjes domweg voorbij was en het enige wat je nog kon redden een heftige bloedaandrang was. Zich laten meesleuren door zo'n stormloop van het bloed deed hij het liefst in het bijzijn van een naakte vrouw. En meestal waren het de dingen die hij had gezegd, niet iets wat hij had gedaan, waardoor ze haar kleren had uitgetrokken.

'Percy,' zei hij, 'ik had hem gemakkelijk tot moes kunnen slaan en waarschijnlijk was dat ook het beste geweest. Maar ik had daar buiten een stelletje kinderen gezien die ijs aten en ik wilde niet dat zij iets zouden krijgen, mocht de toestand uit de hand lopen.'

'Maar goed ook, dunkt me,' zei Ellsbury. 'Die nikker had misschien wel een mes op zak. Hebben de meesten, hè.'

'Ja, die van jou misschien,' zei Percy. 'Die van mij niet. Als ik d'r eentje van mij betrap met een mes op zak, dan snij ik me een ebbenhouten snuisterijtje. En dat weten ze.'

'Ik moet bekennen dat ik er nooit bij stil had gestaan dat we problemen konden krijgen met dat postkantoor,' zei Catchings, 'maar achteraf gezien was het misschien toch niet zo verstandig om haar daar te laten neerzetten.'

'Mensen krijgen daar pakjes, hè,' zei James Burth, 'ik heb trouwens verdorie land in Coahoma en m'n pachters betalen me over de post. Er gaat heel wat geld en god mag weten wat nog meer door dat mens d'r handen. Ik denk dat ik meer zielenrust zou hebben als dat de handen van een blanke waren.'

'Ze krijgt ook een behoorlijk salaris als beheerster van het postkantoor,' zei Vaiden. 'Als je haar inkomen optelt bij wat Blaaskaak binnenhaalt met z'n begrafenisverzekeringen, dan kun je wel nagaan dat ze d'r warmpjes bij zitten. Beetje al te warmpjes, als je 't mij vraagt.'

Iedereen was het erover eens dat de toestand niet deugde en dat dat gedrag van Blueford Lucas een eerste voorproefje was van waar dit op kon uitlopen.

'In mijn ogen zijn d'r twee dingen die we moeten rechtzetten,' zei Percy. 'Het eerste is dat mens zelf. We halen haar daar weg en zetten er een blanke man neer. Dat gedeelte is makkelijk.' Hij keek Tandy aan. 'Heb jij dringende besognes die je de eerstvolgende paar jaar moet afhandelen?'

'Uiteindelijk wil ik weer katoen gaan verbouwen, net als Vader. Maar als jullie dat willen, kan ik dat nog wel even uitstellen, denk ik.'

'Je broer is zo fideel geweest om zich als burgemeester aan te bieden voor de rest van de periode. Als wij jou nu naar voren schoven als postdirecteur, zou je dat werk dan wel een tijdje kunnen doen?'

Tandy glimlachte. 'Niemand zou het zeker erg vinden als ik achterin af en toe een partijtje kaarten op touw zette?'

'Dan doe ik mee,' zei Baskett.

De oude Teague zei: 'Ach Charles, jij ziet het verschil nog niet tussen een aas en een reep kant van een directoirtje. Als jij gaat kaarten met Tandy, dan plukt hij je zo kaal als een kikker.'

'Percy zei dat er twee dingen zijn die we moeten rechtzetten,' bracht Ellsbury hun in herinnering. 'Ik denk dat het tweede die nikker is die Tandy een brutale bek heeft gegeven. Wat gaan we aan hem doen?'

Percy's vuist omklemde de marmeren knop op zijn stok. Hij deed zijn mond al open, maar Tandy was hem voor.

'Dat gedeelte,' zei hij, 'is nóg makkelijker.'

Nadat ze zo veel problemen uit de weg hadden geruimd, deden ze wat men in de Delta altijd doet wanneer men zijn besognes heeft afgehandeld. Catchings liet zijn opzichter komen, een blanke man met een nors gezicht, en gaf hem opdracht het stiertje uit de lage wei op te halen en het beest te slachten. Er werden een paar negers opgetrommeld die een kuil in de achtertuin moesten graven, waarna ze die opvulden met blokken eikenhout, die ze vervolgens aanstaken. Ze spanden varkensgaas over de kuil, maakten een tobbe barbecuesaus en legden het gevilde stiertje op het gaas. Een van de negers gebruikte een luiwagen om de saus mee over het kadaver uit te spreiden.

'Dat wordt morgenochtend iets verdomd lekkers,' zei Catchings. Ze hadden allemaal een stoel bij het vuur getrokken en nu zaten ze met hun jasje aan buiten, een krat puike whisky, die Catchings in Memphis had gekocht, binnen handbereik. Dit zou een partij worden die de hele nacht doorging: onder het drinken zouden ze elkaar verhalen vertellen tot ze in slaap vielen, en wanneer ze de volgende ochtend wakker werden, zouden ze aan het gebraden vlees beginnen.

In geen jaren had Tandy zich zo opgeruimd gevoeld. Sommigen van deze mannen praatten met zo'n zwaar accent, dat een buitenstaander met geen mogelijkheid kans had gezien hun klinkers thuis te brengen. Maar hij begreep hen precies. En zij hem.

'Goed gedaan, jongen, zoals je daar binnen de touwtjes in handen nam,' zei Percy Stancill en gaf hem een klap op zijn knie. 'Dat zou je vader deugd hebben gedaan. Hij zou ook trots zijn geweest op Leighton – zijn we allemaal – maar je broer houdt d'r wel een paar rare opvattingen op na.'

'Ach, je kent Leighton,' zei de oude Teague.

'Hij meent nog niet de helft van wat hij zegt. Hij voelt zich enkel verplicht zulke dingen te zeggen.'

'Sam Payne sprak eigenlijk nooit al te veel,' zei Percy peinzend. ''t Lijkt wel of die jongens van hem hun eigen spraakwater hebben met dat van hem er nog bij.'

Een van de jongens van Sam Payne zat op een telganger en reed over een landweggetje.

Hij kwam niet al te vaak deze kant op, al deed hij zijn best elk gehucht in het district op zijn minst één keer per maand aan te doen om nieuws voor zijn krant te vergaren. De mensen mochten graag over zichzelf lezen en hij probeerde de mensen te geven wat ze graag wilden. Tweederde van wat hij in de krant zette, had betrekking op dingen in de orde van grootheid als het bezoek van iemands tante uit Jackson of de lijst van alle verschillende taarten die voor een kerkbazar waren gebakken. Zo had hij het graag: dat er steeds een rustige en vredige toestand heerste.

Op dit ogenblik was de toestand vredig genoeg. In het veld rechts van hem waren een paar arbeiders bezig katoen te plukken en sleepten ze zakken naar een wagen die met een paar ossen tussen de disselbomen op de draaistrook stond. Sommige vrouwen hadden hun kinderen meegebracht; die zag je tussen de katoen rondhollen en links en rechts zaadbollen lostrappen met hun snelle beentjes. Over een jaar of twee zouden deze kinderen oud genoeg zijn om ook katoen te plukken en dan zouden ze hier eind september met hun eigen zakken rondlopen. De gekleurde scholen openden hun poorten pas wanneer alles van het land was gehaald.

Leighton zelf hield niet van het boerenbedrijf: al gaf je hem alle bunders zwarte aarde van hier tot aan de grote rivier, nooit zou je hem zo ver krijgen dat hij daar weer aan begon. Maar hij kon er niets aan doen – hij hield van het najaar en hij hield van de oogsttijd, van dat tintelende in de lucht, de aanblik van al die katoen en vooral van die stemmen, die de oude geestelijke liederen zongen.

The trumpet sounds within my soul.
I ain't got long to stay here.
Steal away, steal away.
Steal away to Jesus.

Op dit ogenblik zongen degenen die daarginds in de weer waren, juist dat lied, zijn lievelingslied: dat drukte immers de belofte uit dat er je uiteindelijk, hoe zwaar je het hier ook te verduren had gehad, een betere wereld te wachten stond. Drie of vier vrouwen zongen het met elkaar, en hun stemmen zweefden naar hem toe en overstemden het geluid van hoeven die over het stoffige weggetje bonkten.

Steal away, steal away home
I ain't got long to stay here.

'Ik heb zo'n idee dat ik hier niet te lang meer moet blijven,' zei Ephraim Barnes.

Vlakbij hem stond een grote globe, zo'n fraaie met richeltjes die de bergketens aangaven. Onder het praten liet Barnes de globe met een lome wijsvinger ronddraaien. Je kon eigenlijk niet zeggen of hij nu zat of lag op de sofa. Hij was er gewoon: met zijn merkwaardig kleine voeten op de salontafel, zijn schoenen nog aan, twee verschillende sokken. De voorkant van zijn hemd zat onder de vlekken en er ontbraken een paar knopen.

'De eerste twee jaar of zo ging het best goed voor m'n gevoel. Prima oogsten. Hoge prijzen. Waarom het daarna misging, ik weet het niet. Ben blijkbaar niet in de wieg gelegd voor een leven als planter in de Delta. Kon ook geen vrouw krijgen die tegen dit verdomde oord kon. Jouw moeder, vond die het hier niet vreselijk?'

'Zij vond het hier best, geloof ik,' zei Leighton. 'Ze is er tenminste aan gewend geraakt.'

'Zij kwam toch ergens anders vandaan, hè?'

'Nee, mijnheer, ze was hier niet ver vandaan geboren. In Greenville. Ze was nogal wat jonger dan mijn vader.'

Barnes liet een boer. 'Hoe is zij eigenlijk aan haar eind gekomen, als ik vragen mag?'

Het viel niet mee daarover te praten. 'Ze is door een slang gebeten. Toen is ze ziek geworden en gestorven.'

'En dat is hier op de plantage gebeurd?'

'Ginds in de achtertuin, daar is ze gebeten. Ze is... enfin, mijnheer, ze is hier in deze kamer gestorven.'

Haar zitkamer had ze dit vertrek genoemd. Het was een ordelijke kamer geweest, niet volgestouwd met van alles en nog wat, enkel een paar stoelen en een secretaire en een bank hadden er gestaan. Nu stonden er her en der kapotte meubelstukken en overal lagen papieren te slingeren. Aan het plafond hingen spinnenwebben. Het stonk naar zweet en schimmel.

'Zijn er hier eigenlijk veel mensen doodgegaan?' vroeg Barnes.

'Alleen zij en mijn vader. Hij had de gele koorts. In '88 is dat geweest.'

'De reden dat ik dat vraag, hè, is dat ik verhalen heb gehoord. Nikkerpraatjes over allerlei dood volk hier. Heb jij dat soort verhalen weleens gehoord?'

'Ik weet nog dat er hier in de buurt wel schietpartijen zijn geweest. Maar dat is al een hele tijd geleden.'

Op de salontafel stond een fles whisky, met een glas ernaast dat zo te zien in geen tien of vijftien jaar meer was afgewassen. Barnes haalde zijn voeten van het tafeltje, boog zich voorover om het glas vol te schenken en keek even op. 'Ik had je anders wel wat aangeboden, maar ik weet dat je d'r tegen bent.' Hij bracht het glas naar zijn mond en dronk het voor de helft leeg, en toen hij het terugzette boerde hij weer.

Met de rug van zijn hand veegde hij zijn mond af. 'Ik bedoel het niet ongastvrij hoor, maar hoe komt het zo, dat je me opeens met een bezoek vereert? Want je bent hier toch niet één keer meer geweest sinds je me de hele zaak hebt verkocht.'

'Ik geloof dat ik in die tijd, toen u en ik over de verkoop onderhandelden, weleens heb verteld dat ik een jongere broer heb?'

Barnes grinnikte. 'De heer Terrell Andrew Payne. Blijkbaar moet hij niet veel van z'n roepnaam hebben. Dat zei hij tenminste tegen me.'

'Hij is hier dus geweest om met u te praten?'

'O, twee of drie keer is hij langs geweest, ja.'

'Ik had geruchten van dien aard opgevangen. En nu vroeg ik me af of ze klopten.'

'D'r zijn heel wat mensen die 't niet eens zouden zijn met wat ik nu ga zeggen, maar ik zeg het toch. Ik heb de ervaring dat als je een gerucht hoort, dat 't dan meestal ook waar is. Dat wil zeggen, als 't een kwaardaardig gerucht is. Als 't een vriendelijk praatje is, dan kun je d'r haast altijd donder op zeggen dat het niet klopt.'

Een paar minuten lang wisten ze geen van beiden wat ze nog meer moesten zeggen. Leighton zat te wensen dat hij niet was gekomen. Jaren daarvoor had hij bij zichzelf gezworen dat hij nooit meer een voet in dit huis zou zetten, dat hij zelfs nooit meer een stukje land zou betreden dat aan zijn vader had toebehoord. Dat was een gelofte waaraan hij zich had moeten houden.

Barnes zei: ''t Lijkt wel of jij en je broer niet al te dik met elkaar zijn.'

'Niet echt, nee.'

'Ik heb ook een broer,' zei Barnes, en hij liet de globe zo snel rondvliegen dat er alleen nog iets blauws te zien was. 'Hij is het evenbeeld van m'n vader. En mijn vader, God hebbe zijn ziel, die is vanaf het begin van z'n leven een klootzak geweest. En het spijt me het te moeten zeggen, maar dat is hij tot het eind toe gebleven. Dus omdat mijn broer me aan hem doet denken – nou ja, daarom zijn hij en ik ook nooit geweldig dik met elkaar geweest.'

Leighton zei: 'Ik hoorde dat Tandy misschien wel gaat proberen om het huis en het land terug te kopen.'

''t Enige wat ik daarvan kan zeggen, is dat hij het geld niet heeft.'

'Maar klopt 't dat hij er belangstelling voor heeft?'

Een tijd lang gaf Barnes geen antwoord. Hij zat naar de fles te staren. Het was duidelijk dat hij al heel wat keren zo naar die fles had zitten staren, of naar net zo eentje. 'Ik heb een hekel aan dit land,' zei hij ten slotte en zijn kin begon te trillen. 'Ik ben wel es helemaal daar achteraan geweest, jongen, en ik heb dat begraafplaatsje gezien waar je moeder en je vader liggen. En dat zijn niet de enige graven die ik ben tegengekomen. D'r zijn d'r nog veel meer. En het lijkt wel of geen mens d'r over wil praten, behalve dan een stuk of twee ouwe nikkers, maar je weet wel wat je dan krijgt, hè, dan beginnen ze met hun ogen te rollen en over spoken en weet ik veel te raaskallen. Als je dat slag moest geloven, dan is geen mens ooit alleen maar zichzelf geweest – iedereen is zichzelf plus nog vijfentwintig andere ikken. Heregod, wat zou ik het vreselijk vinden om een nikker te zijn. Dat volkje sleept de hele wereld achter zich aan.'

Hij pakte zijn glas en dronk zijn whisky op. 'Wou je weten of ik al of niet bereid ben de boel te verkopen?'

Leighton stond op. 'Ik vroeg me alleen af of mijn broer iets van belangstelling had laten blijken. Dat is eigenlijk de enige reden dat ik hiernaartoe ben gekomen. Ik hoop dat u me dat wilt vergeven, want eigenlijk had ik daar niets mee te maken.'

Barnes' ogen gingen half schuil achter zijn grijze pieken. 'Als je broer wat geld bij elkaar kan peuteren, dan doe ik het huis en het land in een vloek en een zucht aan hem over. En voor heel wat minder dan ik ervoor heb neergeteld. Want onder ons gezegd en gezwegen, jongen, d'r hangt een rotlucht in dit oord. En ik denk zo dat jij heel goed weet waar die stank vandaan komt.'

De lap grond was nooit ontgonnen.

Zijn vader had het stuk voorjaar '78 gekocht van de laatste negerlandbezitter in het district, een voormalige slaaf genaamd Zollicoffer, die korte tijd staatsparlementslid was geweest en zich aan de zijde van James D. Lynch had geschaard. Als zoveel zwarte republikeinen was Zollicoffer tot de slotsom gekomen dat hij het in noordelijker streken waarschijnlijk verder zou brengen. Hij verkocht zijn land voor een prikje, laadde zijn gezin in een wagen en verliet het district midden in de nacht.

Het was een laaggelegen gebied, hier en daar drassig, overwoekerd door cipressen en iepen, bitternoten en christusdoorns. Wat zijn vader ermee van plan was geweest, had geen mens geweten; hij had nooit iemand in Zollicoffers huis gezet of van ook maar enig verlangen blijk gegeven om de grond geschikt te maken voor bebouwing. Misschien dat hij het alleen had gekocht om te voorkomen dat een ander het in handen kreeg – dat soort dingen had hij al eerder gedaan. Het land grensde aan de oostkant aan zijn plantage, het lag tussen hem en de stad, en hij moest er dus langs als hij naar Loring ging; waarschijnlijk was hij er steeds vol ergernis langs gereden, geplaagd door het besef dat de eigenaar het van slaaf tot parlementslid had geschopt. Hij had akelige wonden opgelopen bij zijn pogingen te voorkomen dat zoiets ooit zou kunnen gebeuren. Door Zollicoffers land voor een appel en een ei op te kopen had hij zich erop kunnen beroemen dat hij de natuurlijke orde herstelde.

Het was hier nu stil. Er hing een lucht van rottende moerbeien. Geen straaltje zonlicht drong door het dichte bladerdak. Leighton zat op zijn paard en keek van de ene boom naar de andere, want iedere boom stond voor een speciale herinnering: een naam, een stem, een gezicht.

Zorg dat je nooit *zonder werk* zit. Dat was een van de dingen die haar moeder haar had ingeprent. 'Als je geen werk hebt, dan heb je jezelf niet. Dan konden ze net zo goed je papieren nog hebben, want dan ben je hun eigendom.'

Maar je was ook hun eigendom, zij het in een andere betekenis, als je voor hen werkte. Dat wist ze best, en ze geloofde dat haar moeder dat ook maar al te goed had geweten. Maar wanneer je voor ze werkte, kon je tenminste wel een hoekje van jezelf voor ze verborgen houden – en dat deed ze ook. Ze hield een hoekje van zichzelf voor hen verborgen, en zo nu en dan hield ze ook een hoekje verborgen voor Seaborn. Een hoekje hier, een hoekje daar. Soms had ze het gevoel dat ze geen midden had, alsof ze uit niets anders bestond dan de randjes die ze steeds verborgen hield. Soms had ze geen idee waaruit het geheel eigenlijk bestond, wie ze nu in werkelijkheid was, of zou zijn als je haar verschillende hoekjes bij elkaar deed.

Dat was ook iets wat haar moeder haar had ingeprent. *Zorg ervoor dat ze je nooit leren kennen.*

En daarom, en om nog een paar andere redenen, zat het haar dwars toen ze ontdekte dat Tandy Payne wist wat zij de meeste weekdagen om twaalf uur ging doen, als ze het postkantoor sloot voor de middagpauze.

De meeste mensen, Seaborn incluis, dachten natuurlijk dat ze dan naar huis ging. Eenmaal het gebouw uit sloeg ze de hoek om, liep langs de krant en nog verder rechtdoor, sloeg dan rechtsaf Loring Avenue in en richtte haar schreden richting spoorwegovergang. Iemand die haar gangen met enige belangstelling volgde, zou er tegen die tijd, in de veronderstelling dat ze op weg was naar haar huis, de brui aan geven.

Maar ze liep verder en stak het spoor over. De straat werd nu smaller, niet veel meer dan een steeg. De honden waren hier broodmager en zagen er vals uit, en de kinderen die hier in de modderige voortuintjes speelden waren ook mager; een paar riepen: 'Ha, die mevrouw Jackson,' maar de meesten letten niet op haar.

Het huis waar ze altijd naartoe ging lag een paar straten van het spoor. De veranda aan de voorkant had het de winter daarvoor begeven, maar dat deed er niet zoveel toe, want de vrouw die daar woonde, ging nooit de deur uit. Zij lag de hele dag in bed en werd verzorgd door een meisje van twaalf met een spraakgebrek. Niemand wist dat Loda de moeder van het meisje betaalde voor haar diensten. Zelfs Seaborn niet.

In het kleine voorkamertje zat het meisje bij de schouw met een afwasteiltje op haar schoot. Het teiltje was gevuld met water, waarin een glazen pot op de kop was gezet.

'Kun je het deksel er niet af krijgen?' vroeg Loda.

De lippen van het meisje begonnen te bewegen, maar er kwam geen geluid. Ze zette het teiltje op de grond en stond op. Blijkbaar had ze staande minder moeite met praten. 'J-j-ja m'vrouw. M-mama zegt, als je zo'n deksel d'r niet af krijgt, zet de pot dan in het w-w-water.'

Loda bukte zich, pakte de pot en zette hem op de stoel. Ze draaide aan het deksel en de was liet los. 'Alsjeblieft.'

Het meisje bleef zonder een woord staan.

'Ga jij maar eten. Dan blijf ik zolang bij juffrouw Bessie.'

Het meisje pakte de pot, werkte zich in haar jas en ging het huisje uit. Zij at nooit in Loda's bijzijn. Ze ging altijd op een bank bij het privaathuisje op de achterplaats zitten om daar te eten. Loda had er een paar keer iets van gezegd, maar dat had niets geholpen. Het meisje had haar maal enkel uitgesteld totdat zij weg was.

In de achterkamer lag juffrouw Bessie in bed. 'Als dat kind iets probeert te zeggen, dan klinkt ze als een machinegeweer. Waarom heeft de Heer dat kind eigenlijk een stem gegeven als Hij nooit van plan is geweest haar dat ding te laten gebruiken, zeg me dat eens? Daar heb je geen antwoord op, hè?'

Loda trok een krukje naast het bed en ging zitten. 'Nee, daar heb ik, denk ik, geen antwoord op.'

'Ach nee, kind, en dat zul je ook nooit krijgen. Maar ik zal je eens zeggen wie je d'r wel eentje kan geven, een prima antwoord zelfs. Wie zo vijf of zes puike antwoorden uit z'n mouw schudt als je d'r om verlegen zit. Dat is jouw eigen man. *Mijnheer* Seaborn P. Jackson.'

Zo ging het elke dag. Ze moest dit ritueel gewoon even uitzitten. Het duurde nooit lang.

'Waar staat die *P* eigenlijk voor?'

Die *P* was pas vele jaren na Seaborns geboorte aan zijn naam toegevoegd. 'Purcell,' zei Loda.

'En wie was die Purcell dan wel, als ik dat eens beleefd vragen mag?'

'Een blanke man die zijn vader een keer heeft laten meerijden in zijn wagen.'

'Dus een blanke man neemt z'n vader een eindje mee en z'n vader noemt prompt een kind naar hem? Dat zegt wel wat, hè?' Juffrouw Bessie begon te lachen. Je hoorde het raspen in haar borst. Het lachen ging over in een hoestbui en de hoestbui duurde drie of vier minuten. Toen die voorbij was, hapte ze naar adem. Er hing wat speeksel aan haar kin.

Loda pakte een doekje van het nachtkastje, keek of het schoon was en veegde haar kin af.

'O jee.' Juffrouw Bessie liet zich in het kussen terugvallen. 'Vertel me toch eens hoe het komt dat ik zo oud ben geworden. Ik had al twintig jaar dood moeten zijn.'

Loda legde het doekje weg en ging zitten. 'Je hebt nog jaren te leven,' zei ze, al wist ze dat dat niet waar was.

Juffrouw Bessie wist niet precies hoe oud ze was, of zelfs maar waar ze was geboren.

Ze meende dat het ergens in Oost-Mississippi was geweest. Ze had Loda verteld dat ze zich nog herinnerde hoe ze midden in de winter, met lappen jute om haar voeten gewikkeld, lopend door een heuvelachtig gebied met rode leem was gekomen. Ze had met nog een paar kinderen bij een groep van zes volwassenen gehoord – drie mannen en drie vrouwen – die als een kudde vee was voortgedreven door een man, genaamd Griswell. Aan zijn ene dij had die een grote blaffer, en 's nachts, als zij allemaal aan elkaar waren geketend en een beetje warmte bij elkaar zochten, dronk hij sloten maïsbrandewijn en joeg dan in het wilde weg een paar schoten het bos in, waarna hij kakelend begon te lachen. Wat hij 's nachts ook weleens deed, was een van de vrouwen het bos mee insleuren, haar met haar gezicht tegen een boom duwen en haar dan keihard te grazen nemen. De jongste vrouw kreunde het altijd uit wanneer hij haar onderhanden nam – '*ah, ah, ah*,' – maar juffrouw Bessies moeder had nooit een kik gegeven. Ze zei tegen de jongere vrouw dat Griswell haar er zo vaak tussenuit pikte omdat zij liet merken dat het haar pijn deed, maar nooit leerde zij zich stil te houden.

Juffrouw Bessie vertelde Loda hoe de opzichter van de eerste plantage die ze zich herinnerde, ergens ver weg bij de rivier, er altijd plezier in had gehad de kinderen achteruit te laten rennen. Hij zette ze op een rij, haalde de trekker van zijn geweer over en zij maar hollen. Als ze te langzaam liepen, schoot hij op hun voeten. Vroeg of laat vlogen ze tegen een boom op, of ze tuimelden in een greppel of maakten een paard aan het schrikken en werden half dood getrapt.

Op een dag stond een grote, askleurige neger die Hervey heette, even zo dicht bij de opzichter dat hij diens geweer kon pakken en hem in het achterhoofd kon schieten. Toen ze Hervey te pakken hadden gekregen, zei juffrouw Bessie, bonden ze zijn voeten en zijn armen aan twee verschillende spannen paarden en gaven de beesten toen met de zweep: ze dachten dat ze Hervey op die manier keurig aan tweeën zouden scheuren. 'Probleem was alleen,' zei ze, 'dat een mens z'n armen gewoon nooit zo sterk zijn als z'n benen. Die armen werden dus meteen losgerukt van de rest van z'n lijf. De paarden vliegen d'r als de wiedeweerga vandoor met die grote armen van Hervey d'r vrolijk en wel achteraan hotsend, en iedereen staat verbaasd te kijken. En Hervey zelf kan niks anders dan in het stof liggen gillen en die armen van 'm nakijken tot ze compleet uit 't zicht zijn verdwenen.'

Ze vertelde Loda dingen over haar moeder waar haar moeder zelf nooit een woord over had gezegd. 'In '59 heeft zo'n koolzwarte duivel van een vent die Andrews heette geprobeerd je moeder over te nemen van Sam Payne. Wist je dat niet, dat er ook gekleurde slavenhouders waren? Nou en of die er waren. Misschien drie in de hele wereld, en hij was daar dus een van. Die vent komt hier aanzetten vanuit Natchez of daaromtrent, zegt dat hij er negen heeft en op zoek is naar nummer tien, en dan valt z'n oog op jouw moeder. Die man, hè, die man... Weet je dat die verdomde Sam hem nota bene behandelde alsof hij blank was? Sam woonde toen nog in dat eerste huis van hem dat in de oorlog is afgebrand, en hij laat die Andrews zomaar via de voordeur binnen. Biedt hem een stoel aan in de salon, zei je moeder. Hij zei dat hij zaken kwam doen, en Sam weet best wat voor zaken dat zijn. Maar hij weet niet wie die Andrews eigenlijk wil kopen, en toen hij daar achter kwam, sloeg hij hem ter plekke zowat dood. Die duivel van een Andrews ging d'r vandoor alsof iemand z'n achterste in de terpentijn had gedompeld.'

Zij had Loda ook verteld dat haar moeder in juni '64 van de plantage was vertrokken, dat ze helemaal naar Memphis was gelopen en daar tot en met het voorjaar daarop met een joodse katoenhandelaar had samengeleefd, maar dat Ulysses Grant in eigen persoon had gedreigd dat hij de man zou laten doodschieten als hij de stad niet verliet. Loda wist wel dat generaal Grant dat onmogelijk had kunnen doen: die zat destijds ver weg, in Oost-Virginia, waar hij het leger van Lee had klemgezet. Maar ze luisterde toch, want sommige waarheden logenstraften de feiten, en zij herkende dat soort wanneer ze die hoorde.

'Jouw moeder had het een tijdlang dus behoorlijk zwaar, leefde van de hand in de tand, als je 't mij vraagt, en zo liep ze daar dus rond en wie ziet ze toen opeens? Zomaar ergens op straat in Memphis, Tennessee. Hij had toen al een vrouw, maar die zomer heeft hij je moeder naar huis gehaald.'

'In de zomer van welk jaar?'

'Kind, vraag me dat nou niet. Zomers zijn zomers. Maar als

je wilt, dan verzin ik wel een jaar, hoor. Laten we zeggen '68, of anders '69.'

'Was ze zwanger toen ze thuiskwam?'

'Ze was doodmoe toen ze thuiskwam. Als ze niet doodmoe was geweest, dan was ze niet teruggekomen. Zo goed kende ik haar wel, dat ik dat kon zeggen.'

Ze had haar goed genoeg gekend om een heleboel te kunnen zeggen, en bijna al die dingen had Loda al eens gehoord, al schoot er juffrouw Bessie af en toe ook wel iets nieuws te binnen. Niet per se iets over haar moeder. Soms was het een verhaal over Bell Irvin, de laatste man met wie ze had samengeleefd, of over Blueford, die zij min of meer had grootgebracht, of over een van haar eigen acht kinderen. Het enige kind dat ze nooit noemde – Markham – was het enige dat Loda had gekend. En geen van beiden konden ze tegen de gedachte die naam ooit nog eens te moeten uitspreken.

Maar vandaag was juffrouw Bessie zo te zien niet in een bui om verhalen te vertellen. Haar gewrichten deden zeer, zei ze, ze had rugpijn en ze had die nacht bloed gespuwd. Nog voordat Loda had kunnen voorstellen om dokter Ormesby te roepen, zei juffrouw Bessie: 'Stuur nou alsjeblieft niet die gek met z'n verrekte koffertje hierheen. Die heeft echt niks in dat koffertje waar hij me beter mee kan maken. Als ik vraag waar al die glanzende instrumenten nou eigenlijk goed voor zijn, dan zet hij een hoge borst op en zegt dat hij dankzij die dingen "de juiste diagnose" kan geven. Hij praat zo'n beetje net als Seaborn. Ik zei tegen hem, ik zeg: "U weet best dat d'r finaal niks met me mis is, alleen maar dat ik al veels te lang leef. En gaat u nou maar weg," zeg ik, "en als u zo nodig iets moet behandelen, neemt u dan maar het leer van dat koffertje."'

Loda stond op en ging de voorkamer in. Ze had een zak

aardappelschillen meegebracht; die maakte ze nu open en ze gooide de schillen op de vloer, waarna ze begon te vegen. Toen ze de voorkamer gedaan had, duwde ze de hoop schillen in de kamer van juffrouw Bessie en veegde die ook aan; ze schoof de hele zaak op een stofblik en gooide dat leeg in de zak.

Juffrouw Bessie keek goedkeurend toe. 'Ik ben degene die je moeder dat vroeger heeft bijgebracht. Ze kreeg altijd een niesbui als ze het huis aanveegde, en ik zei toen eens tegen haar, ik zeg: "Gooi toch wat aardappelschillen op de vloer voordat je begint te vegen, dan stuift het stof niet meer in het rond."'

Loda begon handdoeken en waslapjes en vuile lakens en slopen te verzamelen. Ze stopte alles in een zeildoeken zak, trok het koord aan en zette de zak in de voorkamer. Toen liep ze terug naar juffrouw Bessies slaapkamer. 'Ik zeg straks tegen Johnnie Mae dat ze die spullen meeneemt naar haar moeder en ze laat wassen,' zei ze. 'Is er verder nog iets wat je graag wilt?'

Juffrouw Bessie had haar gezicht naar de muur gedraaid. 'Nee, lieverd,' zei ze. 'Ik hoef niks, hoor.' Een ogenblik bleef ze zwijgend zo liggen. Toen zei ze: 'Bell is hier ook weer geweest.'

'En heeft hij iets gezegd?' vroeg Loda.

'Hij zegt nooit iets. Blijft enkel bij het bed staan. En je kunt niet uitmaken of hij z'n mond houdt omdat hij dood is, of dat 't gewoon komt doordat hij toch al nooit zo praterig was, ook niet toen hij nog leefde. Dat heb ik tenminste altijd gehoord.' Ze draaide zich op haar andere zij en wees naar het raam. 'Daarginds, hè, daar komt hij binnen. Raam wordt even twee, drie seconden pikzwart, en daar heb je 'm.' Ze liet haar arm terugvallen op het bed. 'Weet je wat ik ook altijd heb horen zeggen – als een dooie via het raam binnenkomt, dan wordt 't raam helemaal zwart. Maar weet je waar ik nou zo over moet prakkiseren?'

'Nou?'

'Als zo'n dooie nou blank is?' vroeg juffrouw Bessie. 'Denk je dat het raam dan ook zwart wordt?'

Ze begon weer te lachen. Ditmaal schudde het hele bed.

Toen ze bijna bij de spoorwegovergang was, zag ze een geelbruine straathond met een grijs beestje paren, ook een bastaardje. Het geelbruine beest stond met zijn achterpoten in de greppel langs de straat. Uit de bek van het grijze hondje klonk een hoog gejank. Loda bleef geen seconde staan en wierp enkel een vluchtige blik op de dieren. Maar Tandy Payne had die blik gezien en daaraan had hij genoeg.

Hij stapte achter een boom vandaan die vlak aan de noordkant van het spoor stond. 'Zo, die geven hem nog eens van katoen, wat jij?'

Haar ogen speurden de straat voor haar af. Leeg. De eerste rij winkels begon pas zo'n honderd meter verderop. Het dichtstbijzijnde gebouw achter haar was een goktent. Ze betwijfelde of daar nu iemand was. Voor zover ze wist, begonnen ze daar pas laat in de middag te spelen.

'Zet een mens wel aan het denken, hè?' zei hij.

'Hoezo?'

'Weet je best.'

'Ik koester geen bepaalde gedachten aan wat dan ook.'

'Volgens mij lieg jij nu, Loda.' Hij keek naar de honden, toen weer naar haar en grijnsde. 'Doet vriend Blaaskaak het ook zo met jou?'

Haat, had ze gehoord, maakte de meeste mensen witheet. Maar zij kreeg het daar juist koud van, bij haar was dat een emotie die haar hart in een ijzige greep hield, zodat ze van binnen naar buiten langzaam maar zeker bevroor.

'Nee, hè? Niet zo, maar ook niet op andere manieren. Niet zo vaak als jij eigenlijk wel zou willen. Zo te zien snak jij naar een partijtje rampetampen.'

'Bij dat ventje,' had haar moeder gezegd, 'draait alles maar om één ding. "Is er iets wat ik nog niet heb?"' Maar hij was niet zoals zijn vader. Hij was niet iemand die gewoon toegreep; hij wist eigenlijk nooit goed wat er viel te grijpen.

'Ik peins er niet over me door jou te laten aanraken,' zei ze. 'Niet vrijwillig, tenminste.'

Hij legde zijn hand op haar schouder. In een vloeiende beweging gaf ze hem zo'n harde klap in het gezicht dat zijn hoofd naar achteren vloog en zijn hoed afviel.

Heel even verloren zijn ogen elke uitdrukking. Ze hoopte en bad dat hij in huilen zou uitbarsten. Ze had hem al eens zien huilen. Destijds op de Deadening stond hij tegen de muur van het rookhok geleund, en zij stond voor hem en keek toe hoe zijn hand zijn spierwitte lid bewerkte terwijl er zich een radeloos gesnik uit zijn keel perste. Ze moest kijken, had hij gezegd, anders zou hij vertellen wat hij haar had zien doen, en met wie. Eerst had hij haar proberen te dwingen datzelfde met hem te doen, maar zij zei dat hij haar dan eerst maar moest vermoorden, en op het laatst had hij ermee ingestemd dat ze alleen maar keek terwijl hij het met zichzelf deed.

Er liep een rode streep over zijn wang. Hij voelde even aan de huid en lachte, en vervolgens haalde hij een opgevouwen vel papier uit de zak van zijn jasje.

'Dit is een stuk dat een petitie heet,' zei hij. 'Jij hebt veel meer in je mars dan ik, je weet vast wel wat dat is.' Hij vouwde het papier open. 'Weet je wat hierin staat? Dat *ondergetekenden* – is dat geen prachtig woord, *ondergetekenden*? Catchings Stark heeft dit trouwens geschreven. Goed, ondergetekenden verlangen dat jij onmiddellijk je ontslag indient als beheerster van het postkantoor, en wel in verband met het recente incident – klinkt dat ook niet mooi? – het recente incident waarbij een *gekleurde persoon* van het mannelijk geslacht – die Catchings is wel verdomde beleefd – Blueford Lucas genaamd, *betrokken* is geweest. En laten we d'r geen doekjes om winden, jij bent vast al weleens eerder bij incidenten betrokken geweest. Getekend: de *ondergetekenden.*

Hij stak haar de petitie toe. Toen bukte hij zich, raapte zijn hoed op, sloeg het stof eraf en zette hem op zijn hoofd.

'En dat papier,' zei hij, 'is pas het begin van jouw problemen, teef.'

Blueford vond de geur van koffiebonen die gebrand werden heerlijk, en het drankje dat ze opleverden vond hij al even heerlijk. De koffie die juffrouw Bessie vroeger iedere ochtend zette was zo sterk, zo zwart en zo zoet geweest dat hij weleens wat bij wijze van stroop over zijn maïspannenkoekjes had geschonken.

Hij had de koffiebrander zelf gebouwd. Het ding bestond uit een gietijzeren vat met een los deksel en een vuurkorf eronder, en stond op vier ijzeren pootjes waaraan hij wieltjes had bevestigd, zodat het verrold kon worden. Hij had het toestel nu op de stoep voor magazijn Rosenthal gezet en het vuur flink opgestookt. Zodra hij de bonen erin stortte, kwamen de mensen massaal op de winkel af. Want zij vonden die geur ook zo lekker, zei Rosenthal.

Rosenthal praatte vaak over de geur van dingen – over van alles uit zijn vroegere leven wat hij nu waarschijnlijk miste. Wanneer Blueford en hij alleen waren, 's morgens voordat de winkel open was en 's avonds als hij weer dicht was, vertelde hij Blueford over de geur van haring in het zuur en *gefilte fisch*, de pittige lucht van zuurkool, het zoetige, gistachtige aroma van *challe*. Als je hem zo hoorde praten, zou je gaan denken dat hij nog nooit iets had geproefd. Enkel van alles had geroken.

Blueford vulde een pan met koffiebonen. Hij wikkelde een

lap om zijn hand, tilde de deksel van het vat en zette de pan erin. Hij legde de deksel terug en pakte de lange, metalen lepel die hij gebruikte om te roeren. Hij had wel op een kruk kunnen gaan zitten, maar hij bleef staan. Niemand had hem dat gezegd. Dat wist hij gewoon.

De laatste jaren waren er heel wat Italianen naar de Delta gekomen; de meesten werkten als kleine pachters op de grote plantages, maar een paar bezaten een bedrijf. Een van hen, een man die Bartelli heette en bananen en sinaasappels verkocht, kwam weleens met zijn vrouw in de winkel. Op een dag had Blueford Percy Stancill Bartelli horen vragen wat het verschil was tussen een Italiaan en een spaghettivreter. Bartelli zei: 'Een Italiaan bezit zo'n driehonderd dollar. Een spaghettivreter bezit enkel en alleen zichzelf.' En een neger, begreep Blueford heel goed, was een gekleurde man die bleef staan. Zodra hij erbij ging zitten werd hij in de ogen van de blanken iets anders.

Voor zover dat ging zonder zijn waardigheid te verliezen, was Blueford bereid een neger te zijn. Zodra een staande positie vernederend werd, zou hij desnoods midden in Main Street gaan zitten. Hij had al te lang geleefd en te veel gezien om er zijn leven lang over te blijven inzitten wat de blanken wel van hem dachten. Hij wist hoe hij over zichzelf dacht. Dat was voldoende.

De bonen werden nu heet. Het duurde niet lang, of de geur verspreidde zich en de mensen stroomden de winkel in. Ook de burgemeester kwam met zijn vrouw en hun zoon. 'Goeiendag, Blueford. Ruikt weer lekker, zeg.'

De burgemeester maakte altijd een praatje met hem. En in tegenstelling tot de meeste blanken – die hem met zomaar een naam aanspraken, maar meestal met 'Roetmop' – had de burgemeester altijd zijn naam paraat. Maar de burgemeester kende hem dan ook al bijna zijn hele leven.

'Ja, mijnheer,' zei Blueford. 'Dit wordt echt een hele goeie partij.'

'Zijn dat de bonen van tien cent of die van vijftien cent?'

'Nou, mijnheer, u moet 't niet verder vertellen, maar volgens mij zit er eigenlijk geen verschil tussen de bonen van tien cent en de bonen van vijftien. Hangt enkel maar van de pot af waar we ze in stoppen.'

'Kijk es aan, daar had ik allang zo'n vermoeden van. Voortaan koop ik alleen nog bonen van tien cent.'

Het zoontje van de burgemeester en zijn vrouw gingen naar binnen, maar hij maakte nog geen aanstalten. Hij was een lange en krachtig uitziende man, niet iemand om een loopje mee te nemen bij een vechtpartij. En dat was maar goed ook. Want de burgemeester was geen vechtersbaas, nooit geweest ook.

Hij kwam nu vlak bij Blueford staan. Dichterbij dan blanken meestal kwamen. 'Iemand de laatste tijd ook geprobeerd je het leven zuur te maken, Blueford?'

Nee, dat was niet zo, maar het zou wel komen – dat had Blueford van Loda gehoord. Ze had hem van die petitie verteld en hem gewaarschuwd dat hij goed uit zijn doppen moest kijken, en dat had hij haar beloofd. Toen hij haar vroeg wat ze van plan was eraan te doen, zei ze dat ze dat niet wist.

'Nee, mijnheer,' zei hij tegen de burgemeester. 'Geen mens die me lastigvalt.'

'Mocht het gebeuren, dan moet je me dat laten weten. Begrepen?'

Blueford tilde de deksel op en roerde in de bonen. Met een knetterend geluidje sprongen ze open. Er steeg bruine rook op van het rooster. 'Ja, mijnheer, dat zal ik zeker doen.'

'Wij dulden geen ordeverstoringen in deze stad,' zei de burgemeester. 'Niet zolang ik daar iets over te zeggen heb.'

Hij glimlachte tegen een vrouw die net uit de winkel kwam, draaide zich om en ging naar binnen.

Juffrouw Bessie had altijd in alle vroegte kunnen zeggen of ze die dag al of niet een slang zou zien. 'Slang op komst vandaag,' zei ze soms. Een andere keer zei ze: 'Dit wordt een *twee*-slangendag.' Voordat de zon onder was, had ze dan het aantal slangen gezien dat ze had voorspeld. Blueford had nooit geweten of die slangen nu gewoon vanzelf opdoken, of dat zij, met haar voorspelling in gedachten, ervoor zorgde dat zij ze tegenkwam. Maar uiteindelijk deed 't er ook niks toe, dacht hij. Een slang was een slang en die kon je niet negeren. En zo deed het er uiteindelijk ook niet toe of hij in de gaten werd gehouden, omdat hij besefte dat dat weleens kon gebeuren, of dat het zo was dat hij had beseft dat hij misschien in de gaten werd gehouden omdát ze hem al in de gaten hielden. Het punt was dat hij hen bezighield.

Die avond zette hij zijn bezem weg, waste zijn handen en zei Rosenthal gedag, die aan zijn schrijftafel de inkomsten van die dag zat te tellen. Rosenthal pakte een zilveren dollar uit het geldkistje en gaf die aan Blueford. 'Hier, een extraatje.'

'Mijnheer?'

Rosenthal keek met een glimlach naar hem op. 'Die bonen, die roken vandaag heerlijk. Die ruiken elke dag heerlijk, Blueford. Ik zal je eens wat zeggen. Ik heb weleens toegekeken hoe jij die bonen brandde en ik heb het zelf weleens geprobeerd. Maar mijn bonen, die ruiken alsof ik iets uit de koeienwei heb gehaald en dat heb aangestoken. Ik geloof dat jij een speciaal talent hebt.'

Echt iets voor die goeie ouwe Rosenthal om zoiets te zeggen. Wat hij ook vaak deed, was Blueford vertellen over het dorp waar hij was opgegroeid, een plaatsje dat Mlawa heette en niet ver van Warschau lag, zei hij. Een prima plaatsje, zei hij tegen Blueford, om een heel eind vandaan te zitten. Toen hij nog een kleine jongen was, was er op een keer een jongetje van zijn leeftijd verdwenen. Dat knaapje was een goj, het zoontje van de enige advocaat in het dorp. Men had hem nog buiten zien spelen achter de werkkamer van zijn vader; een uur later was hij weg geweest. Ze hadden de hele omgeving afgespeurd, maar niets gevonden. Zelfs geen voetafdruk.

'En wat gebeurt er die nacht? Die mensen daar, Blueford, die raken volslagen buiten zinnen. Ze drijven een heel stel mensen bij elkaar – alsof ze met koeien van doen hebben. En dan sleuren ze mijn oom mee, ze sleuren bakker Elo mee en ze willen mijn vader meesleuren, maar die was naar de stad, garen kopen voor zijn weefgetouwen. Ze sleuren ze ergens een veld in en daar halen ze dingen met ze uit die ik hier niet zal vertellen. En de dag daarop komt er zo'n reizende handelaar langs die dat zoekgeraakte jongetje terugbrengt. Hij was bij iemand op de wagen gekropen en daar in slaap gevallen en die man was verdergetrokken naar weer andere dorpen, had daar zijn handelswaar uitgevent en hem daarna teruggebracht. En mijn vader komt thuis en hoort wat er gebeurd is, en hij moet huilen om mijn oom en hij moet ook huilen om Elo, en iedereen zegt dat er nu tijdenlang geen brood meer te krijgen zal zijn dat een beetje te eten is, en daar hebben ze gelijk in. Maar dan droogt mijn vader zijn ogen en hij zegt: "Affijn, er is nog werk aan de winkel." *Werk aan de winkel!* Maar ik voor mij, ik zeg bij mezelf, goed, ik werk vandaag dan wel mee, maar als ik straks oud genoeg ben, dan zoek ik m'n werk heel ergens anders.

Maar zal ik je eens wat zeggen, Blueford? Tegenwoordig zeg ik bij mezelf dat iedereen op dit ondermaanse ergens zijn eigen Mlawa heeft. Echt letterlijk iedereen.'

Toen Rosenthal dat zei, had Blueford geknikt en gezegd: 'Jawel mijnheer, denk ik ook.' Hij had maar niet gezegd dat voor sommige mensen de hele wereld één groot Mlawa was.

Hij zei tegen Rosenthal dat hij blij was met dat extraatje – het bedroeg een derde van zijn weekloon – en toen stapte hij de deur uit. Het was een kille, pikdonkere nacht. Laat in de middag was het gaan waaien en er zwierden droge bladeren door de lucht. Ook onder zijn voeten ritselden bladeren toen hij langs de oever van de kreek liep. Al meer dan vier jaar nam hij deze route naar huis en nog steeds verheugde hij zich er telkens op.

Onder het lopen dacht hij veel na. Hij dacht niet na over het verleden en ook zag hij de toekomst niet voor zich. Geen ogenblik stelde hij zich verre oorden voor of zag hij zichzelf het leven van een blanke leiden. Nee, hij dacht in abstracte beelden: in oplichtende vlakken en kleuren die samen geen beeltenis vormden van iets wat echt bestond. Hij begon altijd met één bepaalde kleur – blauw bijvoorbeeld, een intenser, donkerder blauw dan dat van de hemel op een heldere dag – en die dacht hij in een bepaalde vorm. Om de randen van die vorm bracht hij dan een andere kleur aan – donkeroranje om maar iets te noemen – en vervolgens haalde hij een gedeelte van die strook langs het blauw weg en vulde die leegte op met een andere kleur. Voordat hij thuiskwam, had hij dan een bepaald resultaat. Hij wist niet hoe hij het moest noemen, maar het zat in zijn hoofd en een week later of een jaar later kon hij zich diezelfde combinatie van vormen en kleuren zó weer voor de geest roepen als hij wilde – en soms deed hij dat ook, enkel en alleen om zichzelf te bewijzen. Waarschijnlijk had hij wel een paar honderd beelden in zijn hoofd, die stuk voor stuk van elkaar verschilden, maar alle van hem waren, helemaal alleen van hem.

De compositie waar hij die nacht aan werkte begon met een knaloranje vierkant; vervolgens werd die vorm smaller en langer. Middenin zette hij een paars vierkantje, dat hij in dezelfde vorm kneedde als de buitenste figuur. De binnenste en de buitenste vorm zette hij af met een strookje wit, waarna hij het geheel tegen een zwarte achtergrond plaatste en het onmiddellijk begon te verkleinen.

Terwijl hij zo bezig was, werd hij een geritsel gewaar in het hoge gras langs de kreek. 'Is daar iemand?' vroeg hij, en hij draaide zich om en meteen daarop hapte hij naar lucht omdat er zich een of ander iets – een stuk waslijn leek het wel – strak om zijn hals snoerde.

De grond vloog omhoog naar zijn achterhoofd. Hij zag heel nieuwe vormen voor zich – meest sterren – en die begonnen rond te tollen. Toen iemand een voet op zijn gezicht zette, rook hij mest aan de zool van de laars.

'Dit is een dromerige nikker,' zei een blanke stem. 'Meestal zijn ze behoorlijk lastig te besluipen.'

'Zowat al die verdomde snuiters hebben wel wat indiaans bloed.'

Hij hoorde het bonkende geluid van bot op bot en er kreunde iemand.

'Als je een probleem hebt met indianen,' zei de eerste stem, 'dan doe je d'r het beste aan om dat een ander niet aan de neus te hangen. Bind die voeten van hem eens bij elkaar, verdomme.'

Hij probeerde zich om te draaien en zo te ontkomen, maar

degene aan wie die stinkende laars toebehoorde stampte zo hard op zijn gezicht dat een stuk of drie, vier tanden loslieten. Hij stikte haast in een massa tanden en bloed. Hij deed zijn mond open om het uit te schreeuwen, maar weer kwam die laars met kracht op hem neer.

Iemand sloeg een paar keer een touw om zijn enkels en trok het strak aan. De eerste stem zei: 'En nu z'n handen.'

Ze draaiden hem om. De laars werd nu op zijn achterhoofd geplant, zodat hij met zijn gezicht in de modder werd gedrukt.

Ze bonden ook zijn handen en draaiden hem weer op zijn rug, en iemand stopte hem een opgefrommelde lap in de mond en gooide een jutezak over zijn hoofd. En toen begon iemand zijn broek los te maken.

Nee, Heer. Nee, Jezus.

Ze trokken zijn broek tot op zijn enkels en hij lag op de grond af te wachten tot het koude mes toestak, tot het staal dat enige stuk vlees doorkliefde waarvan ze hem het bestaan niet konden vergeven. Het mes sneed echter geen vlees door, maar stof.

'En nu zijn schoenen uit.'

Ze maakten de veters los, trokken hem zijn schoenen uit en trokken hem overeind. Ze sneden zijn jasje kapot en rukten het van zijn lijf, trokken de knopen van zijn hemd en rukten hem ook dat uit.

De eerste stem begon te spreken. 'Dit is een waarschuwing – hebben ze mij gezegd – maar ik neem aan dat het niet lang meer zal duren voordat ik die zwarte ziel van je ergens heen stuur waar alle zwarte zielen eindigen. Als je 't mij vraagt ben jij een verschrikkelijk recalcitrant stuk nikker. En ik geloof d'r niks van dat jij iets opsteekt van dit soort lesjes.'

Iemand gaf Blueford een dreun in zijn buik. Terwijl hij dubbelgeklapt naar lucht lag te happen door het jute heen, zei de eerste stem weer: 'En nou die verdomde ruin hier.'

Als Leighton zich niet had verslapen, was hij misschien degene geweest die bij het ochtendkrieken door Main Street was gekomen en het paard had ontdekt dat voor het postkantoor was vastgemaakt en de vracht op de paardenrug had gezien. Als hij er het eerst bij was geweest, had hij het dier meegenomen voordat iemand anders het had gezien en dan had er geen haan naar gekraaid: degenen die het hadden gedaan en degene die ze het hadden aangedaan waren dan de enigen geweest die ervan wisten. Maar hij had zich verslapen en dus had iemand anders het paard gevonden.

Toen hij arriveerde, was het al bijna zeven uur. Er was een oploopje ontstaan, maar hij kon niet zien waar de mensen omheen troepten. Toen deed iemand een stap opzij en hij zag de benen van het paard.

Degenen die eromheen stonden waren bijna allemaal landarbeiders en kleine pachters. Hij wist niet hoe ze heetten, maar aan hun kledij zag hij wie en wat ze waren. Hij liep naar hen toe en vroeg zich af wat zij om zeven uur op een doordeweekse ochtend in de stad uitvoerden terwijl de katoen nog op het land stond.

'Wat denk je, is het haar om zijn zaakje met prikkeldraad? Dat heb ik altijd gehoord.'

'Weet ik niet. Kan 'k niet zien en ik zou d'r ook nooit willen aankomen.'

'Wie weet kan het paard het ons wel zeggen.'

'Het paard wil d'r niet eens aan denken.'

Een van hen zag Leighton en fluisterde iets tegen de anderen. Ze begonnen uit elkaar te wijken.

Het lijf dat boven op het paard was gebonden, was maar iets donkerder dan het beest zelf. Iemand had de man een jutezak over het hoofd getrokken en een witte streep op zijn rug geschilderd die iets boven de billen begon en bij de nek eindigde.

Eerst dacht Leighton dat de neger dood was en hij begon al te rennen. Maar toen hij dichterbij kwam, zag hij het briefje, dat met een grote stopnaald aan 's mans ribbenkast was geprikt. Het papier zat onder het bloed, maar de woorden waren nog leesbaar.

> *Deze witte streep dient om aan te geven waar we zijn zwarte karkas de volgende keer in tweeën zullen splijten als hij weer vergeet dat Onze Lieve Heer in Zijn wijsheid heeft besloten hem van het Kaïnsteken te voorzien.*

Pas later – veel later – viel het Leighton op dat hij niet zozeer verbijsterd was geweest over het feit dat iemand een man al zijn kleren had uitgetrokken, hem aan een paard had gebonden en een tien centimeter lange naald door zijn huid had gestoken. Nee, het verbaasde hem dat ze niet verder waren gegaan. En hoewel zijn eerste impuls van die ochtend hem ingaf Blueford Lucas om vergeving te vragen voor wat ze hem hadden aangedaan, besefte hij tegelijkertijd dat hij een verschrikkelijke fout zou begaan wanneer hij de man aansprak die hier met een zak over zijn hoofd op een paard was vastgebonden.

Leighton trok zijn jas uit en wierp die over Blueford heen,

zodat alleen diens benen en voeten nog bloot waren. Het zou een wonder zijn als Blueford hier geen longontsteking aan overhield. Die nacht was de temperatuur tot maar iets boven nul gezakt.

Leighton liep naar de balustrade en maakte het paard los. Hij trok aan de teugels en de grote ruin draaide zich om.

'Wat denkt u, burgemeester,' vroeg iemand, 'zou hij wat hebben geleerd, na zo'n nacht in het klasje voor brutale nikkers?'

De figuur die dat zei was een zwaargebouwde kerel in een ketelpak met een voorschoot. Hij had een rooiig gezicht en dikke zwarte wenkbrauwen. Leighton zag hem sinds een jaar of twee, drie weleens in de stad lopen.

Het was duidelijk dat de man indianenbloed in de aderen had – en niet weinig ook. Dat had Leighton zelf ook en hetzelfde gold voor Sarah. Heel veel mensen hadden dat. Ze hadden nu eenmaal dat soort bloed, en nog wel andere soorten ook. Maar niemand praatte ooit over bloed. Dat deed je gewoon niet.

Vlak voor de man bleef hij even staan. 'Naar dat gezicht van je te oordelen,' zei hij, 'zijn d'r hier oorden in de buurt waar ze voor jou net zoveel respect hebben als jij voor deze man.'

Toen liep hij verder en leidde het paard langs hen heen de straat in. Hij was nog niet erg ver of daar klonk achter hem een stem: 'Als u niet uitkijkt, dan kon u binnenkort ook weleens zo op een paard eindigen.'

Later zou hij beweren dat hij hen niet had gezien, maar dat was niet waar. Een van zijn cliënten, iemand die op de Panther Burn plantage woonde, was die nacht overleden en hij was de deur uitgegaan om de tilbury te huren: hij wilde erheen om troostende woorden te spreken, zijn deelneming te betuigen en iets te eten te brengen. Loda had een batatenpastei gebakken die hij nu bij zich had, tussen twee borden met een warme handdoek eromheen.

Zodra hij Second Street insloeg zag hij hen: de burgemeester met het hoofd geheven, de teugels in zijn ene hand en zijn ogen gericht op iets wat alleen voor hem te zien was, en de grote ruin die achter hem aan sjokte. Van onder de jas van de burgemeester staken twee zwarte benen; om de hals van het paard waren een paar zwarte armen geslagen.

Jezuschristus allezielen.

Hij schuifelde achteruit en dook een zijstraatje in. Even bleef hij in elkaar gedoken staan bij een hoop rottend afval. Een straathond was bezig de troep aan een onderzoek te onderwerpen; toen hij Seaborn in het oog kreeg, stoof hij naar de andere kant van het straatje en wachtte daar af of Seaborn misschien van plan was iets achter hem aan te smijten.

Seaborn had echter niets van dien aard in de zin. Plotseling kwam het hem heel belangrijk voor om het behoeftigste wezen bij hem in de buurt een weldaad te bewijzen.

Hij vermande zich. 'Kom eens hier, jij,' fluisterde hij. 'Kom, kerel.' Hij wikkelde de handdoek los, lichtte het bovenste bord op en kiepte de dampende pastei op de grond. 'Jij hebt honger, hè kerel? Kom dan, pak het dan. Dit is een lekkere pastei, hoor – eersteklas kwaliteit.'

De hond keek hem aan alsof hij gek was.

'Je kunt hem zo krijgen, hoor. Toe dan, beest. Sluip maar naar Seaborn.' Hij deed een paar stappen achteruit, ging op zijn hurken zitten en lachte tegen de hond.

De bekoring die van de pastei uitging, bleek sterk genoeg. De hond kwam aansluipen met een uitdrukking op zijn snuit alsof hij elk ogenblik verwachtte dat Seaborn zou opspringen om hem een trap te verkopen.

Het dier begroef zijn neus in de pastei en begon luidruchtig te vreten. Het was nog steeds in de weer toen Seaborn zijn pak rechttrok, vlug naar de overkant van Second Street glipte, weer een ander zijstraatje insloeg en om redenen die hij achteraf nooit helemaal zou doorgronden, koers zette naar het huis van de burgemeester.

Bluefords benen waren blokken ijs geworden. Op een gegeven ogenblik had hij die nacht elk gevoel erin verloren. Het gevoel in zijn armen en handen en in zijn zij was hij al die tijd echter niet helemaal kwijtgeraakt. Hij had het gevoel of ze een zwaard in hem hadden gestoken.

'Rustig aan maar,' zei de burgemeester. 'Doe maar even heel rustig.'

Blueford had niet kunnen zeggen of de burgemeester het nu tegen hem had of tegen het paard. Maar dat deed er ook niet zoveel toe. In de loop van deze beproeving was hij één geworden met het paard. Ze hadden zijn armen strak vastgebonden om de hals van het dier en hem geen speelruimte gelaten, maar toch had hij kans gezien het paard met zijn onderarmen een beetje te aaien. Ook had hij zachtjes tegen het dier geneuried. Hij voelde zich schuldig omdat het paard die hele nacht zonder deken buiten moest staan, maar hij hield zichzelf voor dat hij het dier tenminste een beetje warmte verschafte, net zo als het paard hem enigszins verwarmde. Tussen zijn benen voelde hij de flanken rijzen en dalen, en het duurde niet lang of hij ademde in hetzelfde ritme mee.

Het was een braaf paard. Een geduldig paard. Een paard dat waarschijnlijk – het hing er maar van af hoe je tegen die dingen aankeek – een geweldige neger zou zijn geweest.

'We zijn er nu bijna,' zei de burgemeester. 'Nog heel even maar. Er is nergens een levende ziel te bekennen, niemand kijkt. Ze staan met zijn allen daarginder.'

Er knerpte grind onder de paardenhoeven. Iets zachts – een vallend blad, dacht Blueford – streek langs zijn arm.

'Ik help je er wel af. Wacht heel even.'

Er piepten scharnieren en het paard deed zijn hoofd omlaag. De scharnieren piepten nog een keer.

De burgemeester trok de jutezak van zijn hoofd. Ze stonden in een of andere donkere schuur. Blueford zag planken langs de muur met blikken verf en alle mogelijke stukken gereedschap: hamers, schroevendraaiers, onderdelen van een boor. Het rook naar allerlei chemische middelen en naar zaagsel.

Zonder Blueford ook maar een ogenblik aan te kijken haalde de burgemeester een mes uit zijn zak en sneed de touwen om diens handen, armen en enkels door. 'Ik ga even wat kleren voor je halen,' zei hij. 'En dan kom je mee naar binnen en halen we de dokter.'

Blueford ging rechtop zitten. De jas gleed van zijn schouders, maar hij wist het ding nog net te pakken voordat het op de grond viel. Hij gaf het aan de burgemeester, die hem nog steeds zorgvuldig niet aankeek.

'Wie heeft je dit aangedaan, Blueford?'

'Iemand.' Hij liet zich van het paard glijden. Zodra zijn voeten de harde aarde raakten, schoten er steekvlammen door zijn kuiten omhoog. Hij zette zich schrap tegen het dier.

'Heb je helemaal geen idee wie het is geweest?'

'Kan wel iedereen zijn geweest. Misschien bent u het wel geweest.'

'Ik ben het niet geweest.'

'Tja, dat *geweest*, dat is een raar woord, vind ik. En *niet geweest* net zo. Als u daarmee wilt zeggen dat u d'r niet bij bent geweest, en als u d'r wel bij was geweest, dat u me dan niet had vastgebonden – nou, dan zal dat eerste wel waar zijn, en dat tweede misschien wel, misschien niet.'

Hij wierp een blik, waaruit enkel een terloopse nieuwsgierigheid sprak, op zijn rechterzij. Hij zag dat ze een naald in hem hadden gestoken.

'Dat trekt de dokter er wel uit, dan kan hij je meteen verbinden,' zei de burgemeester, wiens gezicht zo rood zag alsof hij voor een smidsvuur stond. 'Laten we er zelf maar niet aan gaan peuteren.'

Blueford trok de naald eruit. Het stak even, maar niet heel erg. Het briefje dwarrelde op de grond.

De burgemeester zei: 'Ik ga nu even kleren ophalen.' Hij liep naar de deur en duwde hem open.

En daar stond, omlijst door koud zonlicht en tegen een achtergrond van vallende bladeren, de in een donker pak gestoken gestalte van Seaborn P. Jackson.

Blueford was magerder dan Seaborn altijd had aangenomen.

Menigmaal had hij zich 's mans lijf voor de geest geroepen en zich dan voorgesteld dat er onder die slobberende kleren één bonk kronkelende spieren schuilging. Maar vergeleken bij Seafords eigen armen leken die van Blueford wel stokjes; je kon je haast niet voorstellen hoe hij kans zag om met die dingen een zak varkensmeel op te tillen.

'Kleren,' zei Seaborn, en stapte de schuur in. 'Mijn god, man, laten we die nikker een stel kleren verschaffen.'

Blueford zei: 'De burgemeester gaat wat spullen voor me halen.'

Voor het eerst sinds vele jaren stonden Seaborn en Blueford oog in oog met elkaar.

Alsof hij besefte dat hij een onwelkome gast was in deze voorraadschuur achter zijn eigen huis, maakte de burgemeester zich uit de voeten.

Nadat ergens in de verte een deur was dichtgeslagen, vroeg Seaborn: 'Wie heeft dat gedaan?'

'Kan 'k niet zeggen.'

'Kan ik niet – of wil ik niet?'

'Kan ik niet. En zou ik waarschijnlijk niet willen als ik het wel kon.'

'Zo te zien zijn ze nog aardig zachtzinnig te werk gegaan. In sommige opzichten.'

'O, jawel.'

'Maar in andere juist niet.' Seaborn hield zijn blik zorgvuldig op ooghoogte. Na deze ochtend zou de lucht van zaagsel voor hem steeds verbonden blijven met gênante en vernederende situaties. 'Zal wel koud zijn geweest. Ben je zowat bevroren?'

'Scheelt niet veel.'

‘Ik heb compagnons in Jackson.’

Een van Bluefords mondhoeken wees smalend omlaag. ‘Nee hoor, dank je.’

‘Ik kan je wel wat contanten voorschieten voor de reis.’

‘Ik wil niet over contanten voor reisjes prakkizeren. Als ik wou reizen, dan stapte ik wel op dit paard en ging d’r vandoor.’

‘Er valt anders iets voor te zeggen,’ merkte Seaborn op, ‘om zonder vaste verblijfplaats door het leven te gaan.’

Weer hoorden ze de deur dichtslaan en toen Seaborn zich omdraaide, zag hij de burgemeester haastig op hen toelopen. Hij had een paar schoenen, een oud pak, een wit hemd en een zwarte das bij zich. Kennelijk wilde hij Blueford uitdossen voor een kerkgang.

‘Doe dit maar aan,’ zei de burgemeester. ‘Het is allemaal van mij, dus het zal je allemaal wel iets te groot zijn.’

Voor een raam op een bovenverdieping ergens achter de burgemeester verscheen het gezicht van zijn vrouw. Ze keek op Seaborn neer. Toen gleed haar blik verder.

Nog even bleef ze kijken; daarna werd het raam blanco.

De spiegel op de oude commode die Scheider en hij op de vuilnisbelt hadden gevonden, vertoonde op vijf, zes plaatsen een barst.

Vandaar dat het niet zomaar een vogelverschrikker was die hem aanstaarde toen hij die ochtend thuiskwam, maar een her en der geknakte en gebroken vogelverschrikker. De mouwen van het jasje hingen tot over zijn vingertoppen, zodat het net leek of hij geen handen had. Zijn armen staken alle kanten op. Scherven liepen dwars door hem heen.

Om aan een nieuwsgierig trekje tegemoet te komen hief hij zijn rechterarm op en boog hem toen dubbel. De elleboog scheurde doormidden; de onderarm liet los van de biceps.

Vervolgens stak hij zijn been schuin omhoog. Dat versplinterde.

Nu was hij in stukken en brokken uiteengevallen. Hij wilde dat hij een camera had.

Niemand wist dat zij dat pistool bezat.

De dag nadat haar moeder was begraven had ze het in een hutkoffer gevonden, onder een stapel oude kleren. Het was toen geladen geweest en nu was het ook geladen. Ze bewaarde het in een metalen kistje dat ze in de kruipruimte onder het huis had geschoven.

Het was geen pretje om het ding op te diepen – de bodem in de kruipruimte was ijskoud en sommige kippen hadden hun mest her en der onder het huis verspreid – maar ze voelde zich al beter toen haar vingers tegen het kistje stootten.

Even bleef ze zo liggen, met haar vingertoppen op het metalen deksel. Toen maakte ze het open.

Het pistool was een vernikkelde .36 kaliber Patterson. Zelfs in het weinige licht onder het huis glansde de loop. Ze had bijna zin om hem in haar mond te steken.

En opeens wist ze het zeker. Ze pakte het pistool, deed haar mond open en legde de loop op haar tong. Terwijl ze dat deed, was ze stellig van plan de trekker over te halen, en haar hele leven daarna geloofde ze dat ze dat ook had gedaan, als een kleinigheidje haar niet had weerhouden: de pistoolloop smaakte naar knoflook. Hij smaakte naar knoflook, en zij was altijd dol geweest op knoflook, op spekvet met knoflook erdoor dat je op een snee warm brood smeerde. Er bestonden nog wel meer smaken waar ze dol op was, en die waren toch niet allemaal van de aardbodem verdwenen.

Het pistool lag op de grond. Dat mocht je nooit doen, een pistool op de grond leggen. Ze proefde zout; haar wangen voelden nat aan.

Ze draaide zich op haar rug. Boven haar liep een vloerbalk. Ze sloot haar hand om een ongeschaafde lat en er drong een splinter naar binnen. Ze kneep nog harder, zodat het zeer deed. Haar andere hand gleed omhoog onder de grofgebreide trui die ze aanhad, onder haar blouse, het hemd. Haar tanden knarsten over elkaar.

Zo bleef ze liggen, op de aarde. Eens zou de gezegende belofte vervuld worden dat de aarde op haar zou liggen.

'Ga d'r toch vandoor,' zei juffrouw Bessie. 'Als ik in jouw schoenen stond, hè, dan zou ik 'm zo snel smeren dat m'n voeten een gat in de weg brandden.' Alsof ze wilde laten zien hoe zeker ze was van haar zaak, liet ze haar benen over de rand van het bed hangen. Voor het eerst sinds twee, drie jaar ging ze op eigen kracht rechtop zitten. 'Zeg op, waar laat je je in godsnaam toch door weerhouden? En vertel me nou niet dat 't om mij is, want 't is net wat ik al zo vaak zeg, ik hoor allang dood te zijn. Ik doe ook m'n best om het zover te brengen, en dan heb ik jou vanzelf niet meer nodig. Hoor je nou wat ik zeg, kind?'

Loda haalde schone lakens uit de zak. 'Nu je toch op bent,' zei ze, 'kunnen we net zo goed even je bed verschonen.'

Ze wilde juffrouw Bessie al bij de elleboog pakken, maar het oude mensje duwde haar hand weg. ''t Is die Seaborn P. Jackson. Die verdient hier z'n brood. Jawel meneertje, die wil z'n nering hier niet opgeven. Maar die man, die wordt nog es je dood – wat ik je brom. Die is een nagel aan je doodkist, die maakt je hartstikke kapot, en al die tijd moet je hier wél doorleven, dat is nog het allerergste. Hij wil niet uit de stad weg, waar of niet?'

Seaborn en zij hadden het niet eens over die mogelijkheid gehad. De ochtend tevoren was hij thuisgekomen met een verhaal dat hij naar zijn zeggen van een andere neger had gehoord:

dat ze Blueford naakt op een paard hadden gebonden en een streep op zijn rug hadden geschilderd en met een grote naald een briefje aan zijn zij geprikt. Dat ze hem vlak voor het postkantoor hadden neergezet, waar de hele stad hem kon zien.

'Het is bedroevend,' had Seaborn gezegd. 'Heel bedroevend.' Zij stond met haar rug naar hem toe. Hij legde zijn handen op haar schouders. Ze voelden vreemd aan, die handen van hem. Zo groot, zo zacht, zo competent. Zo hulpeloos. 'Het zijn net kinderen,' zei hij. 'Geef ze wat ze willen, en voordat je 't weet zijn ze alweer vergeten dat ze dat ooit wilden. En als ze 't eenmaal zijn vergeten, dan kan alles weer z'n oude gang gaan. Alleen beter. Omdat jij ze helemaal hebt doorzien, terwijl ze jou niet eens kunnen zien. Nu willen ze dat jij je ontslag indient, dus dien jij je ontslag in. Ik heb een paar plannetjes in m'n hoofd. We hebben weliswaar al flink wat gespaard, maar we zullen ons nu eerst een tijdje gedeisd houden, *ja menéé* zeggen tegen iedereen die we maar kunnen vinden, en als we zo vaak *ja menéé* hebben gezegd dat we't in onze slaap achterstevoren kunnen opdreunen, weet je wat we dan doen?' Hij grinnikte. 'Dan kopen we ze op. Met huid en haar. Dan gaan we een spaarbank oprichten. Ik heb zo de nodige investeerders bij elkaar.'

Hou je kleren schoon, was steeds je handen, poets die tanden tot ze blinken, want je gebit is het enige aan je dat witter is dan alles wat zij maar hebben. Hou je huishoudboek goed bij, draai elke dollar twee keer om. Koop dit – *en even later heb je* dat *ook in je bezit.*

Ze liep naar het voeteneinde van juffrouw Bessies bed en pakte een hoek van de sprei.

'Wat ga je nou doen? De sprei d'r af trekken met mij d'r bovenop?'

'Wat kan ik anders, als ik je niet overeind mag helpen ?'

Door die vraag ontstak het oude mensje in woede. 'Here jezus nog aan toe zeg, goeie genade, heb je toch ooit.' Tegen het nachtkastje stond een wandelstok; die had ze al al sinds tijden niet meer gebruikt. Nu greep ze ernaar, maar de gebogen handgreep was net buiten haar bereik. Ze schoot voorover. Voordat Loda had kunnen ingrijpen, lag ze al languit op de vloer.

Vanuit de voorkamer kwam Johnnie May aanstormen. Toen ze juffrouw Bessie op de grond zag liggen, met Loda over haar heen gebogen, begon ze te stotteren. 'La-la-la...'

'Wat doet dat kind nou toch?' kraste juffrouw Bessie. 'Probeert ze do-re-mi te zingen of zo?'

'Johnnie Mae, er is niks aan de hand, hoor,' zei Loda, en ze probeerde haar armen om juffrouw Bessie heen te slaan. 'Kun je me even komen helpen?'

Maar Johnnie Mae stond als aan de grond genageld. Langzaam hief ze haar hand in de hoogte. Haar mond was opengevallen en ze staarde naar een plek vlak boven het hoofd van juffrouw Bessie.

Het raam zat daar. Loda dacht dat er misschien iemand op het achterplaatsje was verschenen, maar het enige wat ze zag was het privaathuisje. 'Wat is er?'

Juffrouw Bessies stem klonk sinds lange tijd weer eens krachtig. 'Bell Irvin. Hij heeft me blijkbaar zien vallen. Hij heeft even naar binnen geloerd om te zien of ik nou zover was.'

'Dat zou Seaborn nu ook hebben gedaan,' zei Loda. 'Als hij al was gestorven en ik had hier op de vloer gelegen in plaats van jou.'

'Ja, dat denk ik ook wel,' zei juffrouw Bessie. Haar ogen

brandden. Haar adem was ook heet. 'Dus als ik jou was, dan zou ik voor de veiligheid, gewoon om d'r voor te zorgen dat ik een engel had als ik d'r eentje moest hebben, naar die man van me stappen, naar de heer Seaborn *P.* Jackson, en hem zeggen dat hij maar had te maken dat hij ter plekke doodviel.'

Aan de Minister van Posterijen
Afdeling Postkantoren
Washington D.C.

15 oktober 1902

Geachte heer,

Als gevolg van diverse omstandigheden ben ik niet langer in staat mijn huidige betrekking als beheerster van het postkantoor van Loring, Mississippi te bekleden. Ik ben de regering McKinley erkentelijk voor de kans die zij mij enkele jaren geleden heeft geboden, en indien er zich recentelijk niet bepaalde gebeurtenissen hadden voorgedaan, zou ik mijn taak bepaald met veel genoegen zijn blijven uitvoeren.

Hij liep een paar keer de kamer op en neer terwijl zij schreef, maar deed zijn best niet achter haar te blijven staan. Nu ze met de pen in haar hand naar het schemerlampje op haar schrijftafel zat te staren, zei hij echter: 'Ik doe het elektrische licht wel aan.'

'Ik wil geen elektrisch licht.'

Hij greep al naar het koord.

'Seaborn, ik zei dat ik géén elektrisch licht wilde.'

Hij sjokte de kamer uit. Even later ging het deurtje van het keukenfornuis piepend open. Hij gooide nog een houtblok naar binnen. Het deurtje ging weer dicht. Ze hoorde hem de ketel op de kookplaat zetten.

Ik had aardigheid in mijn werk. Ik stelde er een eer in het met zorg uit te voeren. Desondanks dien ik mij te voegen naar de wens van bepaalde inwoners van deze stad, want zo ik die negeerde, dan zou dat, vrees ik, niet slechts voor mijn echtgenoot en mij de nodige rampspoed ten gevolge hebben, maar voor de gehele negergemeenschap alhier. Een gebeurtenis zoals die zich hier twee avonden geleden heeft voorgedaan, waarbij een onschuldige rasgenoot van mij werd aangevallen en voor het aangezicht van de hele stad vernederd, kan door de andere negerinwoners van Loring niet dan als waarschuwing worden opgevat.

Derhalve verzoek ik u mij toe te staan met onmiddellijke ingang mijn ontslag in te dienen als beheerster van het postkantoor te Loring, Mississippi.

Met de meeste hoogachting,
Loda Jackson

Hij wilde met haar meelopen, maar zij wilde daar niet van horen en ditmaal drong hij niet aan. Ze pakte haar tasje, waar het pistool in zat, en ging de deur uit. Toen ze door de tuin liep keek ze om; hij stond met zijn gezicht tegen het raam gedrukt.

De straten in het centrum waren leeg. Ze haalde de sleutel uit haar tasje, maakte de deur open, stapte naar binnen en deed de deur achter zich op slot. Even bleef ze in het donker staan. Ze dacht terug aan de eerste keer dat ze hier was geweest. Samen met haar moeder was ze toen. Destijds was dit een van de vier gebouwen die er aan Main Street stonden, en het was zo nieuw dat je nog de geur rook van pas gekapt cypressenhout.

De beheerder van het postkantoor was een blanke met een lange, kromme neus. Hij zei nooit een woord, tenzij hij wel moest vanwege een of andere transactie.

Zes cent.

Een pond en drie ons.

Dichtgeplakt drukwerk.

Pakketpost.

In haar ogen en die van alle andere klanten had hij zichzelf teruggebracht tot een reeks vaste wendingen, het jargon van zijn vak. En ook zelf had hij zich, dat wist ze nu wel zeker, in precies datzelfde licht gezien. Hij had niet aan zichzelf gedacht als Samuel Scroggins, maar als 'de beheerder van het postkantoor'.

Toen zij deze betrekking had aanvaard, had ze aan hem moeten denken en gezworen dat zij zichzelf nooit als 'de beheerster van het postkantoor' zou gaan omschrijven, maar toch was het zo gelopen. Als ze aan het werk was, had ze net zo weinig van zichzelf blootgegeven als Samuel Scroggins, haar voorganger.

Eenendertig cent alstublieft, mijnheer.

Per brievenpost, mevrouw?

Afgezien van zo nu en dan een gesprekje met Blueford, of de zeldzame keren dat Rosenthal, na een brief naar een buitenlands adres gefrankeerd te hebben, nog even voor het loket bleef staan om te vragen hoe haar tomaten of meloenen het deden, stond zij zichzelf geen gezellige praatjes toe. Ze liet de rest van de wereld een uitgestreken gezicht zien.

Ze was de beheerster van het postkantoor geweest, maar nu was ze alleen nog zichzelf. En het deugde niet, het was haast om gek van te worden om te ontdekken dat het opeens zo weinig betekende dat je jezelf was. Alsof ze op een perron stond te wachten tot er een andere ik binnenreed.

Ze nam niet de moeite om het licht aan te doen. Ze kende de weg. Ze liep naar de balie, ging erachter staan, pakte de stempel en stempelde haar brief af. Toen deed ze de canvas zak open, liet de brief erin vallen en trok het koord aan.

Ze ging weg en deed de deur weer op slot. Ze zette de zak ertegenaan en legde de sleutel erbovenop.

Hamer en mes

Achter de balie, in de ruimte die je nooit zag wanneer je binnenkwam en een brief afgaf, vond Tandy een aantal kasboeken. Ze lagen op een stapel op een schrijftafel naast de brievenbussen. Toen hij het bovenste opensloeg, zag hij twee nette kolommen van inkomsten en uitgaven.

Hij ontdekte dat ze Licht, IJs en Kolenmaatschappij Loring acht dollar negenenveertig had betaald voor kolen voor de maand oktober. Colter Moody, 'boer alhier', had twee dollar negentig ontvangen nadat hij een paar verzakte planken in de vloer had vastgezet. C&G had haar vier dollar twaalf berekend voor het bezorgen van zeven verkoperde naambordjes voor brievenbussen, die zij voor onder andere zijn broer en Catchings Stark had laten vervaardigen. Verder had ze gedurende de laatste drie maanden geen cent overheidsgeld uitgegeven.

Op de meeste dagen bedroegen de inkomsten niet meer dan tien of twaalf dollar. Zo te zien kocht men op maandagen en woensdagen meer postzegels dan anders. Toen hij terugbladerde naar 1901, zag hij dat het in de week voor Kerstmis erg druk was geweest; op de eenentwintigste december alleen al had ze in de kolom inkomsten een bedrag van honderdeenenzestig dollar zevenenzeventig genoteerd. Mocht hij in een situatie belanden dat hij een beetje moest afromen, dan zou dat aan het eind van het jaar het gemakkelijkst lukken.

Weliswaar was hij nog niet officieel de beheerder van het postkantoor, maar dat zou niet lang meer duren. Toen Catchings hem de sleutel gaf, had hij Tandy verteld dat hij senator Hale in Greenville persoonlijk had gesproken, en dat de senator hem had verzekerd dat hij er bij de regering op zou aandringen dat men Tandy, nu hij was voorgedragen, met spoed zou benoemen. Binnenkort kwam de president naar de Delta om op beren te jagen, zei de senator, en dan zou hij de kwestie bij T.R. ter sprake brengen. Intussen moest Tandy maar gewoon alle voorkomende werkzaamheden voor zijn rekening nemen.

Hij was die ochtend al vroeg opgestaan en naar het postkantoor getogen en had de kachel in de vestibule aangemaakt. Er lag heel wat post te wachten; hij was van plan die te sorteren en over de postvakken te verdelen voordat er klanten kwamen opdagen. Bij de eerste stapel zat een heel aantal tijdschriften en circulaires, die hij bij elkaar op een hoop gooide. Hij zag nu al dat het ontzettend veel tijd zou kosten om dat soort rommel te sorteren, dus besloot hij iets nieuws in te voeren: hij zou al die rotzooi in een grote doos stoppen, die doos in de vestibule zetten en mensen die echt in dat spul geïnteresseerd waren, er zelf in laten rondgraaien.

De brieven bleken een nog grotere ellende. In de eerste plaats waren heel wat met de hand geschreven adressen onleesbaar, en hier en daar was de inkt doorgelopen. De laagste gleuven van de postvakken zaten nog geen halve meter boven die verrekte vloer, en hij bukte zich zo vaak dat hij er pijn van in zijn rug kreeg. Tot nu toe had hij nooit enige vorm van serieus werk verzet, omdat hij steeds het gevoel had gehad dat er voor hem iets verhevener was weggelegd. Inmiddels was hij daar niet meer zo zeker van, maar één ding stond als een paal boven water: werken was werken, en hij had er verstandig aan gedaan dat zo lang mogelijk te vermijden.

Toen gebeurde er iets wat zijn ochtend een beetje opfleurde. Hij kwam een aan Catchings Stark geadresseerde brief tegen die in Memphis was afgestempeld, met het woord 'privé' dubbel onderstreept op de achterkant. Hoewel hij zich vast had voorgenomen dat hij zich, in het begin tenminste, fatsoenlijk zou gedragen, wist hij de envelop open te peuteren zonder hem al te erg te beschadigen. Er zat een twee keer dubbelgevouwen velletje in waarop in een sierlijk handschrift geschreven stond:

Geachte mijnheer,
Ik verkeer zoals ik al eerder heb bericht in behoeftige omstandigheden. Ik had er niet over gepeinsd u lastig te vallen als dit me niet was overkomen. Maar mijn beste mijnheer ik zit toch zo omhoog. Ik smeek u om naar mij toe te komen op mijn eigen adres of als dat niet gaat iemand te sturen die mij een beetje bijstand kan verschaffen. Ik ben nooit zo brutaal of lastig geweest en ik zal dat ook nooit doen om me in uw eigen stad aan u op te dringen want ik begrijp dat u daar een achtenswaardig man bent. Maar zoals ik al zei kom ik alleen met zo'n verzoek als al wekenlang achter elkaar de zon niet meer schijnt – als u begrijpt wat ik bedoel mijnheer.

Uw u bijzonder hoogachtende,
xxx

Catchings begreep vast wel wat die anonieme briefschrijfster bedoelde, en Tandy begreep het ook. Hij grinnikte, stopte het briefje terug in de envelop, likte die weer dicht en duwde hem door de gleuf van Catchings' postvak. Hij nam zich voor de uitgaande post in de gaten te houden om te kijken of Catchings nu iets naar Memphis zou sturen.

Zijn rug was stijf geworden en hij had pijn in zijn knieën gekregen, maar nadat hij die brief had geopend, voelde hij zich haast opgewekt. Natuurlijk wist hij daarvoor ook wel dat hij niet de enige man in Loring, Mississippi was die ooit een scheve schaats had gereden; maar omdat hij hier niet de straat op kon gaan zonder zijn broer tegen het lijf te lopen en een afkeurende uitdrukking op diens gezicht te lezen, was het prettig om daar eens aan te worden herinnerd.

Hij durfde te wedden dat er nog wel meer brieven bij de post zaten waarin ook over andere mensen interessante dingen te lezen stonden.

Even voor negenen was hij klaar met het sorteren van de post en hij veegde zijn handen af en deed de deur van het slot.

Tegen halftien had hij drie klanten bediend, allen oude dames. Ze hadden stuk voor stuk een huid waarvan je halsters of een kap voor een tilbury had kunnen maken, maar tegen elk van hen had hij gezegd dat ze er zo jong uitzag, dat ze bijna niet was veranderd sinds hij een jongen was. De eerste twee begonnen te stralen bij die complimentjes en lonkten hem verrukt toe. Maar de laatste – juffrouw Lena Grider – gaf hem een tik op zijn hand en snauwde : 'Leg het er toch niet zo dik bovenop, schobbejak.'

Hij was nog aan het bijkomen van die reprimande toen Sarah verscheen. 'Wat een aangename verrassing,' zei hij.

'Helemaal geen verrassing. Je wist best dat ik vanmorgen zou komen.'

Ze trok haar handschoenen uit. Haar vingers waren lang en

dun en veel witter dan hem ooit eerder was opgevallen.

''t Is een raar gezicht, jij achter die balie,' zei ze.

'Hoezo raar?'

'Ik weet niet. Ik heb geloof ik altijd gedacht dat als ik jouw gezicht ooit in een postkantoor zou zien, het op zo'n aanplakbiljet met OPSPORING VERZOCHT zou staan.'

'Iedereen kan een fatsoenlijk mens worden, hè.'

'Iedereen behalve jij.'

Er hing een ketting van gevlochten gouddraad om haar hals; het medaillon ging schuil onder haar kraagje. Hij wist precies wat er zich vlak onder dat medaillon bevond.

'Heb je mijn post al opengemaakt?' vroeg ze.

'Zeker niet.'

'Heb ik wel post?'

'Nee, vanmorgen niet.'

'Zie je wel? Daarom heb je niets van me opengemaakt. Goed, van wie heb je dan wel brieven opengemaakt?'

'Van niemand.'

'Dat lieg je. Maar je bent tenminste wel discreet.'

'Een discreter mens zul je nooit tegenkomen,' zei hij. En omdat een oprechte houding, zolang je die streng binnen de perken hield, soms doeltreffender werkte dan leugenverhalen, voegde hij eraantoe: 'Als je zo veel botten in je achtertuin hebt weggestopt als ik, dan doe je er wijs aan discreet te blijven.'

'Jij hebt helemaal geen achtertuin.'

'Die krijg ik gauw genoeg. Ik ben van plan een huis te kopen.'

'Weet Rosa daarvan?'

'Dat denk ik wel. Ze is niet zo stom als de meeste mensen wel denken.'

'Ik denk helemaal niet dat ze stom is. Ik woon al mijn leven lang in dezelfde stad als zij, en de enige stommiteit die ik haar ooit heb zien begaan, is dat ze jou bij zich in huis nam.'

Aan de kleur op haar wangen zag hij dat ze hier niet naartoe was gekomen om hem te beledigen – of tenminste niet alleen daarom. Sinds de laatste keer dat hij haar had gezien, stond ze anders tegenover hem.

Dit was een spelletje dat hij al ontelbare keren had gespeeld. En in tegenstelling tot zo veel andere spelletjes was dit er eentje waarbij hij maar zelden verloor. 'Weet je wat er hierachter nog meer te zien is?' vroeg hij.

'Waar?'

'Achter de postvakken.'

Hij kuierde naar het eind van de balie, lichtte de klink van het hekje op en hield het open. 'Ik zal het je laten zien,' zei hij.

Zonder zich te verroeren keek ze hem pal in het gezicht. 'Ik heb gezien wat ze met die gekleurde man hebben uitgehaald. Leighton heeft hem op een paard naar ons huis gebracht.'

'Ja, dat weet ik. En dat heeft geen echt geweldige indruk op de mensen gemaakt, het spijt me wel. Er wordt gepraat.'

'Wat zeggen ze dan?'

Hij haalde zijn schouders op. 'Gewoon.' Hij deed uitnodigend een stap opzij.

Hij liep met haar langs de rij gleuven van de postvakken en wees naar de namen die met inkt naast de nummers waren geschreven. 'Die daar is van James Burth. En die van A.H. Je weet natuurlijk waar die van jullie zit. En deze hier is van de ouwe Teague.'

Zo-even voor de balie was ze nog zeker van zichzelf geweest, maar nu maakte ze een weifelmoedige indruk, leek ze bereid belangstelling te veinzen voor iets waar geen mens belangstelling voor had. Ze bewoog zich schutterig, niet meer soepel en elegant, zoals ze op de jongedamesschool in Mobile had geleerd. Een paar keer trok ze haar hoofd in.

De opslagruimte achterin was volgestouwd met spullen – hij had geen idee wat dat alles daar moest. Verscheidene klauwhamers, beitels en gutsen, een ratelboor, een hele verzameling schroevendraaiers en een oude kolenkachel, precies zo eentje als het exemplaar dat in de vestibule stond.

'Ik denk dat ik die kachel eruit ga gooien,' zei hij. 'Dat ding dient hier nergens toe. Ik vind het hier al warm genoeg.' Toen hij zijn arm om haar middel sloeg en haar dichter naar zich toetrok, bood zij geen weerstand.

'Je bent hier alleen maar gekomen om onrust te stoken,' zei ze.

Hij voelde haar adem, warm en vochtig, tegen zijn wang. 'Ik zou graag wat onrust stoken bij jou.'

'Jij hitst de mensen op tegen Leighton. En dat betekent dat je ze ook ophitst tegen mij.'

'Hoe kom je daar nu bij?'

'Wat ben ik dan anders dan een verlengstuk van mijn man?'

'Nog heel wat meer, als dat niet het enige is wat je wilt.'

'Wie zegt dat ik dat niet wil?'

Haar bitterheid verbaasde hem, en bittere gevoelens waren voor hem geen onbekend verschijnsel.

Ze maakte zich van hem los, liep naar de kachel en ging met haar rug naar hem toe staan. Haar vinger gleed over de ribbels op het deurtje van de oven. 'Je hebt een kans gehad bij mij,' zei ze. 'Maar je hebt toen je biezen gepakt en bent naar St. Louis vertrokken.'

'Ik wou dat ik dat nooit had gedaan. Als ik het nog eens over moest doen – echt waar, dan zou ik bij jou blijven.'

Ze draaide zich lachend om. 'Ach welnee, Tandy. Je bent zelfs nooit bij jezelf gebleven.'

Hij besefte dat ze het waarschijnlijk bij het juiste eind had, maar toch zei hij bij zichzelf dat hij het wel degelijk in zich had om bepaalde dingen te willen, en daar hoorde zij ook bij. Dat laatste had hij al op zijn lippen, toen hij de deur aan de voorkant hoorde opengaan.

'Een ogenblik,' fluisterde hij. 'Dan ga ik even de idioot bedienen die daar komt aanzetten.'

In het eigenlijke postkantoor stond hij opeens oog in oog met zijn broer.

Leighton zette een kartonnen doos op de balie. 'Dit is een boksbal die ik voor Will had besteld,' zei hij. 'Maar ik stuur hem terug.'

'Voelt hij zich toch niet zo aangetrokken tot vuistgevechten?'

'De eerste de beste keer dat hij dat ding een fikse opstopper gaf, ging de zak kapot.'

'Goed zo. Volgens mij is dat het beste bewijs dat hij een Payne is.'

'Ja. Is wel waar.' Leighton nam zijn broer een ogenblik op alsof hij hem maar een zielig exemplaar vond voor zo'n bezoldigde baan. 'Verstuur het ding maar onder rembours,' zei hij ten slotte. 'Per slot van rekening hebben zij een ondeugdelijk product geleverd.'

'Nee, zoiets kunnen we niet ongestraft laten passeren, hè?' zei Tandy. Net wilde hij de doos oppakken toen hij een voetstap hoorde.

Zijn broer keek langs hem heen en verstrakte. Zijn gezicht werd asgrauw.

Het was een geweldig ogenblik, een verschrikkelijk ogenblik, het soort ogenblik dat Tandy te zelden én te vaak meemaakte.

'Je broer,' zei Sarah, 'heeft me alleen maar een rondleiding gegeven.'

Er viel niet veel anders te doen dan binnen te zitten en naar buiten te kijken. Over alles had zich een grijze deken uitgespreid. De bomen waren kaal, het gras was dood. Het zag er niet langer herfstachtig uit, maar het was ook nog geen winter.

Seaborn, in zijn ambtsgewaad van zakenman, bleef die ochtend niet langer talmen. Hij had twee koppen koffie gedronken in plaats van één, en hij had al een hele reeks uiteenlopende opmerkelijke en onopmerkelijke gebeurtenissen van commentaar voorzien. 'Volgens de krant van Greenville krijgen we dit voorjaar hoog water. In de Dakota's hebben ze al bijna anderhalve meter sneeuw, en die hele massa komt straks vlak langs Greenville. Grutterszaak Stein verwacht voor Kerstmis een partij van tienduizend navelsinaasappels. Dat is genoeg om mij naar Greenville te lokken, hoewel ik het niet prettig vind om naar Greenville te gaan, dat weet je wel. En hemel, zeg – moet je dit horen. Hier staat dat in Parijs, Frankrijk, drie broers die in 1833 op dezelfde dag waren geboren, vorige maand op dezelfde dag zijn gestorven. De eerste kreeg een hartaanval, de tweede kreeg zo'n twee uur later een beroerte en de derde hoorde dat van die eerste twee en die sprong toen op de zoveelste verdieping uit een raam. Toestanden overal, hè.'

Hij pakte zijn tas, liep naar de bank en klopte haar even op het hoofd alsof ze een jachthond was. 'Ik ga nu m'n adressen af. Misschien dat we vanavond eens vroeg moesten eten en dan bij dokter Ormesby en Matilda een partijtje bridge gaan spelen. Lijkt je dat iets?'

Ze keek even achterom naar hem en probeerde te glimlachen. 'Dat klinkt typisch als het soort uitje dat jij zou voorstellen als je me wat afleiding wilde bezorgen.'

'Het zij verre van Seaborn P. Jackson om in inconsequent gedrag te vervallen.'

'Misschien dat je het op een dag toch eens zou willen proberen.'

'Waarom zou ik?'

'Voor de variatie misschien, hè?'

'Hoe moet dat dan?'

'Dat weet ik niet. Misschien moet je jezelf een beetje gekkigheid toestaan.'

Ze zag zijn spiegelbeeld in de vensterruit. Ze hoorde hem niet zuchten, maar ze zag zijn schouders even afzakken.

'Mensen die tussen hamer en aambeeld zitten kunnen zich wel een beetje gekkigheid – zoals jij dat noemt – permitteren. Maar wij zitten tussen hamer en mes.' Deze keer klopte hij haar niet op het hoofd, maar tikte hij haar even op de schouder.

De plankenvloer kraakte. De deur ging open en dicht.

En zijn talent om tussen hamer en mes door te glippen was eens nog wel zo aantrekkelijk geweest.

Zij moest terugdenken aan een uitstapje in haar tweede jaar aan de hogeschool. Zo'n vijfendertig jonge mannen en vrouwen hadden, onder het toeziend oog van mevrouw Matthison en deken Williams, een stoomboot afgehuurd voor een zaterdag op de Cold River. Al varend hadden ze een picknick genuttigd van ham, aardappelsalade, witte bonen en koolsla en daar ijsthee en limonade bij gedronken.

Iedereen was in zijn zondagse plunje en allemaal zetten ze hun beste beentje voor op het gebied van zaken als grammatica en uiterlijk voorkomen. Zo leken ze precies op de poppen in de etalage van een negergrutterij, stijf en gekunsteld: ze hadden zichzelf collectief wijsgemaakt dat als je eruitzag als een etalagepop en rook als een apotheek, je als een menselijk wezen behandeld zou worden.

Seaborn was naast haar aan de reling komen staan. Al maandenlang wierpen ze een vlugge blik in elkaars richting wanneer ze tussen twee lessen de binnenplaats overstaken. In tegenstelling tot zo veel anderen liep hij nooit met gebogen hoofd, en ook slofte hij niet en deed hij niet mee aan luidruchtige stoeipartijen. In al zijn vakken haalde hij de hoogste cijfers. Er deden geruchten de ronde dat hij de afscheidsrede zou houden.

'Het is een prachtige middag,' zei hij.

'Zeker.'

'Jij komt ook uit de Delta, hoor ik.'

'Ja.'

'Ikzelf kom uit Carrollton.'

'Is dat niet in de buurt van Greenwood?'

'Dat klopt, ja.'

De balans vloog als een wipwap op en neer, uit de cilinders ontsnapte sissend stoom. De rivier lag er rustig bij. Op de oever tegenover hen vormden amberbomen en acacia's een ondoordringbare wand.

'En ben je van plan terug te gaan naar Carrollton?'

'Nee, niet per se. Ik ben van mening dat een man, wil hij

iets hogers in de wereld bereiken, ernaar moet streven vast te houden aan zijn keuze.'

'En aan welke keuze wil je dan vasthouden?'

Hij veroorloofde zich een glimlachje. 'Dat staat nog open.'

Er verscheen een opening in de wand.

'Ik heb een loopbaan als geestelijke overwogen,' zei hij, 'maar deken Williams verklaart zich, hoewel hij de belangrijke rol van een geestelijke ten volle erkent, een tegenstander van dat idee. Hij huldigt de mening dat de negergemeenschap node goed opgeleide handwerkslieden en zakenlui mist en dat wij ons op die gebieden wellicht het nuttigst kunnen maken.'

Er kwam een blank mannetje tussen de bomen uit, dat waggelde alsof zijn knieën het elk ogenblik konden begeven. Hij ging rechtop staan, veegde met de rug van zijn hand zijn mond af en lachte geluidloos.

Hij werd gevolgd door een replica van zichzelf. Beide mannetjes droegen een bruine broek, een zwart vest dat om hun uitpuilende buikje spande en een hoge hoed. En allebei hadden ze een wapen bij zich dat veel weg had van een donderbus.

'De deken heeft met een begrafenisondernemer gesproken, die mij nu misschien een opleidingsplaats zal aanbieden.'

Het eerste mannetje keek haar recht aan. Met zijn elleboog gaf hij zijn dubbelganger een por tussen de ribben en toen wees hij naar Seaborn en haar.

'Die heer exploiteert een rouwkamer in Vicksburg. Vicksburg is niet per se een stad waar ik mij gaarne zou vestigen, maar misschien ben ik wel bereid er enkele maanden door te brengen om het vak te leren.'

De mannetjes leken net figuren uit een verhaal van Washington Irving, een stel pimpelaars die te lang in de dorpsherberg waren blijven hangen en er verstandig aan zouden doen huiswaarts te keren voordat ze erbij neervielen.

Het eerste mannetje bracht zijn wapen in de aanslag en het tweede volgde zijn voorbeeld.

'Ik heb me vooralsnog in geen enkel opzicht vastgelegd, maar de gedachte dat ik me met overledenen ga bezighouden schrikt me niet af, want zoals dominee Hamilton vorige week zondag in zijn preek opmerkte, zal eenieder die een rechtschapen leven heeft geleid na zijn dood het eeuwige leven beërven. De zielen die eens die vervallen lichamen bewoonden, zullen zich in veel schoner oorden vestigen.'

Het eerste salvo raakte de dolboord en iedereen liet zich plat op het dek vallen. Het tweede verbrijzelde een raam in de stuurhut.

Volmaakt kalm pakte Seaborn haar bij de elleboog. 'Het is raadzaam,' zei hij, 'zich niet te zeer in te spannen. Wij vierdejaars houden ons dit kwartaal met fysiologie bezig. Het hart onnodig belasten is nooit verstandig.'

Haar benen trilden, ze ademde moeizaam. Ze liet zich door hem naar de lijzijde meeloodsen.

'Misschien kunnen we de rivier het best van deze kant bekijken,' zei hij.

Daarna waren er geen schoten meer gevallen.

Blijkbaar had alleen zij die mannetjes gezien. Seaborn zei dat hij geen mens had opgemerkt en dat ze het hele voorval gewoon moesten vergeten.

Iedereen krabbelde op van het dek en klopte zich af. Alsof ze allemaal beseften dat er veel meer op het spel stond dan een vaartochtje op de rivier, begonnen ze onmiddellijk weer met elkaar te praten, al viel het haar op dat deken Williams ervoor zorgde dat zijn hoofd niet boven de reling uitstak.

Gedurende de rest van de tocht stroomafwaarts bleef ze aan Seaborns zijde en luisterde naar die rustige, onverstoorbare stem, die het over de vele kansen had voor eenieder die er oog voor had. Hij had zich geen ogenblik laten overrompelen door de angst waardoor de anderen zich hadden laten meeslepen. Zelf had zij al dikwijls in haar leven de angst in het gezicht gestaard, maar nu had ze het gevoel dat die haar net even te vaak tot in het diepst van haar ziel had gekwetst.

En zo naast hem staande op de stoomboot meende ze te weten dat ze een pijnstillend middel nodig had. Ze had te lijden van een teveel aan gevoel. Dat was een kwaal waar Seaborn P. Jackson duidelijk geen last van had. In zijn aderen, concludeerde ze, stroomde een vloeistof die verdovend werkte, en ze wilde dat dat bij haar ook zo was. Een enigszins gevoelloze toestand, daar verlangde ze naar.

Maar nu ze op haar eigen bank voor het raam zat uit te kijken naar een landschap dat van alle kleur verstoken was, verbaasde ze zich voor de zoveelste keer over het vermogen van de mens zichzelf te bedotten. Zenuwen kon je met ether uitschakelen. Maar om ze in die toestand te houden moest je ze doodmaken.

Ze zat er nog steeds toen ze op de voordeur hoorde kloppen. Haar tasje stond op een tafel vlakbij, en in dat tasje zat het pistool. Ze had er gemakkelijk bij gekund, maar ze haalde het er niet uit, en evenmin stond ze stil bij de mogelijkheid niet op dat klopje te reageren.

Ze deed open en zag een kleine, blanke man met ronde wangetjes staan; hij droeg een pak dat hem niet goed zat en had een leren aktentas bij zich. Hij haalde zijn neus op alsof hij verkouden was. Met zwakke, maar vastberaden stem vroeg hij: 'Mevrouw Loda Jackson?'

De heer Henry Wheeler Meadows, hoofdinspecteur der Posterijen in gewest nummer vier der Verenigde Staten, waaronder Mississippi, Alabama en Arkansas in hun geheel ressorteerden en verder een gedeelte van Louisiana en Tennessee, rook naar Wondergroei. Ze begreep er niets van hoe dat kon in deze tijd van het jaar, of had hij een methode ontdekt om nog tomaten te kweken na de eerste vorst?

Ook begreep ze niet waarom hij hier eigenlijk in haar huiskamer zat, waar nooit eerder een blanke man had gezeten, en al evenmin waarom hij zijn tas op haar salontafel had gezet en op dat ogenblik de sloten liet openspringen. Hij had gewag gemaakt van een door het ministerie gehanteerd handboek, en wel van 'afdeling zes, artikel drie, lid één', waarin volgens hem werd gestipuleerd dat 'behoudens in te verwachten en onbetwistbaar dringende situaties door het ministerie benoemde beambten van genoemde taken mogen worden ontheven nadat zij bij de desbetreffende meerdere in rang een met duidelijke redenen omkleed, schriftelijk verzoek van die strekking hebben ingediend.'

De gedachte dat hij hierheen was gekomen om haar wegens onachtzaamheid te berispen, of haar misschien zelfs te beschuldigen van plichtsverzuim, vervulde haar met ontzetting. 'Ik begrijp het niet,' zei ze. 'Heeft men mijn verzoek tot ontslag misschien niet ontvangen? Ik heb het twee weken geleden ingediend. Ik had gedacht dat het intussen wel...'

'O ja, mevrouw, dat heeft men ontvangen. Zeer zeker. Kijk, dat wilde ik u ook duidelijk maken, mevrouw Jackson. Er is –'

'Spreekt u mij toch niet zo aan, mijnheer. Ik kan u verzekeren dat als iemand u mij zou horen betitelen met "mevrouw Jackson" mij dat duur te staan zou komen.'

Hij haalde een leren map uit de tas. 'Nu, in de eerste plaats,' zei hij en sloeg de map open, 'hoort niemand anders dit dan wij tweeën. En in de tweede plaats is dat het beleid van het ministerie. Afdeling twee, artikel twee, lid twee. "Door het ministerie benoemde beambten hebben er recht op met het benodigde respect te worden bejegend." En in dit geval wordt het benodigde respect uitgedrukt met behulp van de aanspreekvorm 'mevrouw'.'

Bemoeizieke mannetjes lagen haar niet zo. 'Mijnheer Meadows, ik begrijp dat u niet uit deze streek komt. Maar hier bij ons...'

'O, ik kom van helemaal niet zo ver hiervandaan. Ik ben geboren in Meridian en daar heb ik tot september vorig jaar gewoond. Maar mijn plaats van herkomst ontslaat mij niet van de plicht mijn verantwoordelijkheden op een verantwoorde wijze na te komen. Dus wanneer wij onder elkaar zijn, bent u mevrouw Jackson, afgesproken? Mocht ik u in het openbaar moeten aanspreken, maar dat zal denk ik niet het geval zijn, dan zal ik me van een indirecte aanspreekvorm bedienen.'

Hij haalde een gelige envelop uit de map. 'Het voornaamste onderdeel van dat gortdroge verhaal over hoe je je ontslag moet indienen en je van je werkzaamheden laten ontheffen, is dat stukje over 'te verwachten en onbetwistbaar dringende situaties'. U en ik zullen het feit onder ogen moeten zien dat wij hier te maken hebben met een dringende situatie die zo zeer te verwachten was en zo onbetwistbaar is, dat hooggeplaatste personen die hebben opgemerkt.'

Hij overhandigde haar de envelop. Toen ze hem omdraaide en het blauwe zegel zag, zei ze : 'Mijnheer Meadows, u maakt zeker een grapje.'

'Nee, mevrouw. Ik verzeker u dat dat niet het geval is.'

Laat ze nooit merken dat ze je van je stuk brengen – ook dat had haar moeder gezegd. Niettemin trilden haar vingers toen ze de envelop openmaakte.

Mevrouw L. Jackson
Beheerster postkantoor Loring
Loring, Mississippi

28 oktober 1902

Geachte mevrouw Jackson,

Uw verzoek tot ontslag van uw werkzaamheden als beheerster van het postkantoor te Loring, Mississippi is mij voorgelegd door de minister van Posterijen. Hij liet mij weten dat enkele verklaringen in uw schrijven hem met grote zorg vervulden. Aangezien ik die zorg deelde, heb ik onmiddellijk opdracht gegeven tot een nader onderzoek van deze kwestie. De uitslag van dit onderzoek, dat is uitgevoerd door de heer H.W. Meadows, die u inmiddels zult hebben ontmoet, zijn mij twee dagen geleden hier in Washington door de heer Meadows voorgelegd. Na de kwestie nogmaals in overweging te hebben genomen en me aangaande de ons openstaande mogelijkheden te hebben beraden met verscheidene leden van onze regering en voorts met een vooraanstaande neger-

leider wiens zienswijze ik bijzonder hoog aansla, heb ik besloten u te vragen uw verzoek tot ontslag te herroepen en gedurende de in uw contract vastgelegde periode van uw ambtsbetrekking, die in maart 1904 afloopt, uw werkzaamheden te blijven vervullen.

Overheidsdienaren dienen nimmer het slachtoffer te worden van enigerlei vorm van bedreiging of intimidatie; wanneer er sprake is van pogingen overheidsdienaren te intimideren, dient daar onmiddellijk tegen te worden opgetreden. Wanneer u nu uw ambt opgeeft, nadat u uw werkzaamheden gedurende vele jaren op voortreffelijke wijze hebt vervuld, zou dat allerlei meedogenloze lieden in ons midden in de kaart spelen. Ik besef dat ik u hiermee vraag bepaalde offers te brengen in uw privé-leven. Maar ik wil u verzekeren dat wij in geen geval tegen u, uw echtgenoot of andere rasgenoten van u gerichte gewelddaden of treitercampagnes door de vingers zullen zien. Wij moeten en zullen het recht handhaven; dat wil ik u persoonlijk garanderen. U mag een beroep op mij persoonlijk doen; en u mag de heer Meadows als mijn persoonlijke gedelegeerde in dezen beschouwen.

Over enkele dagen breng ik een bezoek aan uw staat. Ik hoop dat u, wanneer ik daar arriveer, uw werkzaamheden als beheerster van het postkantoor, waarvan u zich in het verleden zo kundig hebt gekweten, dan inmiddels zult hebben hervat. Wellicht komen u en ik, wanneer ik in Mississippi ben, in de gelegenheid elkander te ontmoeten.

Intussen verblijf ik, mevrouw, met de meeste hoogachting,

Theodore Roosevelt,
president der Verenigde Staten van Amerika

Haar eerste gedachte, die haar achteraf trouwens potsierlijk zou voorkomen, was dat Seaborn ruchtbaarheid zou willen geven aan deze brief, dat hij ermee naar dokter Ormesby zou gaan en die hem en Matilda zou laten lezen, en dat de brief weleens een rol zou kunnen gaan spelen in het verkooppraatje waarmee hij nieuwe cliënten hoopte te winnen. Maar meteen daarop besefte ze dat Seaborn al net zo weinig ingenomen zou zijn met deze brief als zijzelf.

'Zoals u ziet,' zei Meadows, 'staat de president achter u.'

Ze legde de brief op de salontafel. 'Ik meen dat ik mijn verlangen om ontslag te nemen toch duidelijk naar voren heb gebracht.'

Meadows nieste. 'Neemt u me niet kwalijk.' Hij haalde een zakdoek uit zijn zak en poetste het puntje van zijn neus. 'Wanneer het weer omslaat, heb ik daar last van.' Hij vouwde de zakdoek op en stopte hem terug in zijn zak.

Vervolgens boog hij zich iets voorover. 'Mevrouw Jackson, laten wij open kaart met elkaar spelen. U hebt uw werk uitzonderlijk goed gedaan. In de loop van meer dan vijf jaar hebt u geen dag verstek laten gaan. Ik heb de rapporten over u die mijn voorganger heeft ingediend, allebei doorgenomen. Als iemand mij lof had toegezwaaid in zulke bewoordingen, dan had ik die ingelijst aan de muur gehangen.

Welnu, ik weet precies wat die gekleurde man is overkomen. Ik weet dat de burgemeester en zijn broer erachter zitten, en ook weet ik dat die broer maar een miezerig prul is, wiens voornaamste talent er kennelijk uit bestaat alleenstaande vrouwen zover te krijgen dat ze hem te eten geven en een bed om in te slapen. Als hij onlangs niet uit New Orleans was weggegaan, dan was hij nu dood geweest, al kan ik me niet goed voorstellen waarom iemand hem de prijs van een kogel waard zou vinden.

U hebt vroeger op het land gewoond dat in het bezit was van de vader van de gebroeders Payne. Zo'n twintig jaar geleden is daar iets vreselijks gebeurd, maar ik kan er niet achter komen wat dat is geweest. U kunt me daar zeker ook niets naders over vertellen?'

Haar sjaal van beverbont hing over een armleuning van de bank; ze pakte hem en sloeg hem om haar schouders. Niet dat ze het koud had, maar ze voelde zich kwetsbaar. 'Daar weet ik niets van,' zei ze.

'Het lijkt wel of niemand er iets van afweet. Maar u hebt een hogere opleiding gehad, dus u bent stellig bekend met die befaamde vraag van bisschop Berkeley: wanneer we de boom onze rug toedraaien, is hij er dan nog wel? 't Lijkt erop dat de mensen hier allemaal empirici zijn als het om het verleden gaat. Keer iets wat gebeurd is je rug toe, dan is er niets gebeurd.'

'Soms,' zei ze, 'is het maar het beste om iets of iemand je rug toe te keren.'

'Tja, mevrouw, dat is één zienswijze. Je kunt er ook zo tegenaan kijken: wanneer je zo met je rug naar iemand toestaat, verschaf je die figuur die jou van achteren besluipt, een geweldige schietschijf.'

'Als hij van plan is je neer te schieten, mijnheer Meadows, dan maakt het niet veel verschil of hij nu van voren of van achteren op je vuurt. De kogel zal hetzelfde resultaat bewerkstelligen.'

Net als de meesten van zijn soort verwachtte hij dat zijn woord wet was. Het idee dat zijn pogingen ook weleens afgewezen zouden kunnen worden, was nog geen ogenblik bij hem opgekomen. 'Kijk, mevrouw, de president van de Verenigde Staten wenst niet dat een fatsoenlijk, hard werkend iemand als u zomaar op straat wordt gezet.'

Ze maakte een gebaar dat de hele kamer omvatte: de vloer, de wanden, het plafond. 'Ik sta niet op straat, mijnheer. Ik zit op de bank in mijn huiskamer. Mijn echtgenoot en ik beschikken over de middelen om ons leven voor te zetten zoals we dat zelf willen.'

Henry Meadows begon te zweten. Zijn oren, die plat tegen zijn hoofd lagen en heel groot waren, kregen de kleur van een zonsondergang in de herfst. 'Mevrouw, ik zal u eens een verhaal vertellen,' zei hij. 'Nog geen vijf jaar geleden was ik op Cuba, en daar lag ik op een keer aan de voet van Kettle Hill in het gras. Mijn vader was kapitein van een compagnie jagers en hij had me met een bericht naar de frontlinie gestuurd. Ik lag met m'n gezicht tegen de grond gedrukt. Die Spanjaarden paften erop los met hun Mausers – o god, wat gingen die tekeer.

Ik hoorde iemand tegen me schreeuwen. Ik kijk op en daar zie ik een ruiter in kaki met zo'n hangsnor en een dikke bril op een groot wit paard, en die vent zwaait naar me met z'n pistool en brult iets in de trant van dat ik m'n plicht moet doen.

Goed, nu denkt u misschien dat ik u ga vertellen dat ik opstond en gehoorzaam tegen die heuvel opstormde, maar ik was zo bang dat ik geen adem meer kon krijgen, laat staan een eind rennen. Dus wat deed die ruiter toen – en ik hoef u vast niet te vertellen wie dat was – hij schudde zijn hoofd en reed weg en ik bleef daar liggen en schaamde me dood.' Hij zweeg een ogenblik om de strekking van zijn verhaal goed tot haar te laten doordringen. 'Als u nu deze betrekking opgeeft, mevrouw Jackson – tja, ik heb zo'n vaag gevoel dat u zich dan op een dag ook zult schamen.'

'U hebt zo'n vaag gevóel?' zei ze. 'Er heeft u zowaar een gevóel bekropen?' Ze stond op en de sjaal gleed van haar schouders. Het was alsof de vloer was gekanteld, alsof ze zich boven op dit kleine mannetje zou storten en hem weg zou duwen. 'Waarom kunt u ons niet gewoon met rust laten?' vroeg ze. 'Denkt u soms dat wij ballonnen zijn die u even kunt opblazen met de gebakken lucht die u dwarszit?'

Henry Wheeler Meadows' gezicht glom en hij wierp een blik door de kamer als een soldaat die kost wat kost dekking wilde zoeken.

Buiten op straat liep hij met gebogen hoofd.

Voorbijgangers die hem zagen hadden hem misschien niet eens echt opgemerkt als de aktentas in zijn hand niet open had gestaan, zodat de inhoud elk ogenblik eruit dreigde te vallen. De meeste mensen dachten waarschijnlijk dat hij een handelsreiziger was, zo'n type dat hier kwam aanzetten en dan een, twee nachten bij juffrouw Rosa of in hotel Loring bleef slapen. Later wisten de weinige mensen die zich herinnerden dat ze met hem hadden gepraat, zich alleen nog voor de geest te roepen dat hij had gezegd dat hij Meadows heette en dat hij niet al te spraakzaam was geweest, enkel het soort vragen had gesteld dat mensen van buiten de stad je altijd stelden als ze naast je aan de toog zaten te eten en geen onbeleefde indruk wilden maken.

De enige man in de stad die hen vooraf had kunnen inwijden, liet dat achterwege. De telegrafist bij de Western Union, een man die Gaylen Hitt heette en zaterdagsavonds wat bijverdiende in kapsalon Je Zwager. Hij zei geen woord over het telegram dat Meadows verstuurde en ook niet over het bericht dat hij ontving. Hij was nu eenmaal zwijgzaam, zelfs wanneer hij iemand knipte. Dat was een van de redenen waarom bepaalde klanten door hem wilden worden geholpen. Sommige mensen vinden het prettig om ontspannen achterover te leunen met een warme handdoek over hun gezicht, zonder naar een gestage stroom gekakel te hoeven luisteren.

De straten lagen vol modder, maar Tandy deed zijn best om de plassen te mijden. Hij had zich een paar splinternieuwe laklederen molières aangeschaft en wilde die schoon houden; ze pasten mooi bij zijn nieuwe pak. Onder het lopen stak hij af en toe zijn ebbenhouten wandelstok met de vergulde greep in de lucht.

Hij begaf zich tot in de puntjes gekleed naar zijn werk. Sinds hij het postkantoor had overgenomen, had hij alle vrouwen van de stad gesproken. Hij wist dat het briefverkeer een hoogtepunt doormaakte.

'Elke keer als ik door Main Street loop,' had Rosa die ochtend gezegd, 'lijkt het wel of er in het postkantoor een vergadering aan de gang is van de Huisvrouwenvereniging. Wat denk je, Tandy, hebben ze zo'n belangstelling voor het postwezen?'

'Och nee, dat denk ik niet,' had hij gezegd. 'Ze willen zich alleen maar laten bijpraten.'

'Waarover dan?'

'Over alle praatjes.'

'Al die meiden zijn toch verdomme getrouwd. Maar hun mannen zullen wel niet veel praten. Niet dat ik ze dat kwalijk kan nemen, want die wijven van ze hebben niet meer verstand van God meegekregen dan het achtereind van een varken. En ze hebben de fut van een aardappel.'

Hij was in de weer met zijn snor, knipte de eindjes bij met een nagelschaartje. Hij kon haar gezicht in de spiegel zien. Ze zag er niet al te best uit. De avond tevoren had ze vijf of zes glazen whisky gedronken – flinke glazen, tot de rand gevuld – en die ochtend hingen haar wangen er behoorlijk slap bij.

'Ik geef toe dat geen van die dames het buskruit heeft uitgevonden,' zei hij, 'maar het is ook weer niet zo dat er niet eentje bij is met een beetje pit.'

'Hangt er vanaf wat je onder een beetje pit verstaat, hè.'

Haar humeur was niet bepaald zonnig, en hij voorzag geen verbetering in de nabije toekomst, dus maakte hij een einde aan zijn toilet en lichtte zijn hielen.

En nu hij in First de hoek omsloeg en Main inliep, zag hij dat het maar goed was dat Rosa veilig thuiszat. Sally Stark, Gracelyn Ellsbury en Floyce Baskett stonden hem al op een kluitje voor de deur op te wachten: als een stel zeugen die elkaar voor de trog verdrongen.

'Morgen, dames.' Hij lichtte zijn hoed even op. 'Laat ik even opendoen, dan kunnen we aan het werk gaan.' Hij haalde zijn sleutels te voorschijn.

'O, Tandy,' zei Sally. 'Moet je 't bericht zien dat hier is aangeplakt.'

Ze deden een stap opzij om het hem te laten zien.

> Overeenkomstig het bevel van de president blijft het postkantoor van Loring tot nader bericht gesloten.
> A.s. maandag zal in het gemeentehuis van Loring te 19.00 uur een bijeenkomst plaatsvinden ten einde de huidige situatie te bespreken.

Heel even dacht hij dat het een grap was, het soort streek dat oom Billy Heath graag uithaalde. Toen wierp hij een blik op de deur en zag dat er een ander slot in was gezet.

Daar stond hij dan naar de bronzen deurknop te staren – diep in zijn hart beseffend dat hij had kunnen weten dat ook dit plan op niets zou uitlopen, net als al die andere. Sommige mensen lukte het om een fatsoenlijk leven te gaan leiden, maar Sarah had gelijk gehad: hem zou dat nooit lukken. Dat was niet voor hem weggelegd. Hij mocht dan in een tijd leven waarin de vooruitgang oprukte – voor hem waren nieuwe mogelijkheden louter restanten uit het verleden. Uit het verleden van zijn familie nog wel, god nog aan toe. Het zou geen zes maanden meer duren of hij zou ergens in een steegje in Memphis of Cincinnatti met de straathonden om een plekje vechten, om een plaatsje waar hij zich kon uitstrekken.

Een paar seconden lang liet hij deze sombere gedachten door zijn hoofd malen. Toen keek hij nog eens naar het aanplakbiljet, naar dat 'Overeenkomstig het bevel van de president', en hij besefte dat deze woorden uit Washington – groot, vet en zwart – hem de kans van zijn leven boden.

Seaborn gaf het span zwarte paarden voor de tilbury een tik met de zweep en schreeuwde: 'Schiet es op, jongens! Sneller!'

Ze waren al een paar kilometer ten noorden van de stad gevorderd en hotsten maar voort. Hij was zwetend thuisgekomen, zijn donkere pak was onder de armen kletsnat. 'We moeten nu weg,' had hij gezegd. 'Kan niet anders.' Hij pakte haar bij de pols – draaide hem zowat om – en van pure schrik had ze niet eens geprotesteerd. Nog nooit had hij haar zo vastberaden beetgegrepen. Eigenlijk was het niet onplezierig.

De tilbury vloog langs een huis waar het wemelde van de arme blanken. Zo'n vijf of zes mannen stonden er op het erf. Aan een dwarsbalk tussen twee staken hing een gevild varken; de buikholte vormde een gapend gat boven een dampende hoop ingewanden.

'Wat heb ik je gezegd?' riep Seaborn. 'Wat heb ik je voorspeld? Ik blijf zeggen wat ik zeg. Ik blijf je voorspellen wat ik heb voorspeld.'

Als hij niet voortdurend de uitzinnigste gebaren had gemaakt, had ze misschien wel gedacht dat hij door een beroerte was getroffen. Nu wist ze echter dat hem alleen maar de schellen van de ogen waren gevallen.

'Die Blueford, hè,' zei hij. 'Die jongen die hier in de stad rondbanjert. Weet die jongen niet dat de Heer hem een bruine kleur heeft gegeven? Heeft die nikker nooit in een spiegel gekoekeloerd?'

Hij deed een greep onder het spatscherm en vond een leeg tandpoederflesje. Hij haalde uit en smeet het flesje naar de paarden. 'Sneller, beesten!' Er knarste glas onder de wielen.

Iets verderop, aan hun rechterhand, woonde een man die Loyal Taylor heette. Hij bezat nog eigen land, maar hij plantte geen katoen meer en verbouwde alleen nog wat hij nodig had om zijn vrouw en kinderen en zichzelf van eten te voorzien. Hij kwam nooit meer in de stad.

Er kwam rook uit hun schoorsteen. Op het erf voor het huis stond een muilezel aan een hoekpaal vastgebonden. Een hond – een welgedaan bastaardbeest met een glanzende vacht – stond naar hen te kijken met zijn staart zo recht als ijzerdraad dat als een dievenval voor een huis was gespannen.

Ze was bang dat Seaborn zou doorrijden totdat de paarden of hij er van uitputting bij neervielen als ze niet iets deed aan die paniek van hem. 'Sla hier eens af,' zei ze. 'Bij de Taylors.'

'Waarvoor? Kunnen zij ons aan nog meer ellende helpen?'

Maar hij deed wat ze vroeg en trok aan de teugels. 'Ho-ho!'

Nicey Taylor was bezig maïskolven van hun korrels te ontdoen, dus stopte Loda kolven in de trechter terwijl Nicey de zwengel hanteerde. Ze zei dat ze de maïs het liefst een nacht in water liet staan om de korrels zachter te maken en ze te laten zwellen; daarna stortte ze ze over in de wasaker, deed er water en een zakje as van hardhout bij en liet het geheel koken totdat de schilletjes loslieten van de korrels. Daarna goot ze het loogwater af, waste de maïs in schoon water en schepte de vliesjes af.

'Ik doe er peper en zout bij,' zei ze, 'maar ik heb nooit het nut ingezien van vleeskruiden. Heeft gewoon geen zin, als je 't mij vraagt.'

Via de achterdeur kwam Loyal binnen. Sinds de laatste keer dat ze hem hadden gezien, had hij zijn baard laten staan; zijn bakkebaarden waren sneeuwwit en vol genoeg om ze tot een kleedje te verwerken. Hij haalde een terpentijnfles uit de zak van zijn ketelpak. 'Dit is net wat jij nodig hebt,' zei hij tegen Seaborn. En hij liep op hem toe en gaf hem de fles.

'*Terpentijn?*'

'Nee hoor, 't is eigengestookt spul, maar ik laat er een paar druppels terpentijn in zitten, dat geeft wat extra smaak.'

Seaborn kneep zijn lippen op elkaar en snoof. 'Als dit m'n dood wordt,' zei hij, 'dan kom ik dubbel op de koffie. Ik heb me bij mezelf verzekerd.' Hij haalde diep adem en nam een slok. De tranen stroomden hem over de wangen. 'Dit is iets,' zei hij, 'waarvan ik zin krijg om een potje te vloeken.'

'Toe maar, giet toch nog wat naar binnen,' zei Loyal. 'Je ziet d'r nu al rustiger uit.'

Ditmaal nam hij een grotere slok. Daarna likte hij zijn lippen af. 'Wat zit daar allemaal in?' vroeg hij.

'Je stopt er maïs in, een beetje rogge en gerstemout en dan nog wat gist, en dan kook je het hele zaakje en laat het een tijdje staan. Kijk, ik verkoop dat drankje niet; ik maak het en ik drink het, dat is alles. Als je die fles wilt hebben, hou hem dan maar.'

Seaborn zei geen ja en geen nee. Hij zei: 'Loda en ik zijn in een ongelukkige situatie beland.'

Loyal lachte. 'Ik zit m'n leven lang al in een ongelukkige situatie. En toch is dat m'n geluk.'

'Heb je misschien iets gehoord over die ceremoniële castratie van Blueford Lucas?'

'Wel dat ze hem piemelnaakt hebben uitgekleed en op een paard vastgebonden. Maar niet dat d'r ook een ceremonie aan te pas was gekomen.'

'Wat ik maar wou zeggen,' zei Seaborn, en hij liet zijn blik weer op de fles rusten, 'is dat dit nog maar het begin is. Dit was als het ware het topje van de blanke ijsberg.'

Hij vertelde dat Blueford het postkantoor binnen was gekomen en in een woordenwisseling met Tandy Payne verwikkeld was geraakt.

Loyal floot. 'Dat is de jongste, hè. Jaren geleden reed ik eens daarginds in de buurt van de Deadening en opeens zie ik zo'n piepjonge hengst de weg afstormen met dat joch aan een van de stijgbeugels achter zich aan. En ik zeg zo bij mezelf, ik zeg: "Goed zo, beestje, dun jij de gelederen van die Paynes maar uit." Maar dat heeft dat jonge beest toen toch niet voor elkaar gekregen.'

Seaborn zei: 'Denk eraan, hè, ik zeg niet dat ik hier positief tegenover sta,' en hij zette de fles nog eens aan zijn mond. Zijn gezicht kreeg iets zielstevredens. Hij zag er gezond uit.

Nu deed hij hun de geschiedenis uit de doeken, stap voor stap, hij vertelde Loyal en Nicey hoe Tandy iedereen had opgestookt, hoe ze Blueford hadden gepakt en hem kwaad hadden gedaan – Loda's oren onderscheidden de oprechte toon waarop hij dat woord uitsprak – en dat Loda vervolgens had gedaan wat ze wilden en haar ontslag had ingediend. En daarop was er een mannetje bij haar langs geweest dat had gezegd dat de president zelf wilde dat ze aanbleef, en dat zij had gezegd dat ze haar ontslagaanvraag niet wilde terugdraaien. En nu hadden ze het postkantoor dan helemaal gesloten.

'Elke neger die mag stemmen, stemt op de republikeinen,' zei Seaborn. 'Die lui daar in Washington denken blijkbaar dat ze meer stemmen binnenhalen als de negers zien dat zij opkomen voor hun rechten. Maar intussen zullen ze het hier in Loring niet pikken dat ze geen postkantoor hebben. Wie weet moet Loda straks haar verzoek tot ontslag terugnemen. En wie weet ook niet. Maar wij zullen dat moeten uitpluizen. Want zoals de toestand nu is – mijn hemel, ik ben bang dat ze ons straks nog de stad uit jagen.'

'Zo erg is dat toch niet, de stad uit gejaagd worden,' zei Loyal.

'Niet uit die stad tenminste,' zei Nicey. 'D'r zitten me daar toch een paar types, daar is een gifslang nog een wonder van aardigheid bij.'

'Daarom zie je ons daar ook niet meer,' zei Loyal. 'Kijk, ze willen niet hebben dat ik een jas eerst pas voordat ik 'm koop, dus weet je wat ik nou doe? Ik maak m'n eigen jas – dan maar eentje van ouwe lappen, als 't niet anders gaat. Hoef ik ook geen stof te gaan kopen. Ze laten mijn katoen in de regen staan terwijl die van de anderen in de pers gaat, dus ben ik er maar mee uitgescheiden nog katoen te verbouwen. Als zij mij niet nodig hebben, hoef ik hen ook niet. En als ze zin hebben in een geintje, dan woon ik te ver weg, kunnen ze me niks maken.

Die armoedzaaiers verderop aan de weg – die laten me met rust. Af en toe hebben ze zin in een lekkere slok en dan komen ze bij mij aankloppen, en dan krijgen ze te horen wat ik net tegen jou zeg. Ik zeg dat ik dat spul niet verkoop, dat ik het enkel stook en opdrink en dat ze met alle plezier wat kunnen krijgen als ze willen. En dat willen ze. Maar dat volk daar in Loring – daar deugt echt niks aan. Is ook nooit anders geweest.'

'Wij wonen daar al sinds we volwassen zijn,' zei Seaborn.

'We hebben ons eigen huis. Loda heeft haar moestuin achter. Alle negers wenden zich tot mij als er iemand ziek is of doodgaat. We hebben steeds ons best gedaan om het met niemand aan de stok te krijgen. En nu zijn we bang om naar huis te gaan.'

Loyal keek Nicey aan. Zij schudde haar hoofd, alsof ze daarmee wilde zeggen dat zulke waanzin niet te vatten was, maar dat je er nu eenmaal mee moest leven. Hij draaide een rechte stoel om en ging er schrijlings op zitten. 'Weet je wat je moet doen als je zeker weet dat je hier wilt blijven, dat je nergens anders heen wilt,' zei hij tegen Seaborn, 'je moet dat blanke volk helpen beslissen wat ze willen dat jij doet. En dat moet je dan als de gesmeerde bliksem gaan doen zonder ze de tijd te geven om erachter te komen dat jij ze d'r een handje bij hebt geholpen om dat te verzinnen.

Kijk, ik weet wel dat jullie dat ook weten, alleen is het bij jullie zo dat je hersens in alle mogelijke knopen liggen, zodat je niet op een simpele manier denkt. Maar het is en blijft een feit dat blanken op z'n gevaarlijkst zijn als ze de kluts kwijt zijn. Als ze de kluts kwijt zijn, dan zien ze geen rood meer, dan zien ze geen geel, dan zien ze geen grijs of groen of blauw meer – dan zien ze niks anders meer voor zich dan zwart en wit. Wit, dat is hunnie. En zwart, dat ben jij.

Dus is het in jouw eigen belang dat hun ogen de zaken scherp zien. Want jullie zijn niet het probleem, het probleem bestaat uit een heel ander slag blanken, en dat is iets waar ze gewoon niet tegen kunnen. Dus moet je ze laten merken dat je bereid bent om je naar ze te plooien. Laat ze zien dat als zij willen hebben dat je voor ze danst – nou ja, dat jij dan je dansschoenen glimmend oppoetst. Willen ze hebben dat je de vloer aanveegt, ook best, dan sta jij klaar met je toverbezem.

Zodra ze maar horen dat jij het ouwe, onderdanige liedje zingt, dan heb je kans dat ze zien wat ze moeten zien. En dan kun jij weer gewoon je eigen gang gaan. Net als altijd.'

'Jawel, maar als ze nou niet willen zien wat ze moeten zien?'

Loyal deed een greep in zijn zak en diepte nog een fles op, precies net zo eentje als de eerste. Hij trok de kurk eruit, maar dronk er niet van. 'Tja, als dat gebeurt,' zei hij, 'dan zul je waarschijnlijk gaan wensen dat je toch maar wel was verkast.'

Toen ze 's avonds laat naar huis gingen, mende zij.

Een paar keer viel Seaborns hoofd opzij. Hij zat met de fles tussen zijn knieën geklemd. 'Ik ben zo moe,' zei hij. ''t Is net of ik weer meespeel in zo'n stuk dat we destijds als student opvoerden. Herinner je je nog die keer dat ik Julius Caesar speelde? Wekenlang heb ik toen rondgelopen in die rol. En dat is me niet in de kouwe kleren gaan zitten. Ik begon mezelf te zien als een man die maar één plicht had: naar het ogenblik toe te leven dat ze hun messen trokken. En voor Seaborn P. Jackson spelen is ook zoiets dat me niet in de kouwe kleren gaat zitten. Ik heb het gevoel of ik door de straten paradeer als zo'n blanke die voor negerzanger speelt. Maar dat zwarte gezicht is echt. Dat zwart wil er niet af. Is dat niet merkwaardig? Dat het echt is, maar onecht aanvoelt? Je denkt toch niet dat zíj ooit zoiets voelen, hè?'

Nee, dat dacht ze niet, maar ze wist dat ze hun ogenblikken hadden dat ze in de put zaten. Het verschil was dat als je Seaborn of haar was, dat je dan maar moest proberen hun sombere buien, hun tegenslagen zo'n beetje op te vangen, maar dat zíj zich nooit hoefden te bekreunen om die van jou. Jij had maar met één alles overheersend probleem te kampen, meenden zij, en ze gingen ervan uit dat je nooit aan iets anders dacht. Want als zij in jouw schoenen stonden, geloofden ze, dan zou dat probleem het enige zijn wat hen bezighield.

'Ik weet niet wat zij voelen,' zei ze. 'Ik weet alleen dat ik blij zou zijn als ik daar niet meer over hoefde in te zitten.'

'Ik ook. Ik ook.' Hij gaapte. 'Hemel, wat heb ik een slaap.'

'We zijn bijna thuis.'

'Nog geen tekenen in zicht van een lynchpartij?'

'Nee, niks. Er is niemand buiten.'

'Waar laten we de paarden?'

'Wees maar niet bang, daar zorg ik wel voor.'

Ze hielp hem naar binnen, ging via de achterdeur weer naar buiten en reed naar de stalhouderij. Een slaperige jonge neger wiens naam ze nooit kon onthouden, kwam te voorschijn en nam de leidsels aan, en zij gaf hem een stuiver, wenste hem goedenacht en liep door de donkere straten naar huis.

Seaborn sliep al, maar toen ze naast hem kwam liggen, deed hij zijn ogen open. Hij rook erg naar rogge. 'Ik heb gedaan wat jij me had aangeraden,' zei hij. 'Ik ben gewoon een beetje gek geworden.'

'Ja hoor.'

'Zo voor één avond kan het wel, vind ik. Maar ik durf te wedden dat het me morgen dwarszit.'

Gij zult niet kwistig gebruikmaken van het onbepaalde voornaamwoord – dat was een fundamentele regel geweest bij Welsprekendheid en Debatteren, een vak op Cold River dat door dominee Stephen Hamilton was onderwezen. Maar 'het' zou Seaborn straks waarschijnlijk dwarszitten, en zij had 'het' plotseling gevoeld. En het was en bleef onbepaald.

Ze streelde hem.

'Lieve Loda,' fluisterde hij.

Het deeg lag op de tafel, het hoefde alleen nog uitgerold te worden. Haar deegroller was een fraai exemplaar van hardhout, dat alle mogelijke verschillende patroontjes in het deeg maakte als je dat tot een lap uitrolde. Na het bakken sneed je het deeg in aparte koekjes. Op het ene stond dan een afbeelding van twee gekruiste schoven, op het andere een melkbus of een karnton. Maar het deeg was enkel een bal deeg totdat zij het uitrolde. Als ze het uitrolde.

Ze had nu een reden minder om dat te doen. Het was traditie dat Sally Stark een speciaal lappendekenfeestje gaf wanneer een jonge vrouw uit de hogere kringen van Loring zich verloofde. Sally en Floyce en Gracelyn en Sarah bakten de lekkernijen en alle vriendinnen van de jonge, pas verloofde vrouw brachten een lap stof mee waarop ze hun initialen hadden geborduurd. Nadat al die stukken aan elkaar waren genaaid tot een deken voor het meisje en haar verloofde, stond iedereen op. Sally wierp dan haar grote kat Bloomers op de deken. Het meisje dat het dichtst in de buurt stond van de plaats waar de kat van de deken stapte, was de volgende huwelijkskandidate, heette het dan.

Sarah had al aan ontelbaar veel van dat soort lappendekenfeestjes meegedaan; het eerste was op haar eigen verloving met Leighton gevolgd. Maar Sally had er de dag tevoren weer eentje gegeven en haar daar niet voor uitgenodigd: ze had er pas van gehoord toen Norah Minton, de moeder van de jonge vrouw voor wie het feestje was georganiseerd, haar op straat had aangesproken en bedankt voor haar goede gaven.

Niemand hoefde haar te vertellen waarom zij er niet bij had mogen zijn – net zomin als iemand haar hoefde te vertellen waarom ze destijds tot die kringen was toegelaten. Je was je achternaam, met alle voor- en nadelen van dien. Die van haar was nu in waarde gedaald omdat haar man met een naakte neger op een paard door de straten van Loring was gelopen, hem vervolgens in een van zijn eigen pakken had gestoken en hem toen ook nog zo nodig naar huis had moeten brengen in de tilbury die zij en haar zoontje gebruikten. Het was niet bij hem opgekomen haar eerst eens te vragen wat zij van die geschiedenis vond, en ook later had hij er niets anders over gezegd dan: 'Ik vind het vervelend dat je het hebt gezien. Probeer de hele zaak maar uit je hoofd te zetten.'

Dat vermogen dingen uit je hoofd te zetten was iets waar hij op kon terugvallen, en hij dacht zeker dat zij dat ook kon. Maar hij had het mis. Haar geheugen mocht dan net zo selectief zijn als het zijne, het collectieve geheugen van haar kennissenkring was dat niet. Sommige dingen lieten zich moeilijker ongedaan maken dan hij zich kon voorstellen.

Op dat ogenblik kwam hij de keuken in, zijn hoofd buigend in de deuropening. Hij had daar nog nooit zijn hoofd gestoten, en dat zou ook nooit gebeuren, maar het hoorde nu eenmaal bij die weloverwogen manier van doen van hem, dacht ze, om altijd op zoiets voorbereid te zijn.

'Zo, koekjes aan het bakken?'

'Zou je wel zeggen, hè.'

Hij nam haar van een afstandje op. 'Tussen twee haakjes, heeft Will zijn huiswerk wel een beetje fatsoenlijk gemaakt?'

Ze knikte. 'Een beetje. Maar daar is ook alles mee gezegd.'

'Heb je dat cijfer gezien dat hij laatst voor zijn Latijn had?'

'Ja, ik heb hem daarover onderhouden.'

'Gisteravond hoorde ik hem om een uur of elf, halftwaalf rondscharrelen. Ik ben naar boven gegaan om te zien wat hij daar uitspookte. Vond ik hem wel in bed, maar hij lag nog in *Jagers in de wildernis* te lezen. Ik ben blij dat hij van lezen houdt, maar dit is dus een van de oorzaken waarom hij het niet beter doet op school. Hij heeft het zo druk met zijn eigen boeken dat er geen aandacht overblijft voor wat ze hem daar proberen bij te brengen.'

'Ik denk zo dat hij dat van jou heeft.'

'Dat lezen? Of dat onvermogen om een les te leren?'

Hij had een openingetje gecreëerd voor een serieus gesprek, maar zij verkoos dat onmiddellijk af te sluiten. 'Dat lezen.'

Hij haalde zijn zakhorloge te voorschijn. 'Ik moet gaan, zeg. Er is vanavond een vergadering. 't Begint over een kwartier.' Op weg naar de deur legde hij even een hand op haar schouder.

Zij bleef naar het deeg zitten staren, dat enkel een bal deeg zou blijven totdat zij het uitrolde. Als ze het uitrolde.

Rosenthal haalde de fiets uit de opslagruimte. Hij wist dat Blueford die daar moest hebben zien staan – dat kon niet anders – maar hij had er geen woord over gezegd. De laatste tijd zei hij nergens een woord over. Wanneer Rosenthal iets tegen hem zei, knikte hij alleen of hij schudde zijn hoofd, met een krampachtig glimlachje erbij waarmee hij Rosenthal duidelijk probeerde te maken dat dit niet enkel een knorrige bui was.

Rosenthal begreep het maar al te goed. Nadat de *gojiem* zijn oom hadden meegesleurd naar een veld en hem zijn vingers hadden afgehakt en hem gedwongen ervan te eten tot hij half stikte in zijn eigen botjes, had zijn tante nooit meer een woord gezegd. Zij was niet dood, maar dat ze een levend wezen was kon je ook niet zeggen.

'Blueford,' zei hij, 'mag ik je vragen even bij me te komen?'

Blueford was ergens in een hoek bezig de vloer aan te vegen, en daarbij ging hij degelijk als altijd te werk. Het had Rosenthal het best geleken hem af te schermen voor de blikken van de rest van de wereld – voor zijn eigen bestwil en voor dat van Blueford, omdat verscheidene lieden hadden laten doorschemeren dat het hen had verbaasd en zelfs gekrenkt dat hij die neger niet wilde ontslaan – maar Blueford was er kennelijk op gebrand de werkzaamheden van alledag gewoon te blijven uitvoeren. De dag tevoren was hij nog de straat opgelopen om helemaal in zijn eentje een heteluchtbroedmachine van de wagen te tillen.

Toen Rosenthal hem riep, zette hij de bezem tegen een plank en liep naar hem toe.

'Een fiets,' zei Rosenthal. 'Die is voor jou, Blueford. Hij komt zo uit de fabriek. Dit ding kan me toch een vaart ontwikkelen. Neem hem maar mee naar buiten en vlieg ervandoor. Een donker streepje word je, zo snel dat geen mens je nog ziet. Je kunt er via de achterdeur op vertrekken, dan hoef je niet meer lopend over straat. Lijkt je dat niet wat, Blueford? Zo'n fiets, zomaar voor niks?'

Blueford legde zijn hand op het zadel.

'Dat zadel, hè,' zei Rosenthal, 'dat is echt het neusje van de zalm. Met een zacht laagje bekleed.'

'Dat paard waar ze me bovenop hadden gebonden, dat had ook een zacht laagje.'

Rosenthals ogen brandden. 'Blueford, ze houden vanavond iets van een bijeenkomst. Lopend naar huis gaan – dat kan niet meer. Als je ergens heen wilt, dan zal daar wat meer vaart aan te pas moeten komen. Je zult moeten voortschieten als de rivier.' Hij had zijn stem rustig willen houden, maar nu hoorde hij er iets in waar hij geen greep op had. 'Net als de Weichsel word je, Blueford. Weleens van die rivier gehoord? Daarginds noemen ze hem de Wiszla, de mensen die hem kennen. Het is een rivier die vlak langs die stad komt waar ik je weleens over heb verteld, de plaats die ik verdomme mijn geboortestad moet noemen. En mijn oom, die heette ook Jakub. Die heeft nooit een fiets gehad.'

Toen Leighton in Main Street liep, zag hij Tandy aankomen. Zijn broer had een nieuw pak aan en droeg zijn wandelstok onder de arm mee; de knop glansde in het gaslicht.

Sinds de dag, nog niet zo lang geleden, dat hij Sarah in die ruimte achter het eigenlijke postkantoor had zien staan, had Leighton voortdurend het gevoel of hij voor elke ademtocht welbewust zijn best moest doen. Wanneer hij met zetsel in de weer was of aan een artikel schreef, kon hij dat voorval soms een paar ogenblikken of zelfs wel een uur lang vergeten, maar vroeg of laat kwam het weer bij hem boven. Hij betrapte zich op het verlangen dat ze zich niet vertoond had, dat ze gewoon in dat achterhuis was gebleven en had gewacht tot hij weg was; dan had hij er tenminste niets van geweten. Maar blijkbaar had ze hem iets te denken willen geven, al kon hij zich niet voorstellen waarom.

Vlak bij de hoek kwamen Tandy en hij tegenover elkaar te staan. De geur van pommade en haarwater die om Tandy heen hing was doordringend, maar niet krachtig genoeg om de lucht van whisky te overstemmen. Er brandde een koud vuurtje in zijn ogen. 'Broer.' Hij tikte even aan zijn gleufhoed.

Leighton zei: 'Zo, alweer een nieuwe hoed, zie ik.'

Tandy nam zijn hoed af en draaide hem bewonderend om. 'Nutria. Jij moet er ook eentje kopen.'

'Ja, eigenlijk wel, hè. Eigenlijk is dat nu net wat ik nodig heb.'

Tandy tikte met zijn stok op de stoep. 'Op weg naar de vergadering?'

'Ja. Ik ben zelfs van plan om die te gaan voorzitten.'

Hij zei dat op uitdagende toon, en toen Tandy's ogen even flikkerden, zag hij dat zijn broer het heel goed had begrepen. Tandy was weleens doodsbenauwd aan de haal gegaan toen daar geen reden toe was, en hij had hetzelfde gedaan toen daar alle reden toe was.

Heel even zag Leighton weer voor zich hoe Tandy er door een bos vandoor rende; hij voelde een koud stuk staal in zijn hand en hij hoorde zijn vaders bijtende stem weer:

'*Vergeef alsjeblieft die waardeloze telg van mij dat hij wegvlucht voor de benarde toestand waarin je verkeert. Je ziet dat mijn oudste zoon en ik getuige zijn van je lijden. Je hoeft ons niet te vergeven wat wij hebben gedaan, want hij en ik zijn allebei zo trots dat we onszelf wel onder kunnen pissen.*'

'Ik ben hier de burgemeester,' zei Leighton, tegen Tandy en tegen zichzelf. 'Dit is nog altijd mijn stad. Dacht je dat ik van plan was rustig toe te kijken hoe jij de mensen opstookt om alles kapot te maken?'

Tandy zette zijn bonthoed weer op, stak de stok onder zijn arm en schudde zijn hoofd. 'Ik voel me gewoon zo ellendig,' zei hij. 'Jullie hebben nooit begrepen hoe verdomde ellendig ik me voel. Moet je toch zien, al die ellende waar jij en papa me toe dwingen.'

Achter de schermen stond Seaborn te wachten.

Het tochtte er, want het raam was niet goed afgedicht. En om het nog een graadje erger te maken, stond er een kolenkit bij hem in de buurt; de koude lucht die naar binnen drong woelde het kolengruis op zodat hij moest niezen. Hij hield zijn hand voor zijn neus om het geluid te smoren.

Hij hoorde hen komen: laarzen die over de plankenvloer dreunden, stoelpoten die over hout schraapten. Zelfs met zijn ogen dicht zag hij hen voor zich: een heus korps van grijze manschappen onder leiding van Percy Stancill.

In beide zakken had Seaborn een door Loda geschreven brief. Dat hij nu met twee officiële epistels rondliep, baarde hem niet weinig zorg. Hij wist nog niet welk van de twee hij nodig zou hebben, dat zou hij pas vast kunnen stellen wanneer hij genoeg had gehoord. Hij had een ezelsbruggetje bedacht om ze uit elkaar te houden. De brief in zijn linkerzak was die waarin ze toegaf aan hun nieuwste verlangen en ermee instemde terug te keren. De brief in zijn rechterzak was die waarin ze zei dat ze wist dat ze het juiste besluit had genomen toen ze haar betrekking had opgegeven en dat ze niet van gedachten zou veranderen, omdat haar wensen precies overeenkwamen met die van de burgers van Loring, Mississippi.

Links vanwege Lee, Robert Edward, die zijn leger had overgegeven toen hij geen spek meer had. En rechts? Rechts vanwege Roosevelt die, mocht dat straks de goede brief blijken, geen gelijk zou hebben, en de 'o' van 'ongelijk' was de tweede letter van Roosevelts naam.

'Luister echt heel goed naar wat er gezegd wordt,' had de burgemeester gezegd. 'Je bent pienter genoeg – na een tijdje vat je wel uit welke hoek de wind waait. Daar komt het helemaal op aan, Seaborn. Blijf jij daar in de coulissen steeds je oren spitsen, dan geloof ik vast dat we er zonder kleerscheuren van afkomen.'

'Jawel,' had hij gezegd, en hij was de burgemeester gaan haten, net zoals Loda hem altijd al had gehaat. 'Ik zal beslist mijn oren spitsen, mijnheer Payne. Ik zal heel scherp opletten. Zo scherp als een scheermes.'

Verbeeldde hij het zich, of voer er werkelijk een huivering door de man?

'O, en Seaborn,' zei de burgemeester. 'Als je met ze praat, kun je dan misschien proberen je toon iets...'

'Minder geprononceerd te laten klinken?' zei Seaborn. 'Maakt u zich niet ongerust, mijnheer. 'Ik kan net als elke andere neger heel goed mijn 'r' weglaten en mijn klinkers zo'n lijzige uithaal meegeven.'

Bij gebrek aan een voorzittershamer liet Leighton zijn vuist op de lessenaar neerkomen. 'Allemaal stil nu,' zei hij.

Zo'n vijfenveertig, vijftig mannen zaten er voor hem, en bijna allemaal kende hij hen zijn hele leven al. De twee uitzonderingen waren de inspecteur der Posterijen, Henry Wheeler Meadows, en een magere, bijna breekbaar uitziende man met sneeuwwit haar die een vest met twee rijen knopen droeg en met een aantekenboekje op zijn knieën iets opzij zat. Leighton was van plan hem na de vergadering aan te schieten om te proberen erachter te komen waarom hij aantekeningen maakte.

'Iedereen weet waarom we hier bijeen zijn,' begon hij. 'Wij zijn hier omdat...'

Percy Stancill bonkte met zijn stok op de vloer. 'Wij zijn hier omdat die verdomde federale regering zo nodig haar verdomde neus in onze zaken moest steken.'

Een luid refrein van instemming.

'Kom Percy,' zei Leighton, 'jij weet net zo goed als ik dat postkantoren federale instellingen zijn. Die vallen niet onder de afzonderlijke staten, en zeker niet onder de gemeente.'

'Ik heb het niet over de gemeente,' zei Percy. 'Ik heb het over Loring, Mississippi.'

Leighton stapte achter de lessenaar vandaan en ging iets opzij ervan staan. Een van de dingen die hij van zijn vader had geleerd, was hoe een forse man een lastige groep enkel en alleen met behulp van zijn potige gestalte rustig kon krijgen. Al had zijn vader natuurlijk wel meer in de strijd geworpen dan alleen diens uit de kluiten gewassen lijf. 'Percy,' zei hij, 'jij en ik en alle anderen in deze ruimte zijn niet bevoegd – behalve dan misschien de heer Meadows, hoewel ik niet precies weet waaruit zijn verantwoordelijkheid in deze aangelegenheid bestaat – federale beambten aan te stellen of hen te verzoeken hun ontslag in te dienen. De reden waarom wij hier vanavond zijn is, dunkt me, dat we naar de heer Meadows willen luisteren, die ons het standpunt van de regering uiteen zal zetten – zodat we ons erover kunnen beraden wat we moeten doen om onze postdienst weer in ere hersteld te krijgen.'

Hij knikte tegen Meadows om hem de gelegenheid te geven de samengekomen mannen toe te spreken.

Henry Meadows stond op om het verbolgen en agressieve publiek toe te spreken – meer dan tweehonderdvijftig mannen, van wie velen zo te zien gewapend waren, schreef de correspondent van de Chicago Tribune die avond op zijn hotelkamer; tot zijn grote verbazing was hij op een ander verhaal gestuit dan dat over C&G, dat volgens de geruchten door de Illinois Central zou worden opgekocht. *Men kon slechts aannemen dat de man stalen zenuwen bezat. En naar later bekend werd, is Meadows inderdaad niet onbekend met grootschalige conflicten, want gedurende de recente oorlog met Spanje heeft hij in de loopgraven gediend onder de Grote Kolonel zelf.*

Meadows liet het publiek in niet mis te verstane bewoordingen weten dat de enige, vanuit het standpunt van de regering acceptabele oplossing eruit bestond dat de negerin Loda Jackson als beheerster van het postkantoor terugkeerde en aanbleef tot haar contract afliep. Anders, zo zei hij, zou de regering-Roosevelt geen andere keus hebben dan het postkantoor van Loring gesloten te houden.

De relschoppers onthaalden deze laatste mededeling op krachttermen en boze gebaren. Inspecteur der Posterijen Meadows hield echter streng en vastberaden voet bij stuk.

Henry Wheeler Meadows' knieën knikten. Hij had geen woorden kunnen vinden om de verbolgenheid te beschrijven die hij voelde omdat hij in deze situatie was gebracht. Vier jaar tevoren had hij eenzelfde soort verbolgenheid beleefd, toen zijn vader hem naar voren had gestuurd met dat verrekte, stompzinnige bericht en daarmee het leven van zijn enige zoon op het spel had gezet, en destijds had diezelfde verdomde vent die hem hier vanavond had neergepoot, hem bijna aan zijn eind geholpen. Hij had een hartgrondige hekel aan onbesuisde types, aan die figuren die conflicten heerlijk vonden, die bij voorkeur de problemen opzochten. Hij had zelfs een hekel aan hen wanneer ze het gelijk aan hun kant hadden

– en in dit geval had de man die hij vertegenwoordigde het gelijk aan zijn kant. Je kon niet toestaan dat een stelletje gajes een fatsoenlijke vrouw dwong haar baan op te geven, enkel en alleen omdat ze er toevallig anders uitzag. Daar wist hij zelf het een en ander van af, hoe het was om anders te zijn.

'Wat kan het die klootzak verdomme schelen wie onze post sorteert? Waarom moet hij daar z'n neus in steken, jezus zeg. Als hij zo graag nikkers te eten vraagt, dan kan dat ons geen donder schelen – mij tenminste niet, al zou ik er zelf nooit eentje te eten vragen – maar hij moet wel snappen dat er dingen zijn die wij dulden en dingen die wij niet dulden, en deze kwestie valt onder die laatste categorie.'

De man die overeind was gesprongen en nu tegen hem stond te schreeuwen, zag zo rood dat het leek of er elk ogenblik bloed uit zijn wangen kon opspuiten. Al pratend zwaaide hij met iets wat er uitzag als een bijbel, al speelde die geen rol in zijn betoog.

De burgemeester stond op en beende naar het podium. Meadows was hem zo dankbaar voor zijn kolossale gestalte vlak naast zich, dat hij hem wel had kunnen omhelzen. De gedachte drong zich aan hem op dat je misschien toch niet slecht af was met de burgemeester aan jouw zijde.

'Ga zitten, Charles,' zei de burgemeester. 'En houd je nu allemaal stil. Beheers je. Alsjeblieft, zeg.'

> *De burgemeester van de stad, Leighton Payne, bevindt zich in de merkwaardige positie van zowel gemeente ambtenaar als hoofdredacteur van de enige krant in de stad, die volgens critici weinig meer is dan een spreekbuis voor de plaatselijke planters en hun belangen. Tegen wil en dank keerde de burgemeester terug naar het podium*

en ten behoeve van de zwaar op de proef gestelde, maar ongebroken Meadows deed hij de zaal een halfslachtig verzoek om stilte.

Met het hart in de keel en een misselijk gevoel in zijn buik was Tandy gaan staan en nu keek hij zijn broer recht in de ogen. Er bevonden zich zo'n tien, twaalf hoofden tussen Leighton en hem, en zo zag hij ze ook: als hoofden zonder lichaam, zonder eigen karakter. Als hoofden zonder eigen geschiedenis. Op dat ogenblik had hij ze allemaal van een heel nieuw verhaal kunnen voorzien, en ook aan zijn houding tegenover hen had hij zo een heel andere draai kunnen geven. Het was verbazingwekkend hoe een mens zich elke dag opnieuw van een nieuwe gedaante voorzag. Eigenlijk deed iedereen niets anders dan zijn zelfbedachte verhaal over zichzelf opdissen. En dat de wereld, of een gedeelte althans, naar de pijpen van een geboren leugenaar danste, was dus eigenlijk alleen maar zoals het hoorde.

'Als mijn vader hier vanavond was geweest,' galmde Tandy, 'dan zou die goede man met zijn tanden hebben geknarst. Wie zal het zeggen, misschien ligt hij op dit ogenblik wel knarsetandend in zijn graf.'

Die avond liet de poëzie – een hem onbekende figuur in goudzoekerslaarzen – hem niet met rust.

'Hij liet ons weleens zijn wonden zien,' zei hij, het middenpad inlopend, en hij wilde dat hij die bijbel kon lenen waarmee Charles Baskett even tevoren had gezwaaid. 'Eentje in zijn zij, vlak onder zijn ribben. En ook een wond aan zijn been – die had hij bij Corinth opgelopen. Zijn knieschijf was door een schot aan de zijkant van zijn been terechtgekomen. De laatste vijfentwintig jaar van zijn leven liep hij met een stijf been.

Hij heeft bloed vergoten op de slagvelden van Tennessee,

Noord-Mississippi en het noordelijke gedeelte van Georgia. En dat bloed heeft gevloeid, heren, om het schuim weg te spoelen, datzelfde soort schuim waarmee wij hier vanavond te maken hebben.'

'O, broer,' zei Leighton hoofdschuddend.

'Jawel, ik ben je broer. Daarom stemt dit me ook zo treurig, net zo treurig als het onze vader zou hebben gestemd. Dat ik je die miserabele kleine inbreuker zie verdedigen.'

'*Inbreuker* is geen woord.'

Percy Stancill bonkte met zijn stok op de grond. 'Laat hem doorpraten, Leighton. Jij hebt verdomme niet het alleenrecht op de hele Engelse taal.'

Tandy wees naar Meadows. Hij had wel vaker zulke mannetjes gezien, mannetjes met een zachte huid en mollige armen en rare voorliefdes – mannetjes die soms betaalden voor bepaalde geneugten, als je bijvoorbeeld zo erg in het nauw zat dat je naar afwijkende figuren lonkte. Hij huiverde. 'Dit manneke praat alsof hij er eentje van ons is, maar dat is hij niet. Net zomin als de man die hem hierheen heeft gestuurd. Wanneer Teddy Roosevelt naar het zuiden komt, mag hij graag vertellen hoe een oom van moederskant van hem aan boord van de *Alabama* heeft gevochten, maar er bestaat nog een ander verhaal, dat hij niet vertelt. En dat gaat erover hoe hij als kleine jongen in Londen, waar hij toen woonde, een gevecht begon met de zoon van Jeff Davis. Ik denk dat iedereen wel weet wie dat toen heeft gewonnen.'

Het gelach had een gemene bijklank. Hij preekte er nu onverbloemd op los, en zijn gemeente zat klaar om in extase dwars door het middenpad te walsen en korte metten te maken met elk obstakel dat ze tegenkwamen.

'Hij zegt niet "neem dat nikkermens terug" en dwingt ons

dan om het te doen! O nee. Maar wij zijn niet van plan ons door een of andere astmatische klootzak uit New York City, New York, een pókkenventje te laten sturen dat ons wel even zal voorkauwen wat we moeten doen en laten. Daarvoor heeft mijn vader zijn bloed niet vergoten, daarvoor heeft hij dat ellendige kruis van een oorlog waartoe ze ons tegen onze soevereine wil en tegen onze formele verklaring hebben gedwongen niet gedragen, en daarvoor heeft hij die luisterrijke daden die ik zojuist opsomde niet verricht – om het zover te laten komen dat u en ik op onze plaats worden gezet door miezerige nichten die zich al strooplikkend in de gekste bochten wringen.'

Percy Stancill stond nu ook. 'Zeg maar tegen die klootzak van een Teddy Roosevelt dat hij hier maar beter niet zijn gezicht kan laten zien,' zei hij. 'Want als hij komt, dat wij dan weleens op het idee konden komen om ook op een beer te gaan jagen.'

Hij wees met zijn stok naar het podium, maar of hij die nu op Meadows of op Leighton richtte, of op hen allebei, was niet helemaal duidelijk. 'En zeg hem dan ook dat als hij erop uit is om de stemmen van de nikkers te houden, dat hij zich dan één elementair feit in de oren moet knopen: een lijk kan verdomme toch echt geen hokje rood maken op een stembiljet.'

Nu volgde een, naar het zich liet aanzien, zorgvuldig georkestreerde periode, waarin de broer van de burgemeester, die volgens bepaalde bronnen door de burgemeester en enkele plaatselijke planters naar voren is geschoven in een poging hém aan te stellen in plaats van Loda Jackson, opstond en, zich zogenaamd tegen zijn eigen broeders verzoek om stilte verzettend, de zaal ertoe aanzette hatelijke dreigementen te uiten die gericht waren tegen het fysieke welzijn van president Roosevelt!

Seaborn keek toe en de moed zonk hem in de schoenen. Hij moest terugdenken aan die dag dat zijn vader dat paard tegen de vlakte had geslagen.

Het was het paard waarop zijn vader zijn patiënten bezocht die her en der verspreid in twee districten woonden. Hij had de voederbak van het paard net met haver gevuld. Meestal had hij ook een appel bij zich, of een wortel of een handjevol suiker. Dan hield hij zijn paard zo'n lekkernij voor en het dier nam die van zijn hand. Maar die dag was hij met lege handen komen aanzetten, en zodra hij het paard zijn rug had toegekeerd boog het dier zijn hoofd en beet hem keihard in zijn achterste.

Er lag daar een hamer van een hoefsmid; Seaborns vader pakte het ding, draaide zich vliegensvlug om en gaf het dier een klap op het hoofd. Voordat het opzij stortte, zag Seaborn nog net de uitdrukking in zijn ogen: het mocht dan een stom dier zijn, het had benul genoeg om verbaasd te zijn.

Seaborn Jackson was niet van enige zelfkennis gespeend. Hij wedde dat als hij op dat ogenblik zijn eigen gezicht kon zien, het op dat van het paard zou lijken. Het verschil was dat hij niet een hap had genomen uit het achterste van de man die hem voederde, want zo'n man was er niet. Maar hij had wel degelijk het gevoel of hij een zware ruiter op zijn rug had gedragen.

Hij stak een hand in allebei zijn zakken, haalde de twee brieven eruit en scheurde ze een voor een aan stukjes.

De deadening

De mannen in het fanfarekorps droegen een strohoed, een gestreept hemd en een band om de arm. Het was te koud om in hemdsmouwen buiten te staan, maar toch stonden ze er zo bij, met hun instrument op de schouder. Uit het mondstuk van de tuba droop wat speeksel.

Leighton deed zijn best onopgemerkt te blijven en bleef vlakbij de muur staan. Hij had niemand gezien die hij herkende, behalve een paar journalisten en senator Hale, en senator Hale kende hém niet. De senator stond bij het welkomstcomité – zo'n acht of tien mannen met rode, vlezige gezichten en uitpuilende buiken, allen net als de senator zelf planters, als je tenminste op hun uiterlijk mocht afgaan. Waarschijnlijk stond er bij dat hele stel niet één republikein.

Er krioelden een paar honderd mensen op het perron, waaronder ook een troep kinderen die vrij van school hadden gekregen. Een oude man met een karretje verkocht gebrande pinda's en stukken verse honingraat; naast hem liep een vrouw die een reep rietsuikerstroop kneedde. Haar tong stak door een gat tussen haar tanden. Twee clandestiene drankstokers bewogen zich op zoek naar dorstige lieden tussen de massa door en dirigeerden gegadigden naar een wagen die aan de andere kant van het perron klaarstond, waar twee politieagenten, begerig hun deel van de winst afwachtend, een oogje in het zeil hielden.

De trein was een uur te laat. Toen hij eindelijk binnenreed, zwaaide de senator bulderend met zijn armen naar de menigte, als was die een kudde koeien, hoewel niemand naar de rails was opgedrongen. 'Allemaal achteruit nu, hoort u mij? Allemaal achteruit!'

Op een knikje van het welkomstcomité begonnen twee negers een rol rood-wit-blauw lint heen en weer te werpen over de trein; ze begonnen bij de locomotief en rukten langzaam maar zeker op naar de laatste wagon. De een gooide de rol over, de ander ving hem op, knipte het lint door en gooide de rol terug, en de eerste ving hem weer op, rende naar het volgende rijtuig en het ritueel herhaalde zich. Maar er stond die middag wat wind en het lint begon terug te waaien over de trein en krulde op.

'Godverdomme,' tierde de senator. 'Altijd hetzelfde gedonder, hè, als je d'r geen cent voor over hebt, dan krijg je apen die broddelwerk leveren.' Vol afkeer draaide hij zich om en gebaarde naar het muziekkorps. De dirigent hief zijn stokje.

Het was duidelijk dat ze *Hail to the Chief* probeerden te spelen. Een paar keer kregen ze de melodie te pakken, maar telkens zagen ze weer kans hem kwijt te raken. Net toen Leighton zich begon af te vragen of er nooit een eind zou komen aan hun ongelukkige gestuntel, gleed het portier van een van de rijtuigen open. Drie mannen in zwarte pakken en met zwarte bolhoeden op stapten uit.

De mannen leken haast een drieling. Ze waren alledrie even lang en hadden alledrie kleine oogjes en een haakneus; als één van het stel niet een rode borstelsnor had gehad, hadden ze voor elkaar kunnen doorgaan.

De man met de snor nam de menigte in ogenschouw, keek

toen achterom het rijtuig in en zei iets tegen iemand die Leighton niet kon zien.

Op de hoogste tree verscheen een been dat heel even trilde; toen verscheen het andere been en er kwam een hele man naar buiten.

Het beeld dat Leighton zou bijblijven, was er een van broosheid: de president was korter van stuk en magerder dan hij had verwacht en zijn haar en snor begonnen al te grijzen. Een paar maanden tevoren was hij gewond geraakt bij een rijtuigongeluk. Volgens de verhalen hadden ze bijna een been moeten amputeren.

Hij had niets van de heldhaftige figuur die Leighton zich altijd had voorgesteld – maar merkwaardig genoeg maakte hij daardoor een des te heldhaftiger indruk. Alles wat Leighton ooit over hem had gehoord, bevestigde dat Theodore Roosevelt nooit zijn verantwoordelijkheid uit de weg ging, hoeveel moeilijkheden hij ook mocht ondervinden in zijn privé-leven. De eerste vrouw van de president en zijn moeder waren allebei nog geen vierentwintig uur na de geboorte van zijn dochter gestorven, maar de week daarop was hij teruggekeerd naar Albany en had zijn werkzaamheden als gouverneur van de staat New York hervat. Hier stond een man die zijn verdriet voor zich hield.

Hij bleef op het trapje staan als in afwachting van iets bijzonders, maar een hele tijd gebeurde er niets. Het muziekkorps speelde door. De kinderen in de menigte bleven alle kanten op hollen, tegen volwassenen opbotsen en tegen elkaar gillen.

Toen maakte de dirigent een ferm gebaar met zijn stokje en de muziek stierf weg.

Senator Hale kwam naar voren. Hij overhandigde de president een baret van de cavalerie en schreeuwde: 'Welkom, mijnheer de president, in de voortreffelijke staat Mississippi!'

Leighton had zich voetje voor voetje tussen het gedrang door gewerkt; de mensen werden nu stil, want ze verwachtten een toespraak. In het treinrijtuig zag hij mensen lopen – nog een paar mannen in donkere pakken. Een van hen opende een raampje. Misschien doordat Leighton een half hoofd boven iedereen uitstak, bleef de blik van de man op hem rusten.

De redevoering bleef uit. De president draaide de baret bewonderend om en om, en hij glimlachte alsof het ding oude herinneringen bij hem opriep. Toen stak hij de baret onder zijn arm, boog zich voorover en fluisterde iets tegen de senator, die luidkeels begon te lachen. Ten slotte begonnen de drie mannen met bolhoeden de mensen weg te duwen en de senator riep: 'Achteruit allemaal! Toe dan, achteruit!'

Omringd door zijn lijfwachten en het welkomstcomité liep de president over het perron en stapte in een rijtuig.

Op dat ogenblik stond Leighton vlakbij, maar iets van een meter van het groepje verwijderd. Hij hief zijn rechterhand. 'Neemt u me niet kwalijk,' zei hij tegen niemand in het bijzonder.

De achterste lijfwacht – de man die hem vanuit de trein had opgenomen – drong langs hem heen en duwde hem bijna omver.

'Neemt u me niet kwalijk,' zei Leighton weer, maar de man liep gewoon door. Toen de koetsier de paarden met de leidsels aantikte, sprong hij op de treeplank.

De president logeerde in hotel Edison aan Washington Avenue, vlak aan de rivierdijk. Het was druk in de foyer toen Leighton er aankwam, maar niet tjokvol.

Aan de balie vroeg hij tot wie hij zich moest richten met een verzoek om een onderhoud met president Roosevelt. De man van de receptie zei dat de reissecretaris boven was en telefoon op zijn kamer had, maar dat hij te kennen had gegeven dat hij niet wenste te worden gestoord. 'Ik kan u eigenlijk alleen vertellen dat de secretaris een lange man met grijs haar is en dat hij een soort uitslag in zijn hals heeft. Maar blijft u gerust wachten en kijkt u maar of hij beneden komt.'

Leighton bedankte hem en gaf hem een fooi. Hij liep naar de andere kant van de ruimte en ging in een stoel zitten van waaruit hij de trap en de lift goed in het oog kon houden.

De mannen in de donkere pakken hadden hun hoed afgezet. Twee van hen stonden aan weerskanten van de foyer. Een derde – de man met de rode snor – had zich boven aan de trap geposteerd, waar hij met zijn handen in zijn zakken roerloos stilstond terwijl hij zijn ogen steeds door de foyer liet glijden en ze elke paar seconden op Leighton liet rusten.

Er verstreek ruim een kwartier. Toen kwam een van de lijfwachten op hem toe. 'Mijnheer? Wacht u op iemand?'

Leighton stond liever als hij met iemand praatte, maar zijn intuïtie zei hem dat het in dit geval misschien niet slim was om al te snel op te staan. Als zoveel journalisten had hij destijds een verbolgen artikel geschreven waarin hij kritiek leverde op de lijfwachten van de president, omdat die Czolgosz te dicht bij McKinley hadden laten komen. Hij had gehoord dat de nieuwe richtlijnen agenten van de geheime dienst alle ruimte gaven om te handelen naar eigen goeddunken. Ze hadden al eens een paar mensen afgetuigd toen T.R. ergens een redevoering hield.

'Ik hoopte dat ik de reissecretaris van de president te spreken kon krijgen.'

'En waarom wilt u dat? Hebt u reisplannen?'

De man was hooguit een meter zeventig. Hij had massieve armen, een brede borst en korte benen. Hij rook naar ui en praatte met een noordelijk accent. Leighton kon zich gemakkelijk voorstellen hoe hij ergens in Georgetown met zijn ellebogen op de toog een stel zuiplappen met luidruchtige, ingewikkelde leugenverhalen in zijn ban hield.

'Nee, mijnheer, ik heb geen reisplannen. Ik kom uit Loring. Ik ben de hoofdredacteur van de plaatselijke krant en de burgemeester van de stad. De president heeft ons postkantoor gesloten. Ik besef dat hij hier niet zozeer komt in zijn hoedanigheid van president maar om zich te ontspannen, maar desondanks hoopte ik dat ik de president misschien een ogenblikje zou kunnen spreken, zodat ik enkele feiten onder zijn aandacht kon brengen.'

De man haalde een potlood en een aantekenboekje uit zijn borstzak. 'Naam?'

'Leighton Payne.'

'Ja, dus L-a-y-'

'L-e-i-g-h-t-o-n. Payne. P-a-y-n-e.'

'En uit welke stad kwam u ?'

'Uit Loring. L-o-r-i-n-g.'

De man schreef het op en keek Leighton aan. 'Mijn vader heeft tegen een generaal van de Confederatie gevochten die Loring heette. Is die stad naar hem genoemd?'

'Ja, mijnheer. Bij welke eenheid vocht uw vader?'

'Bij het Drieëntwintigste uit New York. Daar vocht hij bij en daarbij is hij omgekomen.' De man stak het potlood terug, draaide zich om en liep weg.

Onder het wachten bedacht Leighton wat hij zou zeggen. Hij zou tegen de president zeggen dat er vele rechtschapen burgers in de stad woonden, dat de toestand alleen maar was opgeblazen tot onzinnige proporties en dat Loda Jackson desnoods bereid was haar werkzaamheden te hervatten. En verder zou hij zeggen dat hij geloofde dat de inwoners van de stad haar zo terug zouden nemen wanneer de president hen daar persoonlijk om verzocht, net zoals hij haar dat persoonlijk had gevraagd. Dat hun iets werd opgedrongen, daar konden ze niet tegen. Ze hadden de laatste jaren heel wat veranderingen te verduren gekregen en soms maakten veranderingen de laagste instincten bij een mens wakker; ze werden bang dat alles te snel ging en dat zij het niet konden bijbenen.

Hij zou zeggen dat hij alle vertrouwen had in het oordeel van de president en dat hij hoopte dat de president hem dit vrijpostige optreden tijdens een vacantie wilde vergeven. Maar elke stad hield er nu eenmaal haar eigenaardige trekjes op na en hij geloofde dat hij die van Loring beter kon toelichten dan de meeste andere mensen.

Dat alles wilde hij gaan zeggen, en nog veel meer ook. Toen de lijfwacht weer naar hem toekwam, stond hij op.

'Ik heb een boodschap voor u, eh...' de man sloeg zijn notitieboekje open en wierp een blik op het eerste blaadje, 'mijnheer Payne. En dat komt niet van de reissecretaris, maar van de president zelf. Hij zegt dat als u hem iets wilt meedelen, u de aangewezen wegen dient te bewandelen, en dat de aangewezen weg in dit geval de heer Henry Wheeler Meadows is. Verder zegt hij dat hij op het ogenblik zeer ontstemd is over de burgers van Loring, Mississippi, een plaats waar hij pas een paar dagen geleden voor het eerst van heeft gehoord, en dat hij vooral ontstemd is over u en uw broer. Ten slotte vraagt hij me u mee te delen, zodat u dat uw medeburgers in die stad weer kunt meedelen, dat hij hoopt dat u daar over goede spoorverbindingen beschikt, zodat de mensen gemakkelijk kunnen rondreizen en hun familieleden en kennissen opzoeken, want ze hoeven voorlopig geen brieven te verwachten.'

De man stopte het aantekenboekje in zijn zak. Hij deed een stap dichterbij – zo dichtbij dat Leighton de stoppels op zijn wangen afzonderlijk kon onderscheiden. 'Ik hou ook niet van nikkers,' zei hij. 'Nooit iets van moeten hebben. Ik zou ook niet willen dat ze aan mijn post zaten en ik denk dat geen mens in de stad waar ik woon dat zou willen. Maar jullie hebben je daarginds met z'n allen zelf die problemen op de hals gehaald. Ik persoonlijk denk er zo over: dat hele Zuiden, nikkers én blanken, dat stinkt gewoon een uur in de wind.

En nu wil ik graag dat u deze ruimte verlaat en ik wil graag dat u dat subiet doet. Want u werkt mijn baas op de zenuwen en u werkt mij op de zenuwen, en als ik u zie, vraag ik me af waar mijn vaders gebeente ligt en of uw vader misschien niet degene is geweest die hem heeft doodgeschoten.'

Dat koude gevoel kroop weer op in Leightons armen en benen en hij begon zich af te vragen of het eigenlijk wel klopte dat hij zich een warmbloedig wezen noemde.

'Ja, wie weet,' zei hij.

Een paar dagen later kreeg hij, net als de rest van de wereld, de foto onder ogen en hij las het verhaal.

Op de foto stond de president met twee andere blanke mannen een eindje links van de beer, die op de grond lag met een touw om zijn poten. Rechts van het beest stonden twee negers, van wie de ene een hond bij zijn nekvel hield.

Midden op de foto zag je senator Hale op de beer afbenen. Hij had een jachtmes in zijn hand.

Je kon niet zeggen dat er een uitdrukking van afkeer op het

gezicht van de president lag. Je kon eigenlijk niet goed zeggen wat er op dat gezicht te lezen stond – of dat nu weerzin was of ontsteltenis of doodgewone verbazing – zelfs niet als je wist dat hij zojuist de gelegenheid van de hand had gewezen om de beer af te schieten of datgene uit te voeren wat de senator nu met dat mes wilde doen, of dat hij en de senator bezig waren bittere vijanden van elkaar te worden dankzij een postkantoor in een stad waarvan tot voor enkele dagen haast geen mens ooit had gehoord.

Van dat voorval met de senator en de beer zei de president: 'Ik heb gewoon niet zo'n dringende behoefte om iets dood te maken.'

Er lag die ochtend een bros laagje ijs op de weg. Tandy hield van het geluid van ijs dat onder hoeven werd vermalen. Omdat het paard hier alleen maar liep door zijn toedoen, bevestigde dat geluid zijn aanwezigheid, zijn invloed op de natuurlijke omgeving.

'Het ijs, het ijs, het ijs gaat voor de zeis.' Hij zong die woorden op een melodietje dat hij dat bandje van vroeger, De Spasmen, eens had horen spelen. Ze hadden die riedel destijds in het Rode Paleis zitten spelen terwijl hij, Tandy, buiten bezig was een andere man te helpen een paard in brand te steken.

Dat paard was van een vent die Rinus Rimboe heette, en die was geld schuldig aan de figuren voor wie Tandy en die mulat met dat blik benzine werkten. Tandy was die figuren ook geld schuldig, vandaar dat hij die avond in dat steegje op zijn hurken de wacht hield terwijl die andere kerel plenzen benzine over het paard gooide.

Je kon zien dat het beest onraad rook – zijn ogen waren wijdopen gesperd en helemaal wit, en samen bestreken ze een hoek van waarschijnlijk wel driehonderd graden. Het paard brieste en schraapte met zijn hoeven over de grond en sloeg met zijn achterbenen naar achteren, hoewel daar niets viel te trappen.

'We zullen dit karwei maar zo snel mogelijk opknappen,

hè,' zei de mulat en gaf Tandy het lege blik. 'Kan niet zeggen da'k het leuk vind, o nee. En jij kerel, jij zult er zometeen spijt van hebben dat Rinus Rimboe je heeft bereeën, en dat terwijl je enkel doet wat een fatsoenlijk paard nou een keer moet doen. Maar ja, ik en die blanke lapzwans hier, wij moeten dat lijf van jou in brand steken om onze eigen huid te redden.'

Toen de lucifer het paard raakte, rukte het dier zich los van de paal en met wapperende vlammen vloog het er als een helleros vandoor. Her en der maakten straatnegers zich jammerend uit de voeten en sommigen riepen goden aan waarvan een mens nog nooit had gehoord.

In plaats van dat hij het op een hollen zette, zoals zijn gezonde verstand en vooruitziende oog hem toch ingaven, kroop Tandy weg onder de trap en gaf over. Die hele nacht bleef hij daar zitten, op handen en knieën tussen het afval, en hij loerde tussen de treden door naar Rinus Rimboe, die een eind weg stond te vloeken en zijn pistool met bajonet op de hemel richtte en het ene schot na het andere afvuurde, waarbij hij telkens zijn beoogde doelwit bij de naam riep: 'Die is voor jou, Vader. En die voor jou, Jezus. Pak aan, Heilige Moeder, dat krijg je d'rvan als je me zo te grazen laat nemen. Kijk uit, Jozef. Kop in, Paulus.'

Tandy had zich die nacht dan wel het vege lijf gered door een handje te helpen bij het in brand steken van dat paard, maar het duurde nog maanden voordat de lucht van schroeiend paardenvlees uit zijn neusgaten was verdwenen. En dat riedeltje zou hij nooit meer vergeten.

Het ijs, het ijs, het ijs gaat voor de zeis.

In een tijd dat geen woord zoeter smaakte op de Amerikaanse tong dan 'vooruitgang', had hij zijn eigen definitie bedacht.

Met vooruitgang had je te maken wanneer je je hand uitstak en er dan geld inviel. Wanneer hij in het verleden zijn hand had uitgestoken, was er maar al te vaak geld uit verdwenen – door het noodlot zelf eruit gejat, leek het wel. Dat het hem op dat ogenblik voor de wind ging, schreef hij niet toe aan zijn eigen inspanning. Hij was gaan geloven dat elke vorm van inspanning zinloos was, dat niets in de wereld volgens vaste wetten verliep, dat sommige mensen eropuit konden trekken en bomen kappen en ze verbranden, net als eertijds zijn vader, en dan het grote huis zien verrijzen, terwijl anderen, die ook bomen kapten en verbrandden, enkel en alleen met malaria en een kist werden beloond voor hun arbeid.

Hij wist verdomd goed dat hij ook in een kist zou eindigen, maar de kuil waarin die zou afdalen leek nu heel wat verder van hem verwijderd dan vier maanden tevoren. Destijds had hij op het randje gebalanceerd, terwijl hij nu op een heuveltop stond en de kuil beneden in het dal lag. Eindelijk was hij tegen dat ene ding opgelopen wat hij altijd had gemist: een vaste vijand, eentje waarop hij kon bouwen, die niet voortdurend een andere gedaante aannam. Hij zou tegenover de federale regering komen te staan.

Die ochtend moest hij eerst naar Fairway, een kruispunt met twee winkels schuin tegenover elkaar. De nederzetting was groot genoeg voor een postkantoor, dat in het voor- en najaar in de ene winkel gevestigd was en gedurende de zomer en de winter in de andere.

De eigenaren van de beide winkels haatten elkaar hartgrondig. De familie Strickland en de familie Aycock lieten allebei katoenwagens door de buurt rijden die negers en arme blanken naar de winkel brachten. Het was niet raadzaam om van de ene winkel over te steken naar de andere.

Percy Stancill stond met beide partijen op niet al te slechte voet en daarom had hij de onderhandelingen gevoerd over de bepalingen waaraan de bespreking moest voldoen. Aangezien het november was en de Stricklands het postkantoor beheerden, en de te bespreken kwestie de post betrof, zouden zij hun huis openstellen voor deze bijeenkomst. Maar geen van beide winkels zou iets mogen verkopen gedurende de vergadering. En niemand mocht het perceel betreden met een wapen dat gevaarlijker was dan een zakmes.

Ze wachtten al op hem toen hij aankwam: Ira Strickland, Jack Aycock en drie van diens volwassen zoons, Pick Flemming, Moody Bystrom, Fincher Smith en diens oudste zoon, en verder genoeg blank brandhout om een vuur van te stoken dat een maand lang aan zou blijven. Ze zaten op rechte stoelen, op houten kratten, op omgekeerde emmers en zinken wastobbes, en allemaal zaten ze zo, dat je in één oogopslag kon zien aan wiens kant ze stonden.

'Daar heb je Tandy,' zei Jack Aycock, en hij stond op en haakte zijn duimen door de lusjes aan zijn ketelpak.

'Wie leidt deze vergadering?' vroeg Ira Strickland. 'Jij of ik?'

'Tandy, dacht ik.'

'Ja, maar wie stelt hem dan voor?'

'Dat hoeft toch geen mens te doen. Iedereen hier weet wie hij is.'

'Zo kun je geen vergadering houden.'

'Hoezo niet?'

'Zo gaat dat gewoon niet, bij een vergadering.'

'O, maar jij gaat ons niet een beetje voorschrijven hoe het al of niet toegaat bij een vergadering.'

Strickland sprong overeind. 'En jij gaat mij godsamme niet een beetje voorschrijven wat ik moet doen en laten.'

'Heren, heren,' zei Tandy. 'Weten jullie wie het gewoon heerlijk zouden vinden om dit gehakketak aan te zien?'

Aycock en Strickland stonden allebei te hijgen en hun aanhangers, al onopvallend in de richting van de deur schuifelend, probeerden te schatten hoeveel tijd het hun zou kosten om bij hun vehikels te komen, waarin ze ongetwijfeld hun jachtgeweer hadden weggestopt.

'Ik zal jullie zeggen wie dit gewoon kostelijk zou vinden.' Tandy liep naar de toonbank en ging vlakbij de kassa staan, met zijn elleboog op de hoogste rand. 'De heer Theodore Roosevelt zou het kostelijk vinden om jullie je zo te zien opwinden tegen elkaar. En onze Booker T. Washington, die zou ook lachen. Als jullie elkaar in de haren vlogen of naar de wapens grepen, ah, heren, dan zouden ze in het Witte Huis niet meer bijkomen van het lachen.'

Dat bracht de gemoederen tot rust. Beide mannen gingen zitten, en Tandy trok zijn jasje recht en stak zijn verhaal af. Hij zei dat hij wel wist dat Percy Stancill Strickland en Aycock de naakte feiten had verteld, maar dat hij hen nu op de hoogte wilde brengen van de bijzonderheden. Het postkantoor van Loring was gesloten, zei hij, omdat de mensen in de stad de euvele moed hadden om te vinden dat ze het recht hadden een nikkerwijf te beletten aan hun post te zitten. En de president van de Verenigde Staten had blijkbaar niets zinnigers te doen dan zijn neus in de zaak te steken en daartegen te ageren. Hij had het verdomde mens nota bene een brief geschreven waarin hij zei dat hij de burgerrechten van negers verdedigde en haar smeekte hem een bezoek te brengen op het Witte Huis.

'Nou kijk, als jullie geloven dat die negerrechten Teddy Roosevelt ook maar ene zak kunnen schelen,' zei hij, 'dan heb ik nog wel een stuk of twintig bunder in de voortreffelijke staat Leugenland, die ik met alle liefde goedkoop van de hand wil doen. Nee, het enige waar hij op gespitst is, heren, dat zijn hun stemmen. Ik durf te wedden dat jullie weleens hebben gehoord van senator Mark Hanna uit Ohio? Hij en Roosevelt liggen nek aan nek bij de republikeinen, en nu denkt Teddy dat zo'n zwart kippetje hem de overwinning zal brengen.

Goed, als jullie vinden dat het best door de beugel kan dat andere mensen vuile trucjes uithalen met jullie post – dat ze een oude oma beletten af en toe iets over haar kleinkindertjes te horen, of ervoor zorgen dat iemand die gek wordt van de reumatiek zijn maandelijkse doos pillen niet ontvangt – dan draai je Loring gewoon de rug toe nu de stad in het nauw zit. Maar als deze toestand je niet bevalt en als je zeker weet dat je niet graag zou willen dat zoiets hier ook gebeurde, dan vragen we je ons bij te staan.'

Strickland schraapte zijn keel. 'Nee, het bevalt me niks,' zei hij. 'Ik voor mij, ik moet er niet aan denken dat er een nikker aan mijn post zit. Zou nog erger zijn dan als het de Aycocks waren.'

'Nou moet jij eens goed luisteren,' zei Aycock, 'ik heb nooit post van jou in handen gehad. Jij krijgt blijkbaar nooit iets als het postkantoor bij ons zit.'

'Ik zeg tegen iedereen dat ze me in de winter en in de zomer geen brieven moeten sturen. De boel moet maar wachten, dondert niet waar 't om gaat. Mijn oom Alton in Tutwiler, weet je wel? Die klaagt de hele tijd tegen me over een zekere mannelijke functie die hem onmogelijk is geworden. En daar hebben jullie niks mee nodig.'

'Ach, stompzinnige gek die je bent – je vertelt het nu toch zelf.'

Ze wilden alweer opspringen, dus ging Tandy tussen hen in staan. Hij had maar zelden het gevoel gehad dat hij een explosieve situatie in de hand kon houden, maar hij wist zeker dat hem dat in dit geval zou lukken. De hele wereld stond aan zijn kant – of de Stricklands en de Aycocks althans.

'Wat wij nu van jullie vragen,' zei hij, 'is dat jullie allemaal een steentje bijdragen om ons te helpen een onafhankelijke postdienst in te stellen. De mensen in Loring zeggen dan tegen hun familie en kennissen dat ze hun brieven moeten sturen naar een postbusadres dat we bij een ander postkantoor huren – in Delain of in Garrison of zo, ergens dichtbij – en wij sturen daar dan onze onafhankelijke dienst naartoe om alle post op te halen en in Loring rond te brengen. Daar kan Teddy echt onmogelijk een stokje voor steken. We hebben alleen wat hulp nodig om de zaak te financieren. En de mensen in Loring hebben me gevraagd om jullie te verzekeren dat als jullie ons nu helpen, dat wij jullie dan ook niet in de kou zullen laten staan als jullie in de problemen zitten.'

Daar hoefden ze niet lang over na te denken. Aycock keek Strickland aan en Strickland Aycock. 'Ga jij iets zeggen of moet ik het doen?'

'Nee, zeg jij het maar. We denken er geloof ik hetzelfde over.'

Dus ging Aycock staan en hij wierp even een blik op de vloer. 'Waar zit dat kwatgat ergens?'

'Als je hier nooit eerder bent geweest, hoe weet je dan dat ik een kwatgat heb ?'

'Dat heb ik van Jimmy D. Weet je nog die keer dat Henry en hij hier onder de vloer door zijn gekropen en toen een stel bijen op jullie hebben losgelaten?'

'Nou en of ik dat nog weet, verdomme. Een van die beesten

is door m'n broekspijp omhooggevlogen en heeft een stukje van m'n kont tot honing verwerkt. Dat pokkengat zit daarginds.'

Aycock volgde Stricklands vinger, liep tot vlakbij een grote bus crackers en mikte een straal tabakssap door het gat in de vloer. Toen richtte hij zich op en sprak het gezelschap toe. 'Ik kan niet zo goed praten als Tandy. Als je 't mij vraagt, is hij het type kerel dat de politiek in moet.'

'Daar zeg je een waar woord.'

'Maar wat ik vandaag ga zeggen is dit, laten we hem helpen en laten we al die lui helpen.'

'Precies.'

'Ik ga zoveel geven als ik kan missen. Goed, ik zit d'r niet zo warmpjes bij als de Stricklands, want ik doe m'n best om me aan de wet te houden, maar ik ga ook niet staan beweren dat ik blut ben. En jullie zijn ook geen van allen blut, dus wees een kerel, hè, en geef het gewoon toe.'

Hij stak een hand in zijn zak, haalde er een paar zilveren dollars uit en gaf die aan Tandy. Strickland deed ook al een greep in zijn zak.

Aan het eind van de vergadering had Tandy bijna veertig dollar opgehaald. Toen hij met Strickland en Aycock op de veranda stond terwijl de andere mannen opstegen of wegreden in hun wagentjes, zei hij: 'Ik hoop dat jullie 't niet erg vinden als ik dit vraag, maar waar komt die wrijving tussen jullie families toch vandaan?'

'Vertel jij het hem,' vroeg Aycock, 'of zal ik het doen?'

'Ik heb geen zin om d'rover te praten. Zeg jij het maar.'

'Ik heb ook geen zin. En deel me geen bevelen uit.'

'Klootzak. Ik doe m'n best om beleefd te zijn – en daar begin jij me opeens hoog van de toren te blazen en rotpraatjes uit te slaan.'

Tandy klom in het zadel en reed weg. Toen hij omkeek, zag hij Aycock op een holletje oversteken, op weg naar zijn eigen winkel.

In de loop van de volgende vier dagen haalde hij bijna achthonderd dollar op in de districten Loring, Sunflower, Coahoma en Bolivar. Iedere keer hield hij min of meer hetzelfde verhaal; naargelang het nodig was, sneed hij dat toe op de plaatselijke verhoudingen.

Er had zich een bepaalde vastberadenheid van hem meester gemaakt; hij hield zichzelf voor dat het hem werkelijk dwarszat als een negerin zijn post behandelde en dat hij oprecht woedend was op Theodore Roosevelt en de regering van de Verenigde Staten. Hij begon wilde beweringen te doen die hem ter plekke invielen – kleine geschenken van zijn inspiratie. In Drew verkondigde hij dat hij vroeger gegokt had, iets wat iedereen daar allang wist, en dat hij ook had gedronken. Met tranen in zijn ogen zei hij dat het hem pijn deed dergelijke berichten over iemand anders door te vertellen, maar dat hij uit betrouwbare bron had vernomen dat T.R. zelf de nacht voordat het Eerste Vrijwilligersregiment cavalerie naar Florida vertrok, stomdronken was gesignaleerd in een bordeel in San Antonio; goed, hij was toen nog geen president, maar hij was wel een getrouwd man en ook al vader. In Garrison vertelde hij een grote schare dat Booker T. Washington en Jim Hill de week tevoren in Loring waren gezien toen ze uit het huis van Seaborn en Loda Jackson kwamen. Ze liepen te grijnzen, zei hij, en ze spraken een taal waarin andere negers Nigeriaans hadden herkend.

Toen hij een honingkleurige hoer aan de rand van de rosse buurt in Cleveland met haar handelswaar zag paraderen, weerstond hij de aandrang om naar haar toe te rijden en naar haar prijzen te informeren. Als hij het fatsoenlijke leven nog even volhield, dan kon hij straks wel tien van haar slag krijgen – of twintig of dertig als hij wilde, maar dat hoopte hij niet.

Heer, helpt u mij mijn belangstelling voor maatschappelijke zaken niet te verliezen, bad hij, al fluisterde een stemmetje hem in dat God hem toch niet hoorde.

Seaborn zei: 'Ik vraag me af of ik u goed heb begrepen. Bent u niet tevreden over de dienstverlening?'

'Zeker wel, mijnheer,' zei Fowler. 'De dienstverlening was in alle opzichten uitmuntend. Iedere maand haal ik een dollar uit mijn zak en u neemt die in ontvangst. U hebt er nooit een geweigerd en u hebt er nooit een laten vallen. Weliswaar is dat de enige vorm van dienstverlening die ik tot dusver van node heb gehad, maar ik weet zeker dat u, mocht het droevige geval zich hebben voorgedaan dat ik was komen te overlijden, mijn begrafenis van honderd dollar had geleid met alle waardigheid die een mens, of hij nu blank of gekleurd is, zich maar zou kunnen wensen.

Ze stonden net een stap over de drempel van Fowlers huis. Dat huis bestond eigenlijk uit een enkele, smetteloos schone kamer, met alleen een ijzeren ledikant, een tafeltje en een stoel bij wijze van meubilair.

Fowler had zijn sjerp al omgegord en zijn geklede jas aangetrokken. Hij was butler bij Catchings Stark. Hij deed ook de boekhouding voor Stark, al wisten maar weinig mensen dat, net zomin als ze wisten dat hij een belang van vijf procent bezat in stalhouderij Heath.

'Als u dus zo te spreken bent over mijn dienstverlening,' zei Seaborn, 'waarom zou u dan uw polis opzeggen?'

'Tja, mijnheer Jackson, ik zeg mijn polis op omdat ik het

niet raadzaam acht die polis nog langer aan te houden.'

Deze opzegging van iemand wiens taal en manieren even onberispelijk waren als die van hemzelf, ergerde Seaborn mateloos. Wat gehakkel en gestotter en een paar verminkte werkwoordsvormen waren toch wel het minste waar hij recht op had. Hij bespeurde een krachtige aandrang om zijn handen om Fowlers nek te klemmen.

Toch was er niemand onder zijn cliënten voor wie hij meer respect had. Fowler, die als slaaf was geboren, had vlak na de oorlog de plantage van Newcomb Teague beheerd. En die had het onder zijn bewind beter gedaan dan later ooit onder Teague zelf.

'Uw huidige werkgever heeft u zeker te verstaan gegeven dat het misschien niet verstandig is uw zakelijke contacten met mij nog langer voort te zetten?'

'Nee mijnheer,' zei Fowler. 'Dat is zeer zeker niet het geval. Net als u, mijnheer Jackson, laat ik mij er graag op voorstaan dat ik een vooruitziende blik heb. Wanneer de heer Stark op het idee komt mij te vragen of ik mijn begrafenisverzekering soms bij u heb afgesloten – en u en ik weten allebei dat hij die vraag uiteindelijk zal stellen – dan kan ik hem antwoorden dat ik die al enige tijd geleden heb opgezegd. Dan zal ik uitdrukking geven aan mijn verbijstering en intense verontwaardiging over het onbetamelijke gedrag van u en uw vrouw. En ik hoop dat ik, wanneer ik die stap gezet heb, de kans dat ik die begrafenisverzekering al binnen afzienbare tijd ook werkelijk nodig heb, veel geringer heb gemaakt.'

'U bent een vooruitdenkend man, mijnheer Fowler.'

'Ik ben een man op jaren, mijnheer Jackson. En dat ben ik niet geworden door toe te geven aan emoties. Eerlijk gezegd heb ik bewondering voor u en uw vrouw. Maar ik moet zeggen dat ik bang ben dat uw toekomst elders ligt.'

Die avond was hij drie trouwe cliënten kwijtgeraakt: Loda's en zijn bridgepartners, dokter Ormesby en diens vrouw Matilda, en dominee Rice. Alle hoger opgeleide negers in de stad. De meest vooraanstaanden hadden hem het eerst in de steek gelaten.

Dominee Rice had achterovergeleund in zijn stoel, zijn handen achter zijn hoofd samengevouwen en gezegd: 'We zullen met zijn allen moeten proberen er het leven bij te houden totdat deze toestand is overgewaaid, mijnheer Jackson, zodat u ieder van ons van de begrafenis kunt voorzien die we verdienen.'

Op straat keken blanken altijd dwars door haar heen, alsof ze lucht was. Seaborn had dat altijd gezien als een goed teken, een veilig teken: lucht die doorzichtig was.

'Wanneer hun oog aan ons blijft haken,' had hij altijd gezegd, 'dan wordt het tijd om ons zorgen te maken.'

Als je op zijn analyses kon afgaan – en ze wist dat dat in heel veel gevallen zo was – dan had zij nu alle reden tot ongerustheid.

Toen ze op de hoek van Second en Loring stond te wachten tot ze kon oversteken, verscheen de tilbury van juffrouw Lavinia Ashby. Op de bok zat Scheider, de oudere neger die samenwoonde met Blueford. Andere negers noemden Scheider vaak 'Halfblans' omdat ze dachten dat hij getikt was, maar Loda had hem altijd met respect behandeld. Wanneer hij niet had gedronken, gedroeg hij zich ook zo tegen haar.

Toen juffrouw Lavinia Loda in het oog kreeg, keek ze even of ze haar handschoenen wel aan had, waarna ze Scheider op de schouder tikte. Hij trok de teugels aan. Het rijtuigje hield stil.

'Jullie hebben een ellendige fout gemaakt,' liet juffrouw Lavinia Loda weten. 'Een hoogst ellendige fout.' Er bungelde een kwab onder haar kin; ze zag eruit als een oude kalkoen. 'Alle mensen in de stad hebben altijd respect voor jullie gehad. Hebben we jullie geen land laten kopen aan deze kant van het spoor? We hebben onze kinderen met brieven naar je toegestuurd en nooit hebben we ons zorgen gemaakt of dat veilig was. En nu worden we zó beloond voor ons vertrouwen.'

'Juffrouw Lavinia,' begon Loda, maar juffrouw Lavinia hield haar hand in de hoogte.

'Nee, nu is het te laat voor lievige praatjes en leugenachtige lachjes. Iedereen weet wat er aan de hand is. Neem Scheider hier, bijvoorbeeld.'

Scheider sloeg zijn blik hemelwaarts, alsof hij de Heer vroeg hem alvast de zonde te vergeven die hij zo dadelijk zou begaan. Als het moest, wist Loda, zou hij een moord begaan. En Scheider en de Heer wisten dat ook.

'Meen jij dat het pas geeft dat gekleurde lieden maar zeggen wat ze willen?'

Scheider tuurde nu met half toegeknepen ogen recht voor zich uit, alsof hij zijn best deed helemaal in de verte Arkansas te zien liggen. 'Nee, mevrouw. Gekleurd volk weet niet wat het wil – dus hoe moeten ze dat dan ooit zeggen?'

'Juist. Juist.'

Loda keek even naar twee kanten en liep toen achter het rijtuigje langs naar de overkant.

'Ik was nog niet uitgepraat!' riep juffrouw Lavinia schril.

Loda liep door.

'Heb je ooit zoiets gezien?' vroeg juffrouw Lavinia Scheider.

'Nee, mevrouw, nog nooit niet. Maar dat jonge volk, hè,' zei Scheider en gaf het paard een tikje met de leidsels, 'die hebben ze niet allemaal op een rijtje. Echt waar, hoor. Hoe dat ooit moet aflopen met die nikkers, dat gaat mijn verstand te boven.'

Droog kafferkoren ritselde in een koude wind die van de prairies in het noorden kwam. Haar adem vormde wolkjes. Zittend op de rand van de greppel, door het kafferkoren aan het gezicht onttrokken, keek ze naar de opstijgende damp. Die leverde het onweerlegbare bewijs dat hier – althans één – iemand was. Iedereen die er meer van wilde weten, kon erop afgaan.

Niemand deed dat. Er rolden een paar wagens voorbij op weg naar de stad, maar als de voerlui de wolkjes al zagen, dan besteedden ze er geen aandacht aan. Eén keer hoorde ze een paard en zag ze een bolhoed boven het hoge gras voorbij dansen, en ze vroeg zich af of dat misschien Seaborn was. Hij reed tegenwoordig steeds snel en zorgde ervoor dat hij zich buitenshuis niet door de nacht liet overrompelen.

Zij was hier gekomen om zich er wel door te laten overrompelen, en ook was ze gekomen om zelf de nacht te overrompelen. Ze zat met haar armen om haar knieën geslagen. De kou uit de grond kroop geleidelijk op tot in haar heupen en haar ruggengraat. De kou van de dood.

Haar moeder lag maar een paar kilometer hiervandaan begraven, niet ver van het huis waar Sam Payne had gewoond. Sommigen zeiden dat hij aan de gele koorts was bezweken, dat zijn dood plotseling was gekomen, maar zij wist wel beter. Ze had hem bij het graf zien staan, hem er dag en nacht op de gekste uren zien staan, almaar stervende. Ze had naar hem gekeken zonder dat hij wist dat zij hem kon zien. En ook had ze naar hem gekeken terwijl hij dat wel wist.

'Wat sta je toch naar me te loeren?' had hij eens tegen haar gezegd. 'Ik vind het vervelend dat je naar me kijkt als ik eens een ogenblikje alleen probeer te zijn.'

'Het kan me niets schelen of u iets al of niet vervelend vindt,' had zij geantwoord.

'Ik kan je gemeen pijn doen, kind. Dat weet je.'

Zij was de open plek op gestapt – vlak voor het graf zonder steen was ze gaan staan en ze had hem in het gezicht gestaard als het halve feit dat ze voor hem was, iets wat ze heel goed besefte.

'U bent wel de allerlaatste die mij pijn kan doen,' zei ze. 'Als ik bij u in de buurt ben, heb ik geen gevoel. Kijk.' Ze haalde een scheermes uit haar jaszak, hield haar vlakke hand op en haalde de scherpe kant eroverheen. 'Ik voel niets,' zei ze, en dat was de waarheid. Ze hield haar hand boven het graf en liet de druppels op de aarde vallen waaronder haar moeder lag.

'Jij bent in staat jezelf te laten leegbloeden, kind, waar of niet?'

Zij staarde hem aan. Ze was en bleef de enige duistere aanklacht tegen al zijn lage lusten.

'Komt dat kreng niet zo uit de hel gewandeld?' zei hij. 'Om mij uit de weg te ruimen, ruim jij jezelf uit de weg. Stom kind. Denk je dat dat bloed van je bezoedeld is? Iedereen is bezoedeld. De allerdiepste aandrang van een mens is te pakken wat niet van hem is. Daar komt dat hele *Komt tot mij* gezever eigenlijk op neer. Inpikken. Grijpen. Nog meer.'

Ze was daar die avond blijven staan totdat hij zijn hoofd schudde en wegliep. En nu bleef ze hier in de schemering zitten – terwijl de kou steeds verder opkroop, tot in haar schouderbladen, in haar nek en in haar armen – totdat ze het geluid hoorde van wind die door spaken floot.

Toen ze tussen de hoge halmen uitkwam en op de weg ging staan, dacht ze eerst dat haar ogen haar bedrogen. Maar toen hij dichterbij kwam, zag ze dat dat niet zo was. Hij zat met zijn ogen dicht op de fiets.

Zijn benen pompten met soepele, beheerste bewegingen; zijn handen lagen losjes op het stuur. Hij zat met een rechte rug op het zadel, maar niet stokstijf: een toonbeeld van ontspannen kalmte. Ze vond het vreselijk om hem te moeten aanroepen, want als ze dat deed, geloofde ze, dan zou hij die ogen opendoen en dan zou al die kalmte uit zijn lichaam wegebben, zo lelijk was de wereld waar hij doorheen fietste.

'Blueford.'

Tot haar verbazing deed hij zijn ogen niet meteen open. Hij trapte achteruit. De rem deed zijn werk en de fiets kreeg minder vaart. Toen hij stilstond keek hij haar aan.

Zij had nooit eerder een geest gezien.

Juffrouw Bessie en haar moeder en de meeste negers op de Deadening die zij had gekend, hadden gezegd dat ze er zo vaak een hadden gezien, maar op de campus van Cold River waren geesten niet erkend, dus ook al was iemand er daar een tegengekomen, dan had hij of zij dat niet gauw toegegeven. Seaborn dreef de spot met dat hele idee van levende geesten. Zij had mensen die beweerden dat zij ze hadden gezien, nooit minachtend afgedaan, maar ze had altijd haar twijfels gehad.

Maar Blueford was een geest – als je met het woord geest datgene aanduidde wat er overschoot van een levend mens.

'Ja?' zei hij.

Zelfs zijn stem klonk anders. Zij liep dichter op hem toe en legde haar hand tegen zijn wang. Die was ijskoud. 'Het spijt me zo.'

'Wat dan?'

'Alles wat er is gebeurd. Alles wat er niet is gebeurd.'

Hij keek naar haar alsof hij zich te binnen probeerde te brengen wanneer en waar hij haar ook alweer had gekend. 'Loda?'

'Ja.'

'Waar heb jij gezeten?'

'Gewoon in m'n huis.'

'Ik heb ergens anders gezeten,' zei hij.

'Ja, dat kan ik zien.'

'Ik ga daar weer heen.'

'Daar gaan we allemaal heen.'

'Al gauw, denk ik.'

'Zeg, Blueford, heb jij me niet eens verteld dat je een tante in Vicksburg hebt?'

'Kan best, ja.'

'Waarom trek je niet bij haar in?'

'Te ver voor de fiets. En bovendien is 't de moeite niet waard.'

'Ik geef je wel geld voor een paard,' zei ze, en toen deed ze haar ogen dicht, zichzelf hatend omdat ze dat woord had gezegd.

'Aan mij?' zei hij. 'Ik hoef geen paard.'

Hij legde zijn hand op haar arm – de eerste keer sinds meer dan twintig jaar dat hij haar aanraakte. Zijn vingertoppen waren warm; dat was iets waar ze troost uit putte.

'Maak je om mij toch geen zorgen,' zei hij. 'Ze kunnen me niks aandoen wat ze me niet al hebben aangedaan.'

Zijn voeten verlieten de grond waarop ze een tijdje hadden gerust en de fiets vervolgde zijn weg.

Zij bleef staan in die koude wind totdat haar handen alle gevoel hadden verloren en haar armen en benen helemaal stijf waren geworden. Ze was tot op het bot verkild. Meer uit plichtsbesef dan om andere redenen stapte ze weer op de weg en begon aan de tocht naar huis.

Het was harder gaan waaien. Een los stuk gevelbekleding aan een schuur sloeg rammelend heen en weer op de vlagen toen zij er langsliep, en een blikje vloog de greppel in. Hoog boven haar hoofd wrongen zich donkere gedaanten in de toppen van de bomen.

Er zat een lelijke deuk in de wastobbe, daarom had iemand hem weggegooid. Toen een van hen de rommel op de vuilnisbelt inspecteerde, had hij het ding opgemerkt en het meegebracht naar het steegje. Ze mochten er graag wat zaagsel en aanmaakhoutjes in gooien en daar dan een lucifer bij houden.

De meeste avonden zaten ze er met zijn vieren of vijven gehurkt omheen, op hun hielen heen en weer wiegend, en als ze geluk hadden, gaven ze elkaar een pot zelfgestookte whisky door. Het was nu koud, zo koud dat je gewoonweg vernikkelde, zelfs met die brandende whisky in je binnenste. Zo'n vuurtje deed een mens goed.

Iedereen wist wel waar ze zaten. Vanuit een aantal kamers in hotel Loring keek je op het steegje uit, en wanneer de eigenaar van Dierenvoeders en Granen 's morgens via de achterdeur naar buiten kwam, zag hij steevast de sporen van het vuurtje van de avond tevoren. Maar niemand zei er ooit een woord over dat zij daar zaten. Zelfs de politie liet hen met rust.

Met zachte, doffe stem zeiden ze dingen tegen elkaar die ze nooit tegen anderen zouden zeggen.

'Je kunt toch nooit iets verbouwen en d'r van leven. Ik kan net zo goed tegen Percy Stancill zeggen dat hij gerust een brandmerk in m'n kont mag zetten. Hij is m'n eigenaar, daar komt 't op neer, en alles wat van mij is, is eigenlijk van hem.'

‘Zou ik toch maar niet zeggen tegen vriend Percy. Dat kon hem weleens op een idee brengen. Vroeger brandmerkte hij al z’n nikkers.’

‘Hoe kan dat nou, hè, dat hij dat voor elkaar kreeg? Een koe heeft nog het benul om d’r vandoor te gaan, maar de nikker, ho maar.’

‘Maar vroeger, toen hij dat nog deed, toen hadden nikkers toch nog wel meer benul.’

‘Dat nieuwste mens van vriend Percy al gezien? Als je dat wijf in de ogen kijkt, dan zie je gelijk dat die echt van geen kant deugt.’

‘Percy heeft d’r niet voor d’r ogen, hè.’

‘Elke keer als je dat mens ziet, denk je dat ze met d’r tanden knarst.’

‘Zou jij ook doen als hij jou aandoet wat hij haar allemaal aandoet.’

‘Hij heeft me nog wel ergere dingen aangedaan. En dat zit er allemaal nog steeds.’

Op zulke avonden knikten ze elkaar zo nu en dan eens toe om elkaar blijk te geven van hun medeleven. Maar wanneer hun paden elkaar overdag in de stad kruisten, deden ze of de ander lucht was. Overdag in de stad komen was nooit een pretje. Meestal was dat om weer eens een akelig bericht in ontvangst te nemen – van de bank, of van Rosenthal of van een van de eigenaren van het land waarop ze nog kort tevoren als paarden hadden gezwoegd.

Aan die mannen moest Henry Wheeler Meadows nog steeds denken toen hij tegenover Leighton voor diens bureau zat. Meadows was toegelaten waar Leighton zich de weg versperd had gezien; hij zei dat hij de week daarvoor nog een keer met de president had gepraat voordat die naar Washington was teruggekeerd.

'Hij meent het serieus,' zei Meadows. 'Als u met zijn allen gewoon had toegegeven en die vrouw gevraagd had terug te komen, dan was er niets van dit alles gebeurd. Dan had u nu niet hoeven aan te zien hoe uw naam en de reputatie van uw stad door het slijk worden gehaald.'

Leighton had zijn naam al in drie Noordelijke kranten gezien, waaronder de *Washington Star*, die een vriend die bij de *Memphis Sentinel* werkte, hem de dag tevoren had toegestuurd met een met potlood geschreven kattebelletje erbij: *Kijk eens wat er met de middagtrein is meegekomen! Wij doen straks vast ook een artikel over die rel. Nog commentaar? Zo te zien hoor jij bij de boeven!*

Volgens de *Star* was de opschorting van alle verrichtingen op het postkantoor van Loring aan de orde geweest in de Senaat van de Verenigde Staten. Senator Hale had de president beschuldigd van een dictatoriale tactiek, waarop senator Farnsworth van Wisconsin had opgemerkt dat 'de geachte senator van Mississippi en het verachtelijke volkje dat in dat kleine moddergat in dat moerasland huisde' er weleens aan mochten denken wie de oorlog ook alweer verloren had.

Hij had die avond de vergissing begaan de krant mee naar huis te brengen en toen Will, op zoek naar een paar potloden die Leighton hem had beloofd, diens tas openmaakte, haalde hij de krant eruit en liet hem op een tafel in de vestibule liggen.

Toen Leighton de slaapkamer inliep, zat Sarah in bed het artikel te lezen. 'In deze krant uit Washington,' zei ze, 'noemen ze jou iemand die de status quo verdedigt. Me dunkt dat je ze een proces zou kunnen aandoen wegens smaad.'

'Wát kan ik doen?'

Haar wangen, de laatste tijd zo kleurloos, zagen nu rood. 'Ze een proces aandoen wegens smaad. Het is toch in strijd met de wet om leugens in de krant te zetten? De status quo verdedigen betekent de belangen van de burgers van de stad verdedigen, en dat doe jij toch juist helemaal niet, zou ik zeggen.'

'Er wonen zo veel burgers in de stad, niet alleen maar Percy en Catchings, hè.' Weer kwam dat beeld bij hem boven: hoe ze uit dat magazijn op het postkantoor was komen aanlopen. 'En ook niet alleen Tandy. Soms beseffen mensen trouwens niet waar hun werkelijke belangen liggen.'

'Ik geloof niet dat jij ze hoog genoeg aanslaat.' Ze legde de krant neer. De halsopening van haar nachtpon, anders meestal helemaal dichtgeknoopt, was iets afgezakt, waardoor hij het gleufje tussen haar borsten kon zien. Toen ze besefte waar hij naar keek, maakte ze de knoopjes dicht.

Een gevoel van bitterheid steeg op in zijn keel; als hij nu zijn mond hield zou hij stikken. 'Maak je maar geen zorgen, hoor,' zei hij. 'Ik zal je niet aanraken vanavond.'

Haar ogen schoten vonken. 'Wanneer heb ik ooit gezegd dat je me niet mocht aanraken?' zei ze. 'Nooit toch zeker. Je doet het wanneer je maar wilt. En wat krijg ik ervoor terug? De mensen ontlopen me. Gisteren in de manufacturenzaak van Tucker dook Gracelyn Ellsbury voor me weg. Achter een grote rol stof. Alsof ik melaats was of zo.'

'Dat ben je ook,' zei hij. 'Dat zijn we allemaal.'

Langzaam schudde ze haar hoofd. 'Jij bent bezig gek te worden.'

Hij liep naar de gang, deed de deur van een van de boekenkasten open en haalde er de *Algemene Encyclopedie* van Burnam en Gower uit. Toen kwam hij terug naar de slaapkamer en sloeg de bladzijden om tot hij had gevonden wat hij zocht.

'Melaatsheid of lepra,' las hij voor. 'Een chronische ziekte, veroorzaakt door de bacil *Mycobacterium leprae*, in 1874 ontdekt. Wordt gekenmerkt door het verlies van de tastzin... achteruitgang... uiteindelijk vergroeiingen van uiteenlopende aard.'

Hij deed het boek dicht. 'Dat is geen gekke beschrijving van mijn toestand. En vind je dat ook geen redelijke beschrijving van heel wat mensen hier in de stad?' Hij wierp het boek op het bed en zonder verder nog een woord te zeggen draaide hij zich om en ging. Urenlang liep hij door de straten, zodat alle honden in rep en roer raakten en een paar puike schoenen ontoonbaar werden.

En nu zat een van die buitenstaanders die verantwoordelijk waren voor een flink gedeelte van de ellende waarmee hij was opgezadeld, vlak tegenover hem aan de andere kant van zijn bureau en waarschuwde hem dat de toestand weleens uit de hand zou kunnen lopen. Leighton moest al zijn goede manieren in 't geweer roepen om het mannetje niet in zijn gezicht uit te lachen.

'Uw broer reist het platteland af om geld in te zamelen en de mensen op te stoken,' zei Meadows. 'De regering houdt het been stijf. En ik hoor haatdragende praat.'

'Wat voor haatdragende praat?'

'Van allerlei mensen.'

'Ja, dat zijn bijna altijd degenen hier die de haatdragende praatjes verspreiden. Onze beesten zijn daar te netjes voor.'

Als die sarcastische opmerking Meadows in het verkeerde keelgat schoot, dan liet hij dat niet merken. Hij werd haast gek van de radiator in zijn hotelkamer, zei hij; de knoppen aan dat ding deden het niet en het werd daar zo verhipte heet dat hij met zijn kleren uit moest slapen, maar hij vond het een vreselijk gevoel om er naakt bij te liggen. Hij had zijn beklag gedaan, maar er was daar niemand wie zijn comfort een zier kon schelen.

'Weet u wat het is, ze zouden het liefst willen dat ik mijn biezen pakte, en god nog aan toe, ik zou ook dolgraag uit dit oord vertrekken, maar ik heb opdracht hier te blijven om verslag uit te brengen van wat hier gebeurt. 's Nachts houd ik het daar alleen uit als ik het raam op een kier openzet en een beetje lucht binnenlaat. Maar als het raam openstaat, dan hoor ik die mannen.'

Hij zei dat hij niet wilde beweren dat ze daar de hele tijd alleen over Loda Jackson en het schandaal zaten te praten. Ze hadden die kwestie eigenlijk maar een keer of twee ter sprake gebracht. Hij herinnerde zich dat een man had geklaagd dat de uitloper voor een pomp die hij bij Sears, Roebuck had besteld niet was gekomen omdat het postkantoor gesloten was, en dat hij dat verrekte ding toen dus bij Rosenthal had moeten kopen voor twee keer zoveel geld. En daarop had een andere man, beweerde Meadows, gezegd: 'Het vel van die nikkerteef zou beter staan op een voetbal.'

Dat was alles. Na die opmerking waren ze over iets anders begonnen.

'Maar dat vind ik nu juist zo griezelig,' zei Meadows. 'Die achteloze manier van doen.' Hij duwde zijn bril recht. 'U bent destijds niet op Cuba geweest, hè?'

'Nee.'

'U zou niet geloven wat ik mensen daar allemaal heb zien doen alsof het de gewoonste zaak van de wereld was.' Meadows huiverde. 'Heregod.' Ik heb een man eens een bajonet in een Spanjaard zien steken terwijl twee andere kerels zijn benen uit elkaar hielden. Hij draaide dat ding een paar keer rond en toen hij het eruit haalde, zaten de ingewanden van die man eromheen gekronkeld. Hij keek er even naar en toen smeet hij ze aan de kant, en ze bleven aan een tak hangen en het bloed en de stront dropen eraf. Hij haalde een lap uit zijn zak en begon zijn bajonet schoon te vegen. En terwijl hij dat ding stond af te vegen, weet u wat hij toen deed? Hij keek op die Spanjaard neer en zei tegen hem dat het zeker wel zeer had gedaan en dat hij dat vervelend vond, maar dat ze hetzelfde hadden uitgehaald met een van zijn makkers, daarom had hij nu eentje van hun kant moeten pakken, en dat was hij nu dus geworden. Houdt u zoiets voor mogelijk?'

'O ja,' zei Leighton, 'zeker.'

En daar had hij het bij willen laten. Achteraf vroeg hij zich af welke waanzinnige gedachte hem ertoe had aangezet door te praten, waardoor hij het verband had weggetrokken van een zwerende wond die al minstens zijn halve leven etterde. Geen enkele verklaring die hij verzon, zou ooit afdoend zijn. Hij wist dat het iets te maken had met het gesprek dat Sarah en hij de avond tevoren hadden gehad, en ook met het verhaal dat Meadows hem zojuist had verteld. Maar het had nog meer te maken met iets wat de man hem niet had verteld – iets in verband met Meadows zelf – maar Leighton zou in zijn graf afdalen zonder er ooit achter te komen wat dat was.

'U zou het niet voor mogelijk houden,' zei hij, 'wat ik sommige mensen heb zien uithalen – een paar kilometer hiervandaan maar.'

In de zomer van 1880 waren de bossen vergeven van de teken.

De paarden kregen er last van. 's Nachts hoorde je voortdurend gebonk in de stallen; als je er de volgende ochtend op afging, vond je hele bossen haar waar de beesten zich tegen scherpe randen hadden geschurkt. Ze werden allemaal mager. Het was een akelig gezicht.

Op een dag kwam zijn vader vloekend binnen. 'Voordat je 't weet,' zei hij, 'zijn alle beesten hier naar de filistijnen, verdomme. Zelfs de huiden kun je niet verkopen – d'r ontbreekt zo veel haar aan dat je ze ook niet aan de leerlooierij kwijtraakt.'

Hij gaf Bessie bevel tegen Markham te zeggen dat hij onmiddellijk moest verschijnen. Een paar minuten later kwam Markham aanzetten. Leighton hoorde zijn vader de man opdragen een stel negers op te trommelen en met zijn allen een kuil te graven van een meter tachtig diep en zo'n vijfentwintig meter lang. 'Aan één kant schuin laten aflopen,' zei hij.

Leighton ging meehelpen. Zijn vader zag hem graag hard werken, zwetend in de modder rondkruipen, maar dat was niet de reden waarom hij het deed. Zijn moeder was het jaar daarvoor gestorven, en sindsdien vond hij het vreselijk om in huis te zitten.

Ze lag begraven achter het huis. Tandy noch zijn vader gingen er ooit naartoe. De enigen die hij er weleens had gezien waren de oude Bessie en de moeder van het meisje: op een dag had hij het tweetal bij het graf gesignaleerd; de moeder van het meisje was doende onkruid weg te halen met een kapmes, terwijl Bessie erbij stond en haar liet weten dat ze gek was. 'Denk je soms dat zij het onkruid op jou zou wieden? Kind, ze zou rustig d'r behoefte doen op jouw dooie lijf.'

Leighton had graag tegen Bessie gezegd dat dat niet waar was, dat zijn moeder zich ook over het graf van die ander zou hebben gebogen om het van onkruid te ontdoen. Maar als het die andere vrouw was geweest die was gestorven, dan was daar niet eens onkruid opgeschoten. Daar had zijn vader dan wel voor gezorgd.

Nadat ze een plek hadden uitgezocht aan de andere kant van de weg, in de koeienwei tegenover het huis die ze een paar jaar tevoren hadden afgerasterd, gaf Markham Leighton een schop en hij was gaan graven. Onder het werk vroeg een van de anderen, een jongen die maar een paar jaar ouder was dan Leighton, aan Markham waar de kuil voor was.

'Dat heeft mijnheer Sam me niet verteld,' zei Markham en schudde zijn hoofd. 'Zal ik je es wat zeggen, Blueford, als mijnheer Sam zegt, graaf een kuil, dan ga jij een kuil graven. Dan kun je d'r maar beter niet te veel over prakkizeren waar dat voor is.'

Dat soort dingen zei Markham wel vaker waar Leighton bij was, maar Leighton had gemerkt dat hij zoiets nooit zei als Tandy in de buurt was. Maar ja, over het algemeen was Tandy ook niet in de buurt. Of tenminste niet als er werk aan de winkel was.

Met zijn vieren waren ze een hele ochtend in de weer met

het graven van de kuil. Markham neuriede een vreemd melodietje, reeksen langgerekte klanken, en hoewel je kon merken dat hij dat deuntje ter plekke verzon, vielen de andere twee in. Het duurde niet lang of ze zongen precies gelijk met hem op; zelfs hun graafbewegingen namen een bepaald ritme aan; Markhams spa nam een hap aarde en wanneer hij hem ophief, kwam die van Blueford neer, vervolgens die van de andere jongeman, en wanneer de laatste een hoop aarde omhoog bracht, kwam de spa van Markham weer neer. Leightons ritme was onregelmatig. Hij probeerde zich een plaatsje te veroveren tussen de derde neger en Markham, maar nu eens was hij te snel en dan weer te langzaam.

Op een gegeven ogenblik zag hij, dwars door het zweet dat in zijn ogen stroomde, het meisje langs de kant van de weg staan en met een hand boven haar ogen naar hen kijken. Ze had een nieuwe jurk aan, en je zag zo, ook als je bijna niets van jurken afwist, dat die uit een winkel kwam. Haar moeders kleren kwamen ook altijd uit een winkel.

Wanneer hij weleens op een groepje negerjongens stuitte dat in de schaduw van een cipres aan de oever van de rivier lag met hun bamboe hengels tussen een stapeltje stenen vastgezet, voelde hij dat ze het net over het meisje en haar moeder hadden gehad, over hun kleren en de andere spullen waarmee je ze soms zag rondlopen – de brittanniazilveren armband van het meisje, een zilveren hanger om de hals van haar moeder, de boeken waarin je ze zag lezen als je langs hun keurig nette huisje kwam en toevallig net een blik door de kier tussen de gordijnen wierp. Maar altijd viel het gesprek stil wanneer hij verscheen. Een van de negers zei dan: 'Mijnheer Leighton, wou u hier soms vissen? Dan gaan wij wel een stukje verderop.'

Toen zij hem die dag naar haar zag kijken, sjokte het meisje niet met gebogen hoofd weg, zoals elk ander meisje op de Deadening zou hebben gedaan. Haar leven lang had ze haar hoofd niet gebogen en gesjokt had ze ook al nooit, en je kon zien dat ze niet van plan was om daar nu mee te beginnen. Ze bleef gewoon naar hem staan staren tot zijn gezicht begon te gloeien van een hitte die de zon nooit teweeg had kunnen brengen. Hij keek neer op zijn schop, zette er een voet op en haalde weer een paar kluiten naar boven. Hij wist net zo goed als zij wie haar aandacht had getrokken. Dat was niet hij, en dat zou ook nooit gebeuren.

Sam Payne zei niet of ze goed of slecht werk hadden geleverd, hij gebaarde enkel met zijn duim naar het bos langs de rivier. 'En nu gaan jullie daarginds een stel notenbomen kappen, zodat je een flinke trechter voor me kunt maken.' Dus hadden zij een paar bomen omgehakt en de trechter gebouwd, en de wanden hadden ze gestut met staken van wilgenhout dat ze uit een stuk moerasland hadden gehaald.

De volgende morgen kregen alle negers op de plantage behalve het meisje en haar moeder opdracht om water van de rivier naar de pas gegraven kuil te sjouwen. Ze vervoerden het in cederhouten tobbes, stalemmers, kruiken, in nachtspiegels, akers en pannen. Alles waar maar vloeistof in bleef staan, vulden ze tot aan de rand. Leighton zag ouwe Bessie een kolenkit vullen, maar er gutste zo veel water over de rand dat er, toen ze de kuil bereikte, bijna niets meer in zat. Wel vijftien of twintig keer liep ze zo heen en weer, met een van geveinsde inspanning vertrokken gezicht. Elke keer kwam ze met maar een paar druppels bij de kuil aanzetten. De meeste mensen deden altijd net of ze het werk dat zijn vader hun opdroeg met plezier uitvoerden, of dat ze althans dankbaar waren voor de kans die ze kregen, maar Bessie liet zijn vader altijd merken dat ze er een hekel aan had. Leighton had haar hem zelfs wel een grote mond horen geven. Zijn vader droeg haar bijvoorbeeld iets op en voordat ze zo'n opdracht ging uitvoeren zei ze dan: 'Als u dat zo graag wilt, waarom doet u het zelf dan niet?' Vier van de vijf keer deed zijn vader net of hij niets had gehoord. De vijfde keer gaf hij haar een pets in het gezicht, of hij greep een handvol haar en draaide die een paar keer om.

'Er komt nog eens een dag,' had hij zijn vader horen zeggen, 'dat ik je zal moeten afmaken.'

'Toe maar, mij best. Maar als u dat niet doet, dan zullen wij er allebei mee moeten leven dat ik me rechtdoorzee gedraag, en vertelt u me maar eens wat voor voordeel u en ik daarbij hebben.'

Die dag wierp zijn vader een paar keer een blik in haar richting toen ze bezig waren de kuil te vullen, maar hij liet niet merken of hij in de gaten had dat zij haar eigen pogingen ondermijnde.

Om een uur of tien stond het water tot aan de rand. Zijn vader droeg een paar jonge negers op de wagen leeg te halen; de middag daarvoor was hij ermee naar de stad gereden en toen hij terugkwam had hij een lading drieliterbussen bij zich en een paar bundels met jute eromheen.

In die bussen zat creosoot, en zijn vader gaf Markham bevel ze leeg te gieten in de kuil. Terwijl Leighton en Blueford en nog een paar anderen de paarden gingen halen, gebruikten twee oude mannen bezems om het stinkende mengsel te roeren.

Iedereen was al vol verwachting samengestroomd. Leighton liep met zijn vaders hengst naar de trechter. Het paard hief zijn ene been op, zette het weer neer en begon achteruit te wijken.

Zijn vader duwde hem opzij. Hij ging vlak bij het paard staan, haalde uit en liet zijn vuist neerkomen op de achterhand van de hengst. 'Schiet op jij!' brulde hij.

Verschrikt schudde de hengst met zijn hoofd en stormde het water in. Aan de ondiepe kant kwam hij eruit, water om zich heen briesend en met wild rollende ogen. Hij rende twee rondjes door het weiland, steeds zijn hoofd op en neer gooiend, en vervolgens ging hij liggen en rolde zich een paar keer.

Een stelletje negerkinderen begonnen het paard na te doen. Met hun hoofd schuddend en hinnikend renden ze rond.

Markham zei: 'Wedden dat dat beest nu van z'n kriebel af is.'

'Misschien ook wel niet,' zei iemand anders, 'maar in ieder geval is hij even afgeleid, dat staat vast.'

Een voor een brachten ze de paarden naar het water. Zijn vader raakte er niet één meer aan – dat hoefde niet. Markham trad nu op, hij ging achter ze staan en gaf ze een pets op hun kont. 'Schiet op, d'r in,' schreeuwde hij, en de paarden holden het water in en druipend en met hun hoofd schuddend kwamen ze er aan de andere kant weer uit.

'Net zo'n doop,' zei een van de negers toen het laatste paard was opgedoken. 'Die teken, hè, die zijn net zonden. De hele boel is d'r af gewassen.'

Leighton had geen idee of anderen Bessies opmerking ook hadden gehoord. 'Zonden laten zich niet afwassen,' zei ze. 'Je hebt twee dingen die een mens nooit zal kwijtraken zonder dat hij z'n eigen d'rbij inschiet. Een daarvan zijn z'n zonden. Het andere is z'n huid.'

Op dat ogenblik had zijn vader zijn stem verheven: 'Zo nikkers, allemaal je kleren uit en dat water in.'

Een ogenblik lang verroerde niemand zich. Zijn vader stond met zijn handen in de zij te wachten tot men hem gehoorzaamde.

Markham veegde zich het zweet uit de ogen. 'Mijnheer Sam?' zei hij. 'Dat spul, dat zal gemeen bijten, mijnheer.'

'Ja, maar het bijt die teken nog gemener. Neem de kleine kinderen op de arm mee erin. Zorg dat het water tot aan hun nek komt, maar pas op dat ze 't niet in hun ogen krijgen. Ze hebben niet het benul om ze dicht te doen.'

Dat nu meer dan negentig negers – mannen, vrouwen en kinderen – hun kleren begonnen uit te trekken, zei iets over de angst die Sam Payne nog altijd wist in te boezemen. Ze legden hun kleren op een stapel naast de kuil, waar ze zouden worden verbrand. Uit de bundels op de wagen zouden nieuwe worden gehaald.

De meeste volwassenen sprongen in de kuil en kropen er aan de andere kant weer uit. De kinderen zetten het op een brullen zodra ze het smerige spul voelden. Eén klein meisje wrong zich los uit haar moeders armen en ging kopje-onder, en toen haar moeder haar naar boven haalde, begon ze wild in haar ogen te wrijven. 'Kzie niks meer!' krijste ze. 'Kzie niks meer kzie niks meer kzie niks meer!'

De enige die zich niet uitkleedde was ouwe Bessie. Roerloos bleef ze staan, haast zonder zelfs maar adem te halen, totdat Sam Payne op haar afbeende, de voorkant van haar bruine hemdjurk beetgreep en het ding in tweeën scheurde. Toen pakte hij haar bij het haar, sleurde haar naar de kuil en duwde haar erin.

Men zei dat dokter Sellers voor het eerst in de buurt van de rivier was opgedoken. Volgens sommigen was hij oorspronkelijk in Beulah gesignaleerd; volgens anderen in Garner's Point. Sommigen beweerden dat het verder naar het zuiden was geweest, dichter bij Estill of Glen Allan.

Men zei dat hij in het leger van de Unie had meegevochten, dat hij met Grant en Sherman was opgemarcheerd, maar al gauw werd dat verhaal heel anders: dat hij helemaal niet had gevochten, dat hij enkel maar een straatventer met een donkere huid was die een stel hoeren in New York City had zitten en een van de aanstichters van de dienstplichtrellen was geweest. Later herinnerden sommigen zich dat ze hem in de zomer van '78 de beweging van de Exodusters hadden zien aanwakkeren, de groep negers die de staat waren ontvlucht en naar Kansas waren getrokken. Hij had een wagen vol van dat volk langs de rivier naar het noorden gereden en ten noorden van Memphis waren ze met een veerboot overgestoken. Hij had ze naar Kansas gebracht en ze toen pardoes in de steek gelaten, zei men, en minstens de helft was omgebracht door veehouders en graanboeren die hen niet bij zich in de buurt wilden.

Nu, twee jaar later, reed hij het platteland af en beloofde de negers dat ze in een oord dat Liberia heette hun eigen regering konden vormen; dat ze daar hun eigen land zouden bezitten, hun eigen wetten opstellen en konden gaan en staan waar ze maar wilden. Niemand zou daar als vee worden behandeld.

Leighton had zijn vader horen zeggen dat hij wel raad wist met dokter Sellers, mocht die zich op de Deadening durven te vertonen. Zo'n twee weken na die geschiedenis bij de kuil met dat water vol bestrijdingsmiddel zei hij dat namelijk tegen Percy Stancill; ze bevonden zich aan weerskanten van het modderige weggetje dat de grens vormde tussen hun plantages – allebei te paard.

'Weet je wat,' zei Percy. 'Als hij op jouw land komt, dan roep je mij erbij als je jacht op hem gaat maken. En als hij hier naartoe komt, dan roep ik jou erbij. We zullen er een groots evenement van maken. Iets wat dat laatste feest, toen iedereen drie nachten bleef slapen, nog in de schaduw stelt.'

'Ja, we gaan d'r een leuke nacht van maken,' had Sam Payne gezegd.

Dat was niet alles wat hij die dag had gezegd. Toen Leighton en hij door het bos naar huis reden, voorspelde hij dat er een dag zou komen dat Leighton in dit bos of in een soortgelijk bos een gevecht zou moeten leveren en daarbij het koude staal hanteren. 'Dat is iets waar je gif op kunt innemen: vroeg of laat zal iemand proberen je dit af te pakken.'

'Wat dan?'

Zijn vader trok de teugels aan en wees naar de grond. 'Dit hier, god nog aan toe. Je kunt dit wel je eigendom noemen, maar daarom ís het je eigendom nog niet, jongen. Als je 't pakt, dan is het van jou – maar één keer pakken is niet genoeg. Je moet het telkens en telkens opnieuw pakken.'

Als er iets was waar zijn vader verstand van had, dan was het van pakken. Hij had dit land afgepakt van de panters en de beren, en in de oorlog had hij heel wat mannen het leven afgepakt. En ook had hij Leightons moeder alle levendigheid afgepakt. Leighton had haar bleek en apathisch zien worden, hij had haar haar voorliefde voor zonlicht en zijde, voor boeken en heldere kleuren zien verliezen.

Hoezeer hij haar ook miste, soms betrapte hij zich op de gedachte dat die waterslang die haar had doodgebeten, haar misschien eigenlijk wel een dienst had bewezen.

In tegenstelling tot wat zijn vader later zou geloven, was de moeder van het meisje niet degene op de Deadening die zich met de zich dokter Sellers noemende neger had verstaan. En Markham ook niet. De eerste die hem zag en sprak was Tandy. Leighton wist dat omdat hij dat had gezien.

Hij was boven in zijn moeders kamer, waar hij haar boeken doornam. Ze had Washington Irvings *Tales of a Traveler* en Augustus Baldwin Longstreets *Georgia Scenes* en ook het nodige van James Fenimore Cooper en Charles Brockden Brown. Toen Tandy en hij nog jonger waren, had zij hen 's avonds voorgelezen. Hij hoorde nog altijd hoe haar stem hoger werd wanneer ze een belangrijke passage bereikte.

Je kon een heel eind kijken vanuit haar kamer. Zijn vader had een klein bos ten zuiden van het huis gekapt omdat hij daar in het voorjaar katoen wilde planten, en nu kon je helemaal tot aan de rivier de weg afkijken. Toen hij die dag een blik uit het raam wierp, zag hij Tandy naast de weg staan en naar een neger opkijken die op een paard zat.

Het was de bestgeklede neger die Leighton ooit had gezien. Zijn laarzen glommen. Hij droeg een mooie lange jas, hoewel het nog te warm was voor een jas, en een fraaie hoed. Hij rookte een pijp, waarmee hij al pratend gebaarde.

Het leek wel of ze over het paard van de neger stonden te praten. Tandy wees naar een van de voorbenen, waarbij hij goed oppaste dat hij niet te dichtbij kwam; hij was al een paar keer uit het zadel geworpen en was nu doodsbang voor paarden.

De neger lachte. Hij boog zich opzij en voordat Tandy achteruit had kunnen deinzen, pakte hij hem bij de hand. Alsof hij niet meer woog dan een jong katje tilde de neger hem van de grond. Een paar seconden trappelden Tandy's benen in het niets; toen hield hij op met tegenstribbelen en de neger plantte hem voor zich in het zadel.

Zo bleven ze even zitten, en de neger praatte en haalde af en toe de pijp uit zijn mond om ermee te gebaren. Toen stuurde hij het paard van de weg af en zette het aan tot een galop naar de andere kant van het gerooide terrein.

Toen Leighton die middag met een hengel op zijn schouder door het hek aan de voorkant liep, zag hij Tandy met zijn handen in zijn zakken komen aankuieren.

Leighton vroeg: 'Wat moest jij met die gekleurde man?'

'Wat voor gekleurde man?'

'Die op dat paard.'

'Ik heb helemaal geen gekleurde man op een paard gezien.'

'Dat was dokter Sellers, hè?'

'Ik weet niks van een dokter Sellers.' Zonder ook maar een blik achterom liep Tandy door, het hek uit.

Het duurde nog enige tijd voordat Leighton besefte dat dat de figuur was door wie Tandy zich had laten inspireren: een ruiter zonder geschiedenis, een rondreizend man die naar eigen believen van hot naar her trok en andere mensen, maar vooral vrouwen, met zijn gladde praatjes tot de meest roekeloze daden overhaalde.

Toen zijn vader het bericht te horen kreeg dat dokter Sellers met de negers op zijn plantage had gepraat, beweerde hij dat hij dat niet geloofde. Percy Stancill was degene die het hem vertelde.

'Ik heb er gisteren lucht van gekregen,' zei Percy. Hij ging niet zitten, bleef gewoon staan met het glas whisky dat Sam Payne hem had gegeven, in de hand. 'Hij had een hele groep om zich heen verzameld, heb ik me laten vertellen.'

'Heb je je laten vertellen. Door wie dan?'

'Door een van m'n nikkers. Eentje die te vertrouwen is. Voor zover een nikker ooit te vertrouwen is, dan.'

'Een nikker is nooit te vertrouwen.'

'Tja, dat zul jij wel weten.'

Zijn vader liep met stijve benen naar een stoel, ging zitten, vouwde zijn armen over zijn buik en keek Percy aan. 'Wat wil je daarmee zeggen?'

Percy bracht het glas naar zijn mond en sloeg de whisky achterover. 'Sam, hij hield die bijeenkomst op de veranda van die vrouw.'

'Van welke vrouw?'

'Je weet best wie ik bedoel. De enige op jouw plantage die een veranda heeft.'

'En jij hebt dat met eigen ogen gezien?'

'Je hebt me net horen zeggen dat ik dat niet heb gezien.'

'Daarom vind ik het moeilijk om dat te geloven. Als jij nou tegen me zei: "Sam, ik zat d'r met m'n neus bovenop en ik heb het allemaal gezien," ja kijk, dan kon ik geen kant op, dan moest ik het wel geloven. Maar als jij me vertelt dat een nikker zegt dat hij het heeft gezien – tja, dan is het toch wel even een ander verhaal, hè.'

'Wij hebben hier goddomme met een probleem van doen, Sam, dat ons zometeen allemaal raakt. Die nikker, die Sellers heeft vorige week veertig of vijftig pachters van de plantage van Sheffield zover gekregen om de benen te nemen. En geen mens weet wat er van ze geworden is. Zo'n grote groep nikkers kan toch niet zomaar verdwijnen – maar verdwenen zijn ze. Dus als die zwarte klootzak hier op jouw plantage rondbanjert met een of andere preek die ze zo lekkermaakt dat ze hun biezen pakken, dan is dat niet enkel jouw probleem. Dan is dat ook mijn probleem. Dus daarom kom ik je nu vragen: wat ga jij d'r aan doen? Want als je d'r niks aan gaat doen, jezus man, dan ga ik iets ondernemen.'

Nog nooit had iemand zo'n toon tegen zijn vader aangeslagen, als je ouwe Bessie tenminste niet meerekende.

'Hoe vindt je vrouw het hier nu?' vroeg zijn vader.

'O, prima.'

'Ze komt toch uit Atlanta, hè?'

'Uit de buurt van Savannah.'

'Zal ik je eens wat zeggen,' zei zijn vader, die zich in zijn volle lengte had opgericht en nu een eind boven Percy uitstak. 'Ga jij nu door naar huis en laat haar een lekker avondmaal voor je koken.'

'Ze kookt niet.'

'Speelt ze piano?'

'Redelijk, ja.'

'Ga dan door naar huis en laat haar een gezellig mopje voor je spelen. Iets kalmerends. Morgenochtend kom ik dan naar jouw huis, we zullen eens met elkaar praten en als blijkt dat we met een probleem zitten, dan lossen we dat op.'

Zo te zien popelde Percy om nog iets te zeggen, maar kennelijk besefte hij dat hem dat op dat ogenblik geen goed zou doen. Dus zette hij het glas op het buffet en vertrok.

Een hele tijd bleef Leighton nog boven aan de trap staan, hij durfde zich niet te verroeren. Zijn vader was weer gaan zitten; er lag een glimlach op zijn gezicht. 'Here God zeg,' zei hij, alsof hij het tegen zichzelf had. 'Is dat niet vermakelijk. Je reinste toneelspel, verdomme.'

Leighton had zich niet gerealiseerd dat zijn vader wist waar hij stond, maar nu riep hij : 'Kom eens hier, jongen.'

Zijn benen trilden toen hij naar beneden ging.

'Rij eens naar haar huis,' zei zijn vader, 'en zeg tegen haar dat ik haar hier binnen tien minuten wens te zien.'

'Als u haar over tien minuten wilt zien, dan kan ik maar beter een extra paard meenemen.'

'Nee, dat heb ik niet gezegd.'

'Maar ze kan hier niet binnen tien minuten zijn als ze lopend gaat. Het is...'

'Zeg tegen haar dat ze maar beter kan maken dat ze hier binnen tien minuten op de stoep staat. En als je haar dat hebt gezegd, rij dan weg en kijk niet om.'

Hij ging naar buiten en zadelde zijn merrie, en intussen vroeg hij zich af of hij naar de voordeur van de vrouw moest lopen en aankloppen, dan wel of hij op zijn paard moest blijven zitten en haar naar buiten roepen, of zou hij gewoon maar afwachten en hopen dat ze vanzelf naar buiten zou komen? Het zou vast een heleboel over hem zeggen, dacht hij, hoe hij dit aanpakte.

Hij had haar al weleens aangesproken. Telkens wanneer hij haar op de weg tegenkwam, knikte en groette hij. Toen dat nog maar net was begonnen, waarschijnlijk in de tijd dat hij een jaar of vijf, zes was, was zij hem voorbijgelopen zonder iets te zeggen of een teken van herkenning te geven. Maar op een dag had ze geknikt, en op weer een andere dag had ze hem gegroet, en op het laatst was ze zijn naam gaan zeggen. Ze zei nooit 'mijnheer Leighton', zoals de anderen. Enkel 'Leighton'.

Hij had zich geen zorgen hoeven te maken over de vraag of hij haar naar buiten moest roepen. Toen hij de bocht om kwam, stond zij vanaf haar veranda de weg af te staren alsof ze al wist dat hij in aantocht was en hem wilde opwachten.

Hij reed naar het trapje en trok aan de teugels. 'Mijn vader zei dat hij u wilde spreken. Hij zei dat ik u moest vragen om over tien minuten te komen, als het ging.'

'Weet je zeker dat hij 'vragen' zei? Was het niet 'zeggen'?'

Zij was een lange, slanke vrouw met hoge jukbeenderen; waarschijnlijk had ze wat indianenbloed in de aderen. Haar nagels waren lang – wel een centimeter, wedde hij. Als ze wilde, kon ze je lelijk toetakelen met die nagels.

Ze keek hem altijd aan op een manier die hem in de war bracht. Soms had hij zin om haar in haar gezicht te slaan, maar andere keren had hij het liefst zijn armen om haar heen geslagen om haar tegen zich aan te drukken, net zoals hij vroeger zijn moeder tegen zich aan had gedrukt. Maar meestal wenste hij alleen maar dat ze niet bestond en er ook nooit was geweest.

Hij maakte al aanstalten om weg te rijden, zoals zijn vader hem had opgedragen, maar zij was hem te vlug af.

Ze kwam het trapje af en greep het hoofdstel beet. Haar lippen bewogen amper. 'Ik verzoek je tegen je vader te zeggen dat ik heb gezegd dat ik wel zal zien wanneer ik kom.'

De gordijnen waren gesloten. Maar hij wist dat het meisje daar binnen stond te kijken. Hij deed een aarzelende poging het paard uit de greep van de vrouw los te krijgen door het met zijn hakken aan te drijven. Het paard bleef staan waar het stond.

'Goed, wat zeg je tegen hem?'

De woorden kwamen ergens uit de diepte, van verder dan zijn keel, uit een gedeelte van zijn binnenste dat hij wel kon voelen, maar waar hij geen naam voor had. 'Dat u hebt gezegd dat u wel zult zien wanneer u komt.'

Zij deed een stapje achteruit, zodat ze hem beter kon opnemen. 'Jij wordt straks een forse man,' zei ze. 'Verder heb je niet veel gemeen met je vader.'

Zij liet het hoofdstel los en gaf het paard een tik op de neus. 'Wegwezen!' schreeuwde ze.

Hij stond op de plaats die zijn vader hem had aangewezen toen zij via de voordeur binnenkwam – al een hele tijd stond hij daar. Zijn vader was beneden gebleven en zat in zijn lievelingsstoel whisky te drinken; een paar keer hield hij het glas tegen het licht om de kleur te inspecteren.

Zij had niet de moeite genomen om te kloppen. Ze liep de vestibule in, maar Leighton, die boven aan de trap stond, zag ze niet. Ze had zich verkleed. Daarvoor had ze een effen bruine jurk aangehad. Nu droeg ze een witte blouse met lange mouwen op een lavendelkleurige rok die er uitzag alsof hij van zijde was. Om haar schouders lag een goudkleurige sjaal.

Ze liep de huiskamer in en bleef staan voor de stoel.

Zijn vader zette het glas neer. 'Ik hoor verhalen over duistere praktijken.'

'Die zullen wel door iemand verzonnen zijn. Als negers maar de helft zouden doen van wat blanken denken dat ze doen, zouden ze het te druk hebben om te slapen. Maar ze doen natuurlijk wel hun uiterste best om blanken verstrooiing te bieden.'

'Ik hoor verhalen dat er een profeet in ons midden is verschenen.'

Nu kwam hij overeind. Zij deed geen stap naar achteren, maar kwam juist nog dichter op hem toe, totdat ze maar een paar centimeter bij elkaar vandaan stonden.

'Die profeet is hier verschenen om het uitverkoren volk naar het Beloofde Land te leiden,' zei zijn vader. 'Ik heb horen verluiden dat dat ergens een eind ten oosten van Tupelo ligt en ten noorden van de Zuidpool. En dat betekent dat het eigenlijk alleen bestaat in de geest van één verdwaasde nikker.'

'Misschien ook niet. Misschien heeft hij die gedachte ook in een paar andere geesten gezaaid.'

'Stiekem uit het diensthuis ontsnappen, hè?' Tot Leightons verbijstering zat zijn vader breed te lachen. Zo te zien vermaakte hij zich kostelijk.

Zij legde haar hand op zijn vaders borst alsof ze die wilde strelen. De grijns week niet van zijn vaders gezicht, maar hij sloeg haar hand weg.

Zij draaide haar hand om en keek ernaar, alsof die haar op de een of andere manier in de steek had gelaten. Toen balde ze haar vuist en gaf zijn vader een stomp in zijn ribben, maar ze stond zo dichtbij dat ze niet veel kracht kon zetten. Zijn vader voelde er kennelijk niets van. 'Eén nikker,' zei hij.

Zij gaf hem nog een stomp.

'Twee nikkers dan.'

Ze stompte hem voor de derde keer.

'Drie nikkers.'

Ze haalde al uit, maar sloeg niet toe. Leighton kon haar gezicht niet zien, maar haar lichaam trilde nu.

Zijn vader wachtte af of hij nog een stomp zou krijgen. Toen hij zag dat dat niet zou gebeuren zei hij: 'Als hij nog een keer op de Deadening komt, dan blijft hij hier tot in alle eeuwigheid. En ook al komt hij niet terug, iemand gaat de prijs betalen voor al die stompen die jij me hebt uitgedeeld. Ik mag graag mijn tafels van vermenigvuldiging repeteren – elk willekeurig getal dat maar bij me opkomt, keer drie. 't Kan volgende maand worden, 't kan kerstavond worden. Dat weet je nooit. Ouwe Sint Sam kan zich maar zo door iemands schoorsteen komen wurmen en een speciaal presentje langsbrengen.'

Zijn vader bleef de vrouw nog even aanstaren. Toen hield hij zijn hoofd schuin en schreeuwde: 'Jongen?'

'Ja vader?'

'Kom eens beneden.'

Hij daalde tree voor tree de trap af, liep door de vestibule en bleef staan bij de deur van de huiskamer.

'Hoe zou je haar houding willen omschrijven,' vroeg zijn vader, 'toen je haar opdroeg om als de gesmeerde bliksem hierheen te komen?'

'Wat bedoelt u, vader?'

'Heeft ze je voldoende respect betoond?'

De vrouw stond met haar profiel naar hem toe en keek door het raam naar de koeienwei aan de overkant van de weg.

'Ze zei dat ze zo snel mogelijk zou komen. Maar dat ze eerst schone kleren moest aantrekken.'

'Heeft ze dat echt gezegd?'

'Ja vader.'

'En dat is alles?'

'Ja vader.'

'Dat weet je zeker?'

Hij knikte. 'Ja vader.'

'Uitstekend,' zei zijn vader. 'Dan zullen we haar maar zonder strafmaatregelen laten opdonderen, dunkt me.'

Zijn vader liep langs haar heen de vestibule in en verdween in de gang. Even later klonk zijn stemgeluid uit de verte: 'Als je wilt dat ze opkrast, zeg dat dan tegen d'r.'

Op dat ogenblik besefte Leighton voor het eerst wat het betekende om een Payne te zijn. Zijn moeder was er nooit een geweest, al had ze die naam gedragen. Deze vrouw kon er nooit een worden, want zij kon die naam niet aannemen.

'Zou u weg willen gaan,' zei hij. 'Als u zover bent.'

'Soms...' zei ze. Ze pakte zijn vaders glas, gooide de whisky eruit en liep weg zonder haar zin af te maken of de deur achter zich te sluiten.

Als je haar kende – toen hij er later op terugkeek, realiseerde hij zich dat hij haar beter gekend had dan zichzelf – had je misschien kunnen voorspellen wat er zou gebeuren. Ze glipte er niet midden in de nacht vandoor. Het ogenblik dat ze de Deadening had kunnen verlaten, was al tijden daarvoor aangebroken en weer verstreken. Ze bleef. Ze wachtte af.

Een paar weken lang werd dokter Sellers niet meer in de buurt gesignaleerd. Zijn vader hoorde verluiden dat de neger helemaal naar Natchez was getrokken op zijn paard en plantages in het district Adams bewerkte. Dat hij zich daarginds ophield, was heel vervelend voor die mensen, maar zoals zijn vader tegen Percy Stancill zei: beter daar dan hier. Mocht hij volgelingen krijgen, dan zouden de planters uiteindelijk iets aan hem moeten doen. Ook als je er geen erekwestie in zag, zei zijn vader, dan bleef dat toch een economische noodzaak.

Percy Stancill zei dat hij zich afvroeg of het niet verstandig zou zijn om in landen als Italië of Ierland te adverteren. De mensen waren daar arm, zei hij. Je zou er een stel hierheen kunnen halen en díe hier aan het werk zetten. Misschien dat zij er niet zo'n primitieve denkwijze op na hielden.

Nee, zei zijn vader, misschien dat zij er niet zo'n primitieve denkwijze op na hielden, maar het zou maar even duren en dan wilden ze als blanken worden behandeld, en wat had je daaraan? Er was gewoon niet genoeg rijkdom in deze wereld voor iedereen, en als jij iets wilde binnenhalen, dan moest je anderen domweg keihard laten werken. Zo was het altijd geweest en niet anders, en zo zou het altijd blijven, en iemand die beweerde dat het niet zo was, die leefde verdomme in dromenland.

'Kijk,' zei zijn vader, 'ik voor mij doe m'n best alleen te dromen als ik slaap. Als ik wakker ben, dan ben ik op m'n qui-vive. En hopelijk blijft dat zo.'

Zijn vader was op zijn hoede op de dag dat dokter Sellers opnieuw opdook.

Als je afging op de berichten dat hij plannen had om een uittocht naar Afrika te leiden, dan trok dokter Sellers in een merkwaardig noordwestelijke richting. Tenminste, merkwaardig zolang je niet bedacht dat hij iemand had beloofd dat hij terug zou komen – zodat hij, zelfs nadat hij zijn volgelingen helemaal in de buurt van Midnight en Silver City, Hard Cash en Tilton had vergaard, de Sunflower toch nog een laatste keer moest oversteken.

Leighton zat boven sommen te maken toen hij een groep mannen het erf hoorde oprijden. Zijn vader, die hij al de hele ochtend niet had gezien, reed aan het hoofd en achter hem kwamen Percy Stancill, Ferriday Stark, Newcomb Teague, George Baskett en nog een aantal opzichters van hen.

Zijn vader sprong van zijn paard. Een ogenblik later hoorde Leighton zware voetstappen over de veranda klossen voordat de voordeur openvloog.

'Leighton. Kom beneden, godverdomme, en snel. Die nikker zit op ons land.'

Hij had een revolver aan zijn riem die Leighton maar een paar keer eerder had gezien; het ding had een langere handgreep dan de meeste andere, en de trekker was vreemd gevormd. Hij had geen idee waar zijn vader het wapen bewaarde, maar hij wist dat hij het in de oorlog had gebruikt.

'Haal je geweer.'

Toen hij zich niet verroerde, gaf zijn vader hem een duw. Bijna had Leighton zijn evenwicht verloren.

'Schiet godsamme toch op, zeg.'

Hij rende door de gang naar de wapenkamer. Zijn vader had hem gezegd dat hij nooit zonder de sleutel op stap mocht gaan, en daarom droeg hij die aan een stuk pakgaren om zijn pols. Hij trok het pakgaren los, liet de sleutel vallen en bukte zich om hem op te rapen. Zijn handen trilden. Op dat ogenblik zou hij geen kans hebben gezien ook maar iets te raken met een vuurwapen, en dat was een troostrijke gedachte. Hij ging naar binnen en pakte het geweer uit het rek.

In de stal zadelde hij zijn merrie en hij sprong op haar rug en reed het erf op. De paarden van de mannen hinnikten zacht en draaiden van opwinding alle kanten op.

'Percy,' zei zijn vader, 'rij jij met George en Ferriday en jullie mannen in een boog naar de rivier en kom dan vanuit het oosten deze kant op. Ik en Newcomb en onze mensen steken dan de kreek over en rijden dwars door de ouwe plantage van Zollicoffer. Dan moeten we ze wel te pakken krijgen.'

Er hingen een paar opgerolde touwen aan zijn zadelknop. Hij haalde er eentje af en gaf dat aan Leighton.

De planters en hun opzichters draafden door de velden alsof ze met zijn allen op weg waren naar een feest, zo'n evenement van drie, vier dagen waarbij iedereen at en dronk en in slaap viel en misselijk wakker werd en vervolgens weer begon te eten en te drinken. Leighton reed op een afstandje achter hen aan.

Nergens zag hij een neger. Kinderen die anders tussen de

rijen katoen door hadden doorgehold of op hun stoffige erf hadden gespeeld, zaten nu binnen, of anders waren ze weg. Er was geen sterveling op het land bezig. Hier en daar zag hij halfvolle zakken en manden liggen die plukkers hadden laten vallen toen ze aan de haal waren gegaan.

De groep arriveerde bij het huis van de vrouw; zij stond op de veranda uit te kijken. Ze droeg nu oude kleren en zag eruit als een doodgewone negerin.

Zijn vader stak zijn hand op en de mannen hielden stil.

'Waar zijn ze?'

'Weg.'

'Waarheen?'

'Dat weet ik niet.'

'Waarom ben jij niet met ze meegegaan?'

Ze keek hem alleen maar aan.

'Zo, dus ze hebben je behandeld als Mozes? Tot een bepaald punt hebben ze zich door je laten leiden – en toen niet verder.'

'God is degene geweest die besliste dat Mozes moest blijven. In dit oord is geen god.'

De anderen – Newcomb Teague en de rest – bogen hun hoofd en bestudeerden de grond alsof ze naar sporen zochten.

'Gezondigd en tekortgeschoten,' zei zijn vader.

'Tekortgeschoten,' zei ze. 'Zoveel is zeker.'

'Waar is je dochter?'

Haar ogen speurden de wand van bos af die eens de grens had aangegeven tussen het land van Zollicoffer en de Deadening van Payne. 'Dat weet ik niet.'

'Voordat de zon vandaag ondergaat,' zei zijn vader, 'zul jij blij zijn dat je tekort bent geschoten. En je mag hopen dat je dochter ook heeft gefaald.'

Hij dreef zijn paard aan en nam de ruiters mee.

Als je de zaak uit een bepaald oogpunt bekeek, hadden ze het recht aan hun kant. In staats- en districtsverordeningen stond vermeld dat iemand die op jouw plantage land bewerkte pas mocht vertrekken wanneer hij officieel vrij van schulden was verklaard. En net als de meeste planters zorgde Leightons vader er wel voor dat iedereen bij hem in het krijt stond.

'Heb ze in de tijd van de cholera voor de dood behoed,' zei hij toen ze het dichte struikgewas aan de rand van de oude plantage van Zollicoffer in reden. 'Toen komen ze naar me toe en zeggen: "Ach mijnheer Sam, m'n kindje gaat zometeen dood." En wat doe ik, ik span een paard in en sleep ze mee naar dokter Lewis. Alsof de wereld vergaat als d'r weer eens zo'n nikkerkind over de Jordaan roeit.'

Newcomb Teague zei: "t Is een vloek die de Heer ons heeft gezonden.'

'Wat dan?'

'De nikker.'

'Dacht jij dat dat een vloek van de Heer was? Wat een stom idee, man. Die vloek hebben we aan onszelf te danken. Wij hebben ze toch hierheen gehaald, wij hebben toegestaan dat ze zich vermenigvuldigden en al die tijd wisten we dat donders goed. Iedereen probeert altijd maar de schuld af te schuiven op het doen en laten van engelen of lui uit Vermont – daar word ik toch wel zo kotsmisselijk van. Wij zijn hierheen gekomen en we hebben de bomen en al die slangen uitgeroeid en we hebben de nikkers bloed laten zweten. Dus nu zullen ze nog een beetje moeten zweten. Godverdomme Newcomb, ga nou niet een beetje de Russische mysticus uithangen, zeg. Als jij katoen wilt, dan stop je zaad in de grond. En als je onkruid ziet, dan haal je 't weg.'

Op dat ogenblik, zijn vaders woorden klonken nog na, begon het in de bosjes voor hen te ritselen en een oude neger verscheen struikelend op het pad.

Hij had dikke bakkebaarden. In zijn hals zat een kropgezwel, zo groot als een pompelmoes. 'Ik heb ze proberen te bepraten,' zei hij. 'Echtwaar, mijnheer, maar die nikkers, die wouen gewoon niet luisteren. Vanaf de plantage van mijnheer Ferriday Stark heb ik de hele tijd op ze ingepraat. Maar die dokter Sellers, die heeft ze de kop gek gezeurd. D'r is geen mens die die vent omverpraat, mijnheer.'

'Ze zitten zeker daarginds?' vroeg zijn vader.

'Ja mijnheer. Ik denk dat een heleboel al in de gaten hebben dat ze een stomme streek hebben uitgehaald.'

'Dat ze tot dat pijnlijke besef zijn gekomen, heeft toch niet iets te maken met de komst van een groep heren onder leiding van de heer Percy Stancill, hè?'

'Nee mijnheer. De heer Stancill is er nog niet. Maar sommigen zeggen dat hij komt.'

'Dat klinkt me in de oren alsof ze Percy verwarren met Jezus,' zei zijn vader. 'En als dat geen geval is van persoonsverwisseling, dan weet ik het niet meer.' Hij liet het paard een draai van een kwartslag maken, haalde met een snelle beweging zijn pistool uit de holster en gaf de neger een mep over de rug van zijn neus. De oude man tuimelde achterover in een paar wildebessenstruiken.

Zijn vader keek vanaf zijn paard op hem neer. 'Die dokter Sellers spreekt toch zo tot m'n verbeelding,' zei hij. 'Is hij eigenlijk arts of is hij zo'n geleerde?'

Niemand gaf antwoord. Hij schudde even met de teugels en ze reden verder.

Ettelijke negers waren er al tussenuit geknepen. Sommigen waren er via de velden vandoor gegaan en gebukt tussen de rijen katoen door geschoten, zodat de lange stengels hen verborgen hielden voor de ogen waarvan ze wisten dat die rondspiedden. Anderen haddden zich verstopt in het huis en de bijgebouwen op de plantage van Zollicoffer. Maar degenen die die dag hun geloof niet hadden afgezworen bleven er ook nog aan vasthouden toen ze de paarden al hadden gehoord die hun kant op kwamen. Ze bleven achter de man op de voskleurige ruin aanlopen.

De man hield met luide, heldere stem een betoog.

'De letter *C*,' zei hij, 'en de letter *X*. Die staan twee stappen dichter bij elkaar dan de *B* en de *Y*. Vier stappen dichter bij elkaar dan de *A* en de *Z*. Goed, *A* en *Z* hebben maar één keer in hun hele leven een glimp van elkaar opgevangen en kennen elkaar dus in de verste verte niet, maar *C* en *X* ontmoeten elkaar weleens bij de beek. Die beek is geen gewone waterloop. Aan de ene kant is het water ijskoud, in het midden is het lauw en aan de andere kant is het kokendheet. Soms schreeuwen ze elkaar aan weerskanten van die beek iets toe, maar de bedding ligt vol keien en het water stormt de hele tijd over die keien heen en ertussendoor en maakt een enorme herrie, dus ze kunnen elkaar niet verstaan. Allebei smeken ze de ander om naar hun kant te komen. Ze zijn allebei eenzaam en ze hebben geen buren. En allebei vragen ze zich zelfs af of dat het soms is wat die ander probeert te zeggen. Maar omdat *X* weet dat het water aan zijn kant ijskoud is en *C* weet dat het water aan zijn kant gloeiend heet is, zijn ze geen van beiden bereid die beek in te stappen.

Op een avond voelt *C* zich wanhopig, en hij pakt een pistool, zet dat tegen zijn slaap en haalt de trekker over. Intussen klimt *X* op een stoel, maakt een touw vast aan een balk van de zoldering, knoopt de andere kant om zijn nek en schopt die stoel weg.

Broeders en zusters: waardoor zijn *C* en *X* zo droevig en voortijdig aan hun eind gekomen?

Was het het water dat hen scheidde? Was het de herrie van het snelstromende water? Waren het de keien in de beek – want die hadden hun stemmen immers onverstaanbaar gemaakt toen ze stonden te roepen? Was het enkel en alleen de temperatuur van het water?

Neen, broeders en zusters, ze zijn op zo'n ongelukkige manier aan hun eind gekomen omdat geen van beiden vindingrijk genoeg was om zich te redden. Er stonden cipressen langs die beek. Als ze allebei op een tak waren geklommen en zich midden in die beek hadden laten zakken, waar de temperatuur aangenaam was, dan hadden ze moeiteloos met elkaar kunnen praten. Door in beweging te komen hadden ze een eind kunnen maken aan hun ellendige toestand, maar zij bleven maar staan waar ze stonden, totdat er voor hen allebei niets anders meer op zat dan zich het leven te benemen.'

Zijn vader stuurde zijn paard de groep in, en die week net genoeg uiteen om hem erdoor te laten. De oude Bessie was erbij gebleven, evenals Markham en het meisje en de jonge neger die Blueford heette.

'Wat die beste dokter jullie niet aan de neus hangt,' zei zijn vader, 'is dat het midden in die beek verdomde diep was en dat geen van die arme sloebers kon zwemmen. *C* was *X* niet. Jullie zijn mij niet. Is ook nooit de bedoeling geweest. En op dit ogenblik dank ik de hemel op m'n knieën dat ik jullie niet ben.'

Dokter Sellers keek geen ogenblik om. 'Broeders en zusters,

loop door. Dat is Satan niet, op dat paard. Dat is enkel een blanke man. Of om het anders te formuleren: hij is *M*, wij zijn *N*.'

Verderop in het struikgewas zag je Percy Stancill met zijn mannen. Ze waren uitgewaaierd over een breed front en hun paarden zochten zich een weg tussen de heesters en de ranken van klimplanten. Tandy zat achter Stancill met zijn armen om diens middel. Later zou Percy Sam Payne vertellen dat hij diens zoon aan de rand van het bos had gevonden, waar de jongen zich achter een boom had verstopt. Volgens Tandy had hij vandaar de negers bespied.

Sellers reed gewoon door, de op hen afrijdende blanke mannen tegemoet. 'Blijf doorlopen,' zei hij. 'Zij dromen soms dat een grote groep negers eendrachtig op hen af marcheert. Ze gaan wel opzij, broeders en zusters. In die droom hebben ze dat ook altijd gedaan.'

Zijn vader trok zijn revolver en richtte op de rug van Sellers. 'Nog heel even en ik bezorg je een knoopsgat aan de verkeerde kant van je jas.'

Jezus nee, bad Leighton. *Alsjeblieft niet, Jezus.*

'Zouden ze op hun paarden schieten als die in een kudde bij elkaar liepen?' vroeg Sellers. 'Nee, dat zouden ze nooit doen.'

'Een paard kost meer dan een nikker,' zei zijn vader. 'Het paard van een nikker is zo'n tien dollar per maand waard. De nikker zelf niet meer dan vijf.'

Percy Stancill en zijn mannen kwamen nu dichterbij. Tandy liet Percy los, hield zijn handen tegen zijn oren en deed zijn ogen dicht. Leighton had ook graag zijn ogen gesloten, maar een kracht waar hij niet tegenop kon, hield ze open.

Sellers zei: 'Wij zijn al bekend met de opvattingen van de heer Payne over de waarde van negers ten opzichte van die van paarden. Hij is maar een blanke man, broeders en zusters. En op dit ogenblik is hij bang.'

Negers en paarden.

Zijn vader stak de revolver terug in de holster, pakte een van de touwen, voerde daar iets mee uit en bracht zijn arm naar achteren.

Gedurende nog een ogenblik, waarin de ruin onder hem bleef doorstappen, drong het kennelijk niet tot Sellers door dat hij zijn rijdier zo dadelijk niet meer zou kunnen besturen. Hij maakte zelfs aanstalten om nog iets te zeggen, waarschijnlijk iets met als aanhef *Broeders en zusters.* Toen stond het touw opeens strak, en hij tuimelde ruggelings van zijn paard.

De val overrompelde hem volkomen. Met zijn ogen wijdopen lag hij op zijn rug naar adem te happen.

'Gaan jullie eens naar hem toe,' zei oude Bessie, maar niemand ging.

Alsof zelfhulp een pricipe was dat hem in de botten was gaan zitten, draaide Sellers zich op zijn zij en deed zijn best om op te staan. Sam Payne gaf een ruk aan het touw.

Ditmaal viel Sellers voorover. Hij hief zijn gezicht op uit de modder en begon te spreken. 'Doorlopen, allemaal. Liberia kan ook een geestestoestand zijn. Ik ben daar nu. Al een tijdje ben ik daar. Maar jullie moeten doorlopen, anders zul je dat land niet vinden.'

'Heb ik het niet gezegd,' zei Sam Payne. ''t Zit enkel en alleen in die koppen van jullie.'

Twee jonge negers van nog geen twintig gingen er nu tussen de bomen vandoor, terug in de richting vanwaar ze kwamen. Ze glipten vlak langs Leighton, zo dichtbij dat hij hen had kunnen aanraken. Een van hen had een roze plekje koortsuitslag aan zijn lip.

Sellers probeerde weer op te staan, maar het touw trok hem neer.

'Ik weet niet wat voor soort dokter jij bent,' zei Sam Payne. 'Maar ik heb zo'n idee dat toen jij het over de dromen van blanken had, je zelf maar wat aan het dromen was geslagen. Was niet al te wetenschappelijk wat je daar zei, en gezond verstand kwam d'r ook niet aan te pas. Want het feit is en blijft, dat al deze heren bereid zijn desnoods hun eigen moeder overhoop te schieten als ze jullie op die manier kunnen dwingen die katoen te blijven plukken. En als zij d'r geen been in zien om hun moeder overhoop te schieten, dan kun je nagaan wat ze jullie en je familie wel niet kunnen aandoen.'

Hij overhandigde het uiteinde van zijn touw aan Newcomb Teague en steeg af.

Een voor een gingen de negers er nu stilletjes vandoor, ze stapten weg tussen de bomen terwijl oude Bessie, Markham, Blueford, het meisje en nog zo'n drie, vier anderen bleven staan.

Sam Payne maakte nog een touw los.

'Maak dat je wegkomt, jongens,' zei oude Bessie tegen degenen die waren gebleven, maar geen van hen verzette een stap. 'Maak nou dat je wegkomt,' riep ze weer.

'Doorlopen,' zei Sellers.

Leightons vader keek even naar Markham en knoopte een lasso in het touw.

'Toe nou,' zei oude Bessie. 'Rennen, jongens.'

Blueford pakte Markham bij de arm en rukte eraan, maar de man bleef stokstijf staan. Blueford keek naar het meisje, maar zij verzette ook geen stap, dus het volgende ogenblik draaide hij zich om en rende ervandoor.

Sam Payne deed een stap in de richting van Markham en bracht zijn arm omhoog.

Oude Bessie riep schril: 'Rennen!'

Op het laatste ogenblik veranderde Markham van gedachten. Het touw vloog door de lucht en kwam zeker een meter achter hem neer. Hij sprong over een omgevallen cipres, dook onder een lage tak door. Toen klonk er een harde knal en Markham stortte voorover in de modder.

Sam Payne liet het pistool zakken en keek oude Bessie aan. 'Hij had het in zich om een prima nikker te worden,' zei hij, 'en dat was hij waarschijnlijk geworden ook, als jij z'n moeder niet was geweest.'

Leighton zou nooit begrijpen waarom zijn vader de moeite had genomen iets tegen haar te zeggen. Iedereen met ogen in zijn hoofd zag toch zo dat zij ook dood was, dat ze enkel nog een lijk was dat op de een of andere manier overeind was blijven staan.

Zollicoffer had zijn huis een kleine twee meter boven de grond gebouwd om zich tegen hoogwater te beschermen. De opzichters tastten nu sprokkelhout op onder de vloer en staken de stapel aan met een toorts. In een oogwenk stond het oude huis in lichterlaaie.

Voor de ramen op de bovenverdieping verschenen zwarte gezichten. Een vrouw hield een baby in de hoogte en begon te gillen. Leightons vader schoot het kind in de borst. Een oude man werkte zich door een dakraam naar buiten en hield zijn handen omhoog. Hij ging op zijn hurken op het schuine dak zitten en wachtte een bevel af van de mannen beneden, maar zij keken alleen maar rustig toe. De oude man schuifelde gehurkt naar de rand, maar voordat hij zich had kunnen oprichten en in het niets stappen, schoot Percy Stancill hem neer.

Een paar anderen sprongen wel naar beneden en probeerden weg te rennen of weg te kruipen in het struikgewas, maar de opzichters sneden hun de pas af. De vrouw wier baby was doodgeschoten sprong op het laatst naar beneden; haar rok stond al in brand. Toen ze overeind kwam, stak er een stuk wit bot uit haar been. Met haar bovenlip opgetrokken, zodat haar tanden bloot kwamen, hompelde ze over het erf in de richting van Sam Payne. Ze gromde.

Leightons vader wendde zich tot Newcomb Teague. 'Is dat d'r niet eentje van jou?'

'Ja,' zei Teague op verontschuldigende toon. Hij trok zijn pistool en schoot haar neer.

Ze zouden er nooit achterkomen hoeveel er in de vlammen waren omgekomen, maar op het erf telden ze dertien lijken. Dit was nou zoiets wat je een paradox noemde, zei zijn vader: je moest er een paar afdanken om de rest te houden; en die rest, voegde hij eraan toe, zou de volgende ochtend weer op het land verschijnen.

Hij stond vlak naast het lijk van de oude man die op zijn hurken op het dak had gezeten. 'Tel die twee daarginds op die open plek op bij deze hier,' zei hij, 'dan kom je uit op vijftien. En vijftien is niks anders dan drie nikkers keer vijf.'

Die twee daarginds op die open plek.

Toen Newcomb Teague had geprobeerd Sellers mee te sleuren, had die zich overeind gewerkt en hij was op Teagues paard afgestormd en had hem eraf geduwd. Waarschijnlijk was hij nog verdergegaan als Percy Stancill zijn geweer niet had geschouderd en hem in het been had geschoten.

Nu kon hij hun alleen nog in het gezicht spuwen: eerst zijn vader en toen Percy Stancill. Percy spuugde terug, maar zijn vader bleef rustig staan terwijl het speeksel van zijn kin droop.

Intussen hadden ze Sellers aan de stam van een bitternoot gebonden. Zo met een touw om zich heen zag hij er niet langer erg indrukwekkend uit. Het kon niet anders of zijn been deed hem enorm pijn, en hij had veel bloed verloren. Zweet parelde op zijn voorhoofd.

'Hoe luidt je echte naam?' vroeg Sam Payne.

'Immanuel Kant.'

'Rare naam voor een nikker.'

Sellers keek even naar oude Bessie, die zwaar neergekwakt op de grond lag. Het meisje en zij waren nu nog de enigen. Zij was een paar keer op hem afgestormd, net als Sellers op Teague, maar hij had haar tot drie keer toe afgeweerd en van de sokken geslagen, en op het laatst was ze blijven liggen.

Het meisje stond doodstil. Ze keek.

'Eens komt de dag,' zei Sellers.

'Tegen die tijd,' zei Sam Payne, 'lig jij al lang onder de grond. En ik ook. Degenen die er dan nog over zijn, moeten maar proberen d'r achter te komen wat hier is gebeurd. Maar op dit ogenblik is het erop of eronder: jullie of wij. Tussen de heuvels en de rivier is er niet genoeg levensruimte voor ons allebei.'

Voor het eerst sinds hij Sellers en diens volgelingen in het oog had gekregen, keek Sam Payne nu om naar zijn zoons. Tandy was van Percy's paard gesprongen en zat in elkaar gedoken achter de boomstam waar Markham overheen was gevlogen. Leighton zat nog op zijn paard. Precies op de plaats waar het dier al die tijd was blijven staan.

'Zoon,' zei zijn vader, 'kom eraf.'

Zijn voeten leken wel aan de stijgbeugels vastgeplakt, hij kreeg ze er haast niet uit. Toen ze met de grond in aanraking kwamen, voer er een schok door hem heen.

Zijn vader stak een hand in zijn zak en haalde er iets uit; het fonkelde op in een straal zonlicht. Hij wierp het Leighton toe, die een scheermes met een benen heft in zijn hand vond toen hij omlaag keek.

'Weet je wat ik van plan ben daarmee te doen?' vroeg zijn vader.

Het scheermes voelde licht aan, gewichtloos haast. Hij kon er zijn blik niet van losmaken.

'Ik vroeg of je weet wat ik daarmee van plan ben.'

Zelf hoorde hij geen klank over zijn lippen komen, het woord 'ja' drong helemaal niet tot hem door. Maar blijkbaar had hij het uitgesproken.

Want zijn vader zei: 'Goed, breng het me dan, zodat ik dat kan doen.' En toen nog eens: 'Ik zei, breng me dat ding.'

Vier stappen. Het verschil in afstand tussen *A* en *Z* en *C* en *X*, de ene voet bewoog zich naar voren, de andere sleepte zich er achteraan.

Eén enkele hand die omhoogkwam. Zijn vaders vlees en bloed. Zijn vlees en bloed.

'Tot ziens dan,' zei Sam Payne, 'doctor Immanuel Sellers Kant.'

Henry Meadows zat tegenover de burgemeester voor diens bureau en verbaasde zich over het afgemeten air waarmee die deze gruwelijke geschiedenis vertelde, zonder ook maar iets te verraden van de gevoelens die er toen door hem heen waren gegaan – maar misschien had hij er wel niets bij gevoeld. Als een dergelijke onbewogen houding in het aangezicht van de waanzin een vereiste was om je man te mogen noemen, dan zou Henry Wheeler Meadow het nooit zover brengen. Niet dat hij dat graag wilde.

'U gaf hem dat scheermes terug terwijl u wist wat hij ermee ging doen?'

De burgemeester keek neer op zijn eigen handen, die gevouwen op zijn bureau lagen. Ze zagen eruit als de handen van een man die in gebed verzonken was. Er vielen Meadows een paar inktvlekken aan op.

'Ik geloof het wel, ja,' zei de burgemeester.

'U gelóóft dat wel?'

'Er zijn dagen dat het er niet bij me in wil dat dat ooit is gebeurd. Maar op andere dagen weet ik heel goed dat het is gebeurd.'

'Maar waarom toch?'

De burgemeester bleef zijn handen bestuderen. 'Waarom zitten die mannen in dat steegje klaar om iemand te verminken en aan mootjes te hakken? Dat is toch de reden waarom u hier naar mijn bureau bent gekomen, hè? U was bang dat die mannen weleens wraak konden gaan nemen op de gekleurde gemeenschap. Nu, gelooft u mij, dat zullen ze met het meest meedogenloze genoegen doen ook, zodra de gelegenheid zich voordoet.'

'Maar die mannen zijn toch anders dan u. Dat is het schuim van de natie. U bent iemand die leest. U zei dat u ook als kind al las. Uw planken daar staan vol boeken!' Meadows stond op en liep naar de gepolitoerde boekenkast. Met zijn vinger tikte hij de ruggen aan. 'Dickens. Tolstoj. Toergenjev. *Walt Whitman.*' Door een waas van tranen nam hij de burgemeester op. '*Walt Whitman*! Mijn God, mijnheer. Heer in de hemel.'

De burgemeester zat met gebogen hoofd. 'Zoals die vrouw toen zei: God was er niet, daar op de Deadening.'

'Dus omdat Hij daar niet was, leeft u gewoon verder alsof dat alles nooit is gebeurd?'

De burgemeester stond op. Plotseling was het heel vol in het vertrek.

Meadows keek toe hoe de ander naar de potkachel liep, de koffiepot pakte en die even heen en weer schudde om te controleren of er nog iets in zat. Hij schonk zich een kop in, maar dacht toen weer aan zijn manieren. Hij hield de kop in Meadows richting, maar die kon alleen zijn hoofd schudden.

'Wat wij hier doen, dat zou ik niet met het woord "leven" willen aanduiden,' zei de burgemeester.

Whitehill

Wanneer iemand hem in later jaren vroeg waarom hij had besloten in de politiek te gaan, kwam Tandy met uiteenlopende verklaringen op de proppen voor zijn metamorfose van speler in gokholen tot overheidsambtenaar, en geen daarvan was waar. Het was een vraag die de mensen hem begonnen te stellen in de oorlogsjaren, toen hij in een spannende strijd om een zetel in het Huis van Afgevaardigden verwikkeld was – een zetel die hij uiteindelijk had moeten overlaten aan een rivaal die hem als opportunist en voorstander van het isolationisme had gebrandmerkt – en de waarheid zou niet hebben gestrookt met de geest van die tijd. Met die van geen enkele tijd trouwens.

Dat besluit was gevallen – dat meende hij althans – op de ochtend dat hij een voerman had ingehuurd om de post te vervoeren tussen Garrison en Loring, een afstand van twintig kilometer. Want op die ochtend had hij voor het eerst twee algemene waarheden begrepen die hem tot dan toe steeds waren ontgaan.

Ten eerste: dat mensen zich gemakkelijk laten manipuleren met behulp van het juiste stel symbolen. Jarenlang had hij bij het zien van een aas – toch welbeschouwd niets anders dan een rood of zwart kriebeltje op een witte achtergrond – een gevoel gekregen dat er geweldige mogelijkheden opdoemden. En dat terwijl die vorm zelf, of die kleur, geen enkele betekenis had. Hij was erop afgericht om op een bepaalde manier op dat tekentje te reageren; en hij bewoog zich in kringen waar andere mannen op precies diezelfde manier reageerden. En zodra hij zijn hand naar zich toedraaide en een aas, een dame, een boer en een tien van dezelfde kleur in het oog kreeg, bespeurde hij steevast maar één ding: een jubelstemming.

Ten tweede: dat het geluk veel gemakkelijker voor het grijpen lag dan de meeste mensen dachten. Het probleem was dat wanneer het geluk opeens je leven kwam binnenrollen, je het wel als zodanig moest herkennen en er al je kaarten op moest zetten, want anders zou het moeten wachten tot er zich een betere dag aandiende. En voor de meeste mensen bleef zo'n betere dag voorgoed uit.

Zijn dag diende zich aan op een regenachtige ochtend in het begin van december 1902. Hij diende zich aan in de gedaante van een oude man met een lapje voor zijn ene oog, een wilde bos wit haar en een lange witte baard, die naar lichamelijke processen rook waar niet vaak genoeg paal en perk aan werd gesteld. Wanneer hij opstond van een stoel, was je eerste impuls een lucifer van je af te gooien om die lucht te verdrijven.

Rosa had hem niet binnen willen laten, maar hij zei dat hij had gehoord dat Tandy een vervoermiddel nodig had, met iemand erbij die dat kon besturen, en hij was niet van plan te vertrekken voordat hij Tandy had gesproken. Hij zat op een omgekeerde melkflessenkrat onder aan de trap, zo dicht bij de houtkachel dat Tandy's reukvermogen met enig onbehagen op hem reageerde.

'Ik?' zei de oude man, 'ik ben niet bang voor die Yankees, hoor. 't Zijn maar doodgewone mensen, alleen met rare manieren. Ik heb nog altijd een wond aan m'n buik van zo'n kogel van ze, waar vocht uitkomt. Die kwam van dezelfde kant als de kogel die korte metten heeft gemaakt met Albert Sidney Johnston, nog geen vijftien seconden daarna.

'Ben je daar geweest?' vroeg Tandy. 'Bij Shiloh?'

'Ik was het eerst bij de generaal. Hij kijkt me aan en hij knarst met z'n tanden, maar hij zegt tegen me, "Soldaat," zegt hij, "jij bent er nog heel wat erger aan toe dan ik," maar je zag wel dat zijn denkvermogen een klapje had opgelopen. We hadden die slag vast en zeker gewonnen als we hem niet hadden verloren. Wij waren toen woester dan zij, maar later zijn zij woester geworden.'

'Waarom wil je dat baantje eigenlijk?'

De oude man haalde piepend adem en barstte in lachen uit. 'Om wat van dat geld in handen te krijgen dat jij hebt opgehaald. Kijk, jongen, straks ga ik dood, ik voel dat ergens diep in m'n binnenste al aankomen, en voordat ouwe Hein me komt halen, wil ik nog een paar keer lekker rollebollen. Maar ik heb zo m'n principes. Ik zou er niet over peinzen een vrouw te vragen om het met zo'n straatarme en sjofele vent als ik te doen, tenzij ik haar er fiks voor betaalde. Eerlijk is eerlijk, voor wat hoort wat.'

Hij vertelde Tandy dat hij een sterk span schimmels had en een levensmiddelenwagen die hij met alle plezier wilde laten zien als Tandy daar oren naar had. Tandy was eigenlijk alleen van plan geweest om hem vlug te lozen; maar in plaats van een oude man begon hij een aas voor zich te zien, en daarom volgde hij hem naar buiten.

De paarden hadden een groezelig witte kleur, net zoiets als de baard van de oude man. De wagen, eentje met een zeildoeken huif, was ook wit en aan de zijkant stond het opschrift BESTELDIENST WHITEHILL.

Een veteraan die aan de kant van de Confederatie had gevochten en de stervende generaal Johnston had bijgestaan, een man die zelf had geleden en bloed vergoten. Hezekiah Whitehill, tot uw dienst. Zo'n ongelooflijke buitenkans had hij nog nooit op een presenteerblaadje gekregen.

'Mijnheer Whitehill,' vroeg Tandy, 'hoe denk je over nikkers?'

'Over nikkers?' zei de oude man. 'Als ik helemaal alleen ben, jongen, dan heb ik geen moeite met ze, maar wie is daar nou op gebrand, hè, altijd maar alleen te zijn? De mens is een gezelligheidsdier, maar dat zijn die twee paarden ook. Verschil is alleen dat een paard niemand kan haten. Maar ik wel hoor – als je me d'r voor betaalt.'

'Kun je ook een bad nemen?'

'Als d'r een goeie reden voor is. Jezus, dan kan ik wel tien keer per dag gaan liggen weken.'

'Misschien dat dat in het begin ook wel nodig is,' zei Tandy.

In het begin was er niet veel post, omdat alles nog werd verstuurd naar het privé-adres van de mensen en in Greenville door de spoorwegmaatschappij werd vastgehouden.

Maar halverwege de maand, nog net op tijd voor de kerstdrukte, had men zijn vrienden en verwanten over de toestand bericht. Pakjes en brieven en kaarten arriveerden massaal op het postbusadres dat Tandy in Garrison had gehuurd.

Whitehill haalde er 's maandags, 's woensdags en vrijdags de post op en dinsdags, donderdags en 's zaterdags bracht hij die erheen. Tandy deelde de post uit in Loring. Hij hield als het ware hof in de lobby van hotel Loring, waar hij van tien uur 's morgens tot vier uur 's middags brieven uitreikte en in ontvangst nam. Garton Shanks, de hoteleigenaar, voorzag hem van koffie en pannenkoekjes, en tegen het eind van de middag van whisky en warme, gekruide rum.

Whitehill – pas gewassen en keurig opgeknapt, met een nieuw wollen pak en een lange overjas in het grijs van de Geconfedereerden en een .44 colt op zijn heup om eventuele duistere plannen te verijdelen – kwam daar vaak bij hem zitten en onthaalde de stadsbewoners dan op verhalen over verloren en gewonnen gevechten, over terugtochten onder een regen van kanonskogels en geforceerde marsen bij het krieken van de ochtend. In werkelijkheid had hij, nadat hij bij Shiloh gewond was geraakt, de rest van de oorlog gedaan wat hij nu deed – met een bestelwagen rondrijden – maar hij had al heel lang genoeg van de blote feiten. Tandy hoorde hem zich laten optreden in Vicksburg en Gettysburg op een en dezelfde dag in 1863. Bij Peachtree Creek, vertelde hij Catchings Stark, had hij William T. Sherman op de korrel genomen, maar die keer had hij te hoog gemikt – hij had die ellendeling enkel de baret van het hoofd geschoten. Hij was, voor zover hij wist, de enige die onder Torrent én Stuart had gediend.

Naarmate Kerstmis dichterbij kwam, steeg Whitehill in rang, totdat hij het op drieëntwintig december ten slotte tot kapitein bracht en in die rang tijdens het terugtrekken uit de loopgraven in Petersburg onder generaal John C. Pemberton had gediend. Pemberton was niet in Petersburg geweest en in die tijd was hij ook geen generaal meer, maar toen Tandy hem daarop wees, reageerde Whitehill gekrenkt.

'Wat doet dat er nou toe,' zei hij. 'John C. Pemberton was er beslist geweest als hij had gekund. Bovendien vroeg je om een gedenkwaardige indruk die ik had opgedaan.'

'Jawel, maar je moet 't niet overdrijven,' zei Tandy. 'Voor kapitein spelen is goed en wel, zolang je maar niet vergeet dat je enkel maar mijn manusje-van-alles bent.'

Hij had zich geen zorgen hoeven maken. Hij en Whitehill deden goede zaken. En ze poseerden voor prachtige foto's. Ze verschenen samen op de voorpagina van de *Tribune* in Chicago. In een druilerig regentje zit Whitehill met de leidsels in zijn hand terwijl het water van de rand van zijn hoed druppelt, en Tandy staat naast de wagen met een sigaar tussen zijn tanden en een postzak in zijn armen. Het onderschrift luidt: *Blanken uit Loring zijn TR te slim af.*

Tandy plakte de foto's overal in de stad aan. Zijn broer liep achter hem aan en haalde ze weg.

Volgens het woordenboek dat iemand hier open op de schrijftafel heeft laten liggen, valt een kakkerlak onder een orde van nachtinsecten, blattidae genaamd, van wie er toevallig heel wat beschouwd worden als ongedierte. ik hoor dus toevallig wel tot een heel andere categorie dan u die deze regels leest.

ik leef van kliekjes, van alle mogelijke restanten, van troep waarvan je de verschillende benamingen niet kunt afdrukken in een krant als deze. ik doe mijn maal met wat er overschiet, om het maar eens fraai te zeggen. ik voed me met zaken die in het verleden vers zijn geweest – nog zo'n nette manier.

terry zegt dat er een groot verschil bestaat tussen hem en u. ik scharrel 's nachts rond met mijn buik laag bij de grond, op zoek naar stinkend spul. voor de fraaiere zaken in het leven kan ik geen waardering opbrengen.

nu kerstmis naderbij komt, hoop ik dat u zich allemaal eens een ogenblik wilt afvragen wat die fraaiere dingen zijn.

is het fraaier om in alles je eigen zin te doen, ook al houdt dat in dat je een ander de dingen afpakt waar die het meest aan gehecht is.

is het fraaier om vooruitstrevend te werk te gaan of is het beter om terug te zakken in tijden waarover niemand wil praten, toen er dingen zijn gebeurd waarvan niemand nog iets wil weten.

is het beter om samen te leven met mensen die anders zijn, of is het beter om op hun rug te dansen en ze te vermorzelen, alsof ze ongedierte zijn van de orde der blattidae.

mensen, terry zegt dat terry maar een kakkerlak is en dat hij daarom ongetwijfeld niet beter verdient dan uw laars op zijn rug. stamp hem maar tot moes in de modder van uw prachtige straten.

maar als mensen niks verkeerds doen behalve dat ze op twee benen rondlopen, laat ze dan toch in GODSNAAM *met rust.*

Vreemd dat uiteindelijk juffrouw Bessie de doorslag had gegeven; iemand die in het verleden immers zo vaak haar best had gedaan om aan haar eind te komen. Maar toch was het zo. Uiteindelijk hadden juffrouw Bessie en Blueford de doorslag gegeven.

Of, zoals Seaborn het formuleerde, vroeger tijden op de Deadening.

Op kerstavond zei hij dat, toen hij voor een open haard stond waarin geen vuur brandde. De man bij wie ze hun hout kochten, beweerde dat hij er helemaal doorheen was. De kolenhandel zei dat ze hopeloos achterop waren met de bezorging.

Allebei hadden ze zich warm ingepakt. Seaborn droeg een bontjas met daaronder een dikke broek en een vest. Hij had die nacht met zijn jas aan geslapen. Zij had ook haar jas aangehouden.

'Noord-Carolina,' zei Seaborn. 'Ergens in de buurt van Raleigh. In de Piedmont. Dat zou een goeie streek zijn om te gaan wonen. Dominee Williams, weet je nog wel, is daar ook heen getrokken toen hij bij Cold River wegging. Je hebt een prima hogeschool voor negers in die stad. Het zakenleven in negerkringen begint zijn vleugels uit te slaan. We zouden daar precies op onze plaats zijn.'

'Net zoals we hier op onze plaats zijn?'

‘Wat zich hier heeft voorgedaan,’ zei Seaborn en zijn adem vormde wolkjes in de koude lucht, ‘is een onfortuinlijke combinatie van verscheidene negatieve verschijnselen die kenmerkend zijn voor deze stad.’ Hij hief zijn hand op met de bedoeling de genoemde verschijnselen een voor een op zijn vingers af te tellen, maar besefte toen dat hij wanten aan had. Hij stopte zijn hand weer in zijn zak. ‘Ten eerste: er is hier geen echte blanke adel. Ze denken wel graag van zichzelf dat ze van adel zijn, maar dat slaat nergens op. Het zijn lompe vlegels, slecht opgevoed. Heel wat van hun voorouders komen uit Georgia. In de Piedmont heb je een ander slag blanken. Ten tweede: het land zelf is hier hardvochtig. Allemaal drassig gebied waarin het wemelt van de gifslangen. Het *landschap* roept al die hardvochtige eigenschappen wakker bij de mensen die hier wonen. Ten derde: de negerbevolking. Er zitten hier te veel voormalige slaven en zoons en dochters van voormalige slaven. Je zou een meer gemengd publiek moeten hebben. In Noord-Carolina zaten altijd al veel meer vrije negers. Vandaar dat de leden van ons ras zich daarginds veel beter zelfstandig kunnen redden. Er is daar minder werk, maar merkwaardig genoeg valt er toch meer tot stand te brengen. Ik heb contact gehad met dominee Williams en hij verzekert me dat dat zo is.’

‘Hoe heb je dan contact gekregen met dominee Williams?’

‘Ik heb een ritje naar Greenville gemaakt en hem vandaar een brief gestuurd. Hij heeft me teruggeschreven. Jij en ik zouden overmorgen kunnen vertrekken. We kunnen een tijdje bij hem logeren en dan later hier onze zaken afhandelen.’

Hij trok zijn wanten uit, legde ze op de schoorsteenmantel en haalde een envelop uit zijn zak. Hij nam de brief eruit en vouwde die al open toen Loda zei: ‘Laat maar.’

‘Laat maar? Wat bedoel je dáár nu mee?’

‘Wij gaan hier niet weg. Ik tenminste niet.’

Ze vertelde hem dat ze het meisje betaalde om voor juffrouw Bessie te zorgen, dat zij haar bijna elke dag opzocht, soms haar was deed en ook bij haar schoonmaakte. Toen haar moeder was gestorven, zei ze, was juffrouw Bessie naar Sam Payne gestapt en had ze hem eraan herinnerd dat hij haar iets had beloofd. ‘Als jij die belofte niet houdt,’ had juffrouw Bessie gezegd, ‘dan zal ze je nooit meer met rust laten, ook al zit ze in de hel.’ Hij was zijn belofte nagekomen, maar juffrouw Bessie was voor haar moeite beloond met een gebroken kaak.

Seaborn luisterde met de brief in zijn hand. Toen ze uitgepraat was, zei hij: ‘Vroeger tijden op de Deadening. Goeie God, kunnen we daar dan nooit aan ontsnappen?’

‘Jij misschien. Ik niet.’

Hij zuchtte. ‘Hoe luidde die belofte?’

‘Dat hij ervoor zou zorgen dat ik een opleiding kreeg.’

‘Zo, dus daar kwam het geld vandaan.’

‘Ik dacht dat je dat wel wist.’

‘Hoe kon ik dat nu weten,’ zei hij, ‘als me dat nooit was verteld?’

Die vraag bevestigde iets wat zij al heel lang geloofde: dat hij en anderen zoals hij de anti-intuïtieve houding tot de staatsgodsdienst van de negers hadden verheven. Want of de feiten die hun ogen en hun hart hun vertelden klopten in de verste verte niet, of er was geen reden om te geloven dat er eens betere tijden zouden aanbreken. Daarom hielden ze hun ogen stijfdicht. En als ze konden, lieten ze hun hart verkillen.

‘Wat weet je nog meer niet?’ vroeg ze.

Hij bleef voor de lege schouw staan en keek met een verbijsterde uitdrukking op zijn gezicht naar de kerstboom in de hoek. Hij had de boom bij Rosenthal gekocht en hem in een groot stuk jute gewikkeld naar huis meegenomen. Ze hadden hem niet versierd, want wanneer men vanaf de straat brandende kaarsjes of bontgekleurde ballen zou zien, zou men dat misschien protserig vinden.

'Wat weet je nog meer niet?' herhaalde ze. 'Laten we dan alles nu in één keer zeggen, Seaborn.'

'Er is niets meer te zeggen,' zei hij. Hij deed de brief in de envelop en stak die weer in zijn zak.

Cadeautjes.

Hij had ze altijd met plezier gegeven, ook al slaagde hij er zelden in iets voor Sarah en Will te kopen wat ze verwachtten of graag wilden hebben. Nooit kwam het bij hem op hen te vragen wat ze wilden hebben, een feit waar Sarah hem pas vele jaren later op wees: op de dag dat hij voorgoed het huis verliet. Die dag zou de laatste zijn van een lange reeks dagen waarop ze ieder de ravage vaststelden die de ander had aangericht in hun huwelijk.

De cadeautjes die ze die kerstochtend in 1902 gaven en kregen zouden later een speciale betekenis voor haar krijgen; voor hem trouwens ook. Geen van beiden zouden ze ooit vergeten wat er die ochtend onder de boom lag, en al zouden ze er nooit achterkomen of Will ze zich al of niet herinnerde – want bij wijze van hoge uitzondering waren ze het erover eens geworden dat ze nooit op die ene kerstdag zouden terugkomen waar hij bij was – Leighton bleef er altijd van uitgaan dat die cadeautjes ook zijn zoon levendig voor de geest waren blijven staan, en dat die tijd voor hen alledrie tot een ingedikt geheel was geworden.

Het zadel dat hij voor Will had gekocht kostte vijfendertig dollar. Het had een dikke achterboom, met wol gevoerde zweetbladen, een singel met angorahaar, leren singelstoten en stijgbeugelriemen en de flexibele ijzeren stijgbeugels van de firma Baxter. Wills opwinding over het zadel hield lang genoeg aan om ermee naar de stal van oom Billy te gaan en het op de merrie van Leighton te leggen en een eindje rond te rijden, zodat zijn vriendjes het konden zien en hem bewonderen. Maar het zou niet lang meer duren of Leighton zou zijn zoon in een Buick met veel chroom en zonder deuren en dak door de stad zien rijden, in de eerste auto die de straten van Loring, Mississippi bezoedelde, en vanaf dat ogenblik zou Will niet vaak meer te paard worden gesignaleerd.

Voor Sarah had hij de Weergaloze Grote Fonograaf van het merk Empire gekocht. Naar verluidde was het het apparaat met het grootste stemvolume dat ooit was geproduceerd; er hoorden twaalf wasrollen bij met opnamen van aria's, en waarschijnlijk had het apparaat het geweldig gedaan in een operatheater. Duizenden keren luisterde zij naar die opnamen. Naarmate de jaren verstreken en ze steeds minder om slaap begon te geven, en nog minder om wat wel of niet kon, begon ze er ook midden in de nacht naar te luisteren. Voor hem kocht zij een stereoscoop – kennelijk op grond van de redenering dat hij het, als burgemeester en als hoofdredacteur van de krant, als zijn plicht diende te beschouwen het publiek kennis bij te brengen. Er hoorde een groot wit scherm bij het apparaat en verder een heel aantal series diapositieven met ingebonden aantekeningen erbij. Hij had lezingen kunnen geven over 'De Boerenoorlog', 'Het leven van Christus op aarde', 'Een dag op de veemarkt van Chicago', 'De pan-Amerikaanse tentoonstelling' of 'De moord op president McKinley'. En toen hij die ochtend naast de boom zat en met zijn vinger over zijn naam gleed die in de glanzende houten kist was gesneden, overwoog hij heel even of hij dat zou doen: een bijeenkomst voor de inwoners van de stad beleggen, het scherm voor in de zaal opstellen en aan zijn lezing beginnen. 'Dit is Jezus,' zou hij zeggen, 'of deszelfs gesneden beeld.'

Maar zulke lezingen zouden er nooit van komen. De stereoscoop en de plaatjes en de aantekeningen zouden in hun kistjes blijven zitten: eerst een paar jaar weggestopt in een grote kast op de bovenverdieping en daarna in de schuur in de achtertuin. En tijdens de overstroming van '27 zouden ze ten slotte verdwijnen, meegespoeld door het water of meegejat door een plunderaar – dat zou hij nooit te weten komen. Maar het zou hem ook nooit iets kunnen schelen.

Hij zou zelfs nooit meer een bijeenkomst van zijn medeburgers beleggen, al wist hij dat die ochtend nog niet. Toen de eerstvolgende bijeenkomst plaatshad, was die niet van tevoren belegd. Die diende zich gewoon vanzelf aan, als was hij verordineerd door een lichaam met meer gezag dan de gemeente, en later zou die bijeenkomst zelf het onderwerp worden van enkele lezingen, waarna hij stilaan uit het collectieve geheugen zou wegzakken en in de duistere krochten blijven hangen waar persoonlijke grieven worden gekoesterd.

Nog meer dan een halve eeuw blijven ze zo zitten in zijn overpeinzingen. Sarah in haar kamerjas bij het raam, met haar lange, slanke vingers op haar knieën. Will in het zadel, met zijn benen aan weerskanten op de vloer. De hoge ceder met zijn lucht van warm kaarsvet. Door het raam ziet hij de grijze ochtend. Er is regen op komst, weet hij. Wat hij niet kan voorzien, is dat de regen al gauw nadat hij om een uur of één is beginnen te vallen, in natte sneeuw zal overgaan en dat alle takken van de bomen, de stoepen en straten tegen de avond met een laagje ijs overdekt zullen zijn. Buizen zullen bevriezen en springen, stroomleidingen en telefoondraden zullen omlaagkomen; in het centrum van de stad, vlak voor manufacturenzaak Tucker, zal iemand een straathondje vinden dat in een keiharde bal van bont is veranderd.

Maar dat alles gebeurde pas later en het bleef niet langer dan een dag interessant en exotisch, want op de avond van de zesentwintigste begon er een dikke sneeuwbrij te vallen en de ochtend daarop werden ze wakker in een witte en donzige wereld. Kinderen die nog nooit sneeuw hadden gezien waadden er tot aan hun ellebogen in rond, kneedden sneeuwballen en zeepten elkaar in, en Rosenthal deed goede zaken met verzinkte matten die als sleetje konden worden gebruikt.

Maar nu is het Kerstmis. Will staat op, pakt het zware zadel bij de knop en sleept het naar de deur. 'Mogen we ermee naar oom Billy,' vraagt hij, 'en het dan op Gracie leggen?'

Leighton ziet zichzelf opstaan. 'Jazeker,' antwoordt de man die hij tot dan toe is geweest. 'Wacht, dan pak ik even mijn jas.'

In de foyer van hotel Loring lag Tandy lui onderuit met zijn laarzen vlak voor het vuur. Die waren nu droog, alle sneeuw was eraf gesmolten en op de haardplaat gedropen.

Garton Shanks gaf hem nog een kop koffie. 'Nog steeds geen post?'

Tandy haalde zijn zakhorloge te voorschijn en keek erop: halftwee en nog geen spoor van Whitehill. 'Nee, nog niet.' Hij rekte zich uit. Hij voelde zich zielstevreden. Een groep planters had geld ingezameld voor een fikse kerstbonus. 'Een kleinigheidje om onze dankbaarheid te laten blijken,' had Catchings gezegd. 'Omdat je zoveel voor ons hebt gedaan.'

'Ouwe Whitehill is waarschijnlijk opgehouden door de sneeuw,' zei hij tegen Garton. 'Het is buiten één grote chaos, de mensen glijden en glibberen alle kanten op als een stel dronken bavianen. Gisteren liep ik in de stad toen het net was opgehouden met sneeuwen, en daar zie ik juffrouw Lavinia voorbijkomen in haar rijtuigje met die idioot van een Scheider op de bok. Opeens krijgt ze iets in het oog in de etalage van Rosenthal. Ze geeft die ouwe nikker opdracht om te stoppen, maar als hij dat probeert te doen, gaan allebei de paarden onderuit, en juffrouw Lavinia en die nikker vliegen met een boog de sneeuw in. Als ze uit een grote hoop weer te voorschijn komt, ziet ze eruit of iemand haar in een vat meel heeft geduwd. Nikker probeert haar af te kloppen, maar zij rukt zich die hoed met rouwband van het hoofd die ze altijd draagt en begint hem om de oren te ranselen. Wel vijf of tien minuten blijft ze zo staan meppen, ze zegt er niks bij en de sneeuw stuift in het rond.'

'Ouwe Scheider mag dan een idioot zijn,' zei Garton Shanks, ''t is geen kwaaie nikker. Ik vind niet dat hij onze juffrouw Lavinia verdiend heeft.'

'Eigenlijk is d'r geen man, geen nikker en geen blanke, die zoiets vreselijks heeft uitgehaald dat hij haar verdient.'

Garton keek uit het raam. 'Ik benijd Whitehill niet,' zei hij. 'Voor zo'n ouwe man als hij kan het niet meevallen om op zo'n dag rond te rijden. Hij is zo'n beetje van de leeftijd van mijn vader. Ik zou het verschrikkelijk vinden als die er in dit soort weer op uit moest.'

'Och, kom. Die ouwe Whitehill is een taaie rakker, nog sterker dan jij en ik en je vader bij elkaar. Weet je dat die ouwe kerel nog onder Forrest bij de cavalerie heeft gezeten?'

'Ja, weet ik. Laatst vertelde hij me hoe ze zich bij Pea Ridge van achteren op de Yankees hadden gestort. Ze hebben er toen wel een stuk of honderd naar de andere wereld geholpen. Er was ook een jochie bij van hooguit dertien, veertien, dat Whitehill vanuit de loopgraaf op z'n knieën smeekte hem niet dood te schieten, hij haalde er zelfs de engelen in de hemel bij om meer indruk te maken. Whitehill zei dat hij zich nog altijd de stad herinnert waar dat jongetje beweerde dat hij vandaan kwam. Ardena, Indiana. Maar ja, Forrest was niet het type dat krijgsgevangenen meesleepte, dus wat kon Whitehill, hij moest die stakker wel een blauwe boon door het hoofd jagen.'

'Wij hebben in ons leven ook heel wat meegemaakt, hè. Maar zoiets heeft Onze Lieve Heer ons in Zijn wijsheid tenminste bespaard.'

'Ja, en daar ben ik geweldig dankbaar voor.' Garton schudde zijn hoofd. 'Wel gek, anders,' zei hij. 'Voor Kerstmis krijg ik van m'n vrouw *De oorlog tussen de staten, gezien door de ogen van een zuiderling,* en gisteren kijk ik dat eens door, maar nergens staat vermeld dat Forrest ooit in de buurt van Pea Ridge is geweest.'

'Ach Garton,' zei Tandy, 'je hebt de geschiedenis – en dan heb je nog zoiets als de géést van een bepaalde tijd. Als ik jou was, dan zou ik vertrouwen stellen in Whitehill.'

Hij had zelf al zijn kaarten op Whitehill gezet, en Whitehill had hem nog nooit teleurgesteld. Maar toen het drie uur werd, begon hij zich zorgen te maken. Een paar keer waren er mensen langsgekomen om te kijken of de post er al was en een paar daarvan waren ongeduldig geweest. En het allerergste was nog dat Henry Meadows twee keer door de foyer was gekomen; de tweede keer had hij zelfs het lef gehad fronsend naar Tandy te kijken, die op dat ogenblik aan juffrouw Lena Grider had proberen uit te leggen dat Whitehill er nog steeds niet was.

Tandy wachtte tot de oude dame was weggegaan, hoofdschuddend en iets mompelend over 'incompetentie', toen stond hij op en liep naar de balie. Daar stond Garton; hij stak net een kamersleutel in een van de gleuven. Tandy zei: 'Ik begin me eigenlijk een beetje zorgen te maken.'

'Over Whitehill?'

'Ja. Anders is hij altijd zo betrouwbaar als het maar kan. Denk je dat hij misschien een probleem heeft met een van die knollen?'

'Zou kunnen. Of misschien leveren ze geen post meer af in Garrison. Ouwe Teddy is geen type dat zich een, twee, drie laat verslaan.'

Dat laatste was een mogelijkheid waar Tandy zijn gedachten al eens over had laten gaan. Met de beheerder van het postkantoor in Garrison had hij afgesproken dat alle post voor de inwoners van Loring doorgestuurd zou worden naar de heer T.A. Payne, postbus 34, met de naam van de eigenlijke geadresseerde met potlood in blokletters op de klep geschreven. Daar was niets clandestiens aan, maar dat nam niet weg dat de federale regering nog altijd kon doen, of proberen te doen, wat ze maar in haar verdomde hoofd kreeg. En vervolgens bedacht hij dat het niet per se een ramp hoefde te zijn als de post werd onderschept. Hij zag zichzelf al voor een boze menigte in het gemeentehuis staan en iedereen verketteren die het levenslicht had gezien ten noorden van de Potomac. Hij had nog geen idee waar dit alles toe zou leiden, maar hij zag al een stralend verschiet.

'Ik denk dat ik maar naar Garrison rij, kijken of Whitehill soms een of ander probleem heeft gehad,' zei hij. 'Als er ijzel ligt, dan wordt een paard weleens kreupel.'

Met zijn ellebogen op het hotelregister boog Garton zich naar hem over. 'Pas maar op dat je niet door het donker wordt overvallen, anders kom jij straks nog kreupel aanzetten. Of in een nog ergere toestand.'

'Dan maar kreupel,' zei Tandy. 'De mensen rekenen op mij en Whitehill, hè. Desnoods loop ik over een laag gloeiende kolen en spijkers via Pennsylvania Avenue naar Teddy, sleur hem uit zijn nest en dwing hem verdomme om onze postzegels te likken.'

Dat vond Garton blijkbaar mooi gezegd. Hij pakte een potlood en begon die uitspraak vlug te noteren.

Ten westen van de stad leken de velden net witte lakens, met hier en daar een kussen eronder waar de sneeuw was opgewaaid. Toen hij over de houten brug over Choctaw Creek reed, keek Tandy omlaag en zag een kalf liggen dat blijkbaar in de kreek verzeild was geraakt en een poot had gebroken; het beest was in het ijs vastgevroren, met alleen de kop en de schouders er nog bovenuit, en in de wijdopen ogen lag een slaperige uitdrukking.

Aan de dakranden van de paar huizen waar hij langs kwam, hingen ijspegels; uit de schoorstenen kwamen grote wolken rook. De mensen hadden dekkleden voor hun ramen gehangen om de wind enigszins te keren; ook de kleden waren met ijs bedekt. Zelfs mensen die anders nooit hun honden in huis lieten, hadden ze nu binnengehaald om te voorkomen dat ze doodvroren.

Het was kouder dan hij had gedacht – kouder dan in alle oorden waar hij ooit was geweest, waaronder ook Denver en Helena, Butte en Cheyenne. De wind joeg huilend over de velden en blies dwars door zijn jas. Hij had medelijden met zijn paard. En dat kwam niet vaak voor.

Toen hij zo'n tien, twaalf kilometer was gevorderd, begon het donker te worden. Hij vroeg zich af of Whitehill misschien nog in Garrison was, of hij misschien in een warme kamer in een warm bed lag, in beslag genomen door een hoer die zo erg om geld verlegen zat dat ze bereid was zijn 'vocht' van dichtbij te zien en te ruiken. Whitehill had opgebiecht dat hij twijfelde aan het bestaan van zulke hoeren, maar Tandy wist dat ze voor het opscheppen lagen. Je had mensen die voor geld tot alles bereid waren. En je had ook mensen die gratis en voor niks tot alles bereid waren, enkel en alleen vanwege het simpele genoegen dat iets pervers hun verschafte.

Net toen hij op het punt stond er de brui aan te geven en terug te keren, werd zijn aandacht getrokken door iets een eind voor hem. Eerst dacht hij dat het een grote hoop opgewaaide sneeuw was die zich midden op de weg had gevormd; toen besefte hij dat het geval bewoog, en dat het niet één iets was, maar twee of misschien wel drie. Toen hij dichterbij kwam, zag hij de adem uit de neusgaten van de paarden opwolken en ook zag hij de wagen achter hen in het schemerdonker voortsukkelen.

Het span grijze paarden vorderde langzaam. Hij hoorde de veren kraken en de wielen knerpend door het wagenspoor rollen. De paarden hijgden en snoven en deden hun best, maar kwamen haast niet vooruit.

Als zijn goede oog niet open had gestaan, had het geleken of Whitehill in slaap was gevallen. Zijn mond hing wijdopen en zijn hoofd was opzij gevallen en rustte tegen de huif. Zijn linkerhand omklemde de leidsels. Zijn rechterhand bengelde in het niets en gaf de kleinste seismische trillingen door. De schok van de kou was te veel geweest voor zijn hart.

De woorden van Garton Shanks speelden Tandy door het hoofd. *Voor zo'n ouwe man als hij kan het niet meevallen om in zulk weer rond te rijden.* Straks zeiden ze natuurlijk allemaal dat hij het zelf had moeten doen, dat híj de elementen had moeten trotseren. En dan zouden ze zich weer herinneren hoe die panter jaren geleden die mensen had doodgebeten, en hoe hij door hun gegil heen was geslapen, terwijl Leighton wel had gereageerd.

Met z'n allen zouden ze hun hoofd schudden. Oom Billy heeft destijds nog een paard van hem gewonnen, zouden ze zeggen, en dat terwijl hij toch beweerde dat hij beroepsspeler was.

Alles wat die vent aanraakt, verandert in mest.

Hij sprong op de grond, trok de leidsels uit Whitehills stijve hand en bracht de paarden tot stilstand. Hij vond het afschuwelijk om een dode aan te raken, en vooral deze, maar hij legde zijn hand even tegen de wang van de oude man om vast te stellen of hij al steenkoud was. Whitehill voelde nog aardig warm aan.

Tandy gaf het lijk een duw om het rechtop te krijgen, maar het zakte opzij en viel van de wagen op de hard bevroren weg.

'Verdomme nog aan toe,' zei Tandy hardop. 'Als hij niet al dood was, dan zou ik hem afmaken.'

Hij liep om de wagen heen naar Whitehill, die op zijn rug naar de hemel lag te staren. Het zou niet gemakkelijk zijn om hem op te tillen.

En terwijl hij zo stond te overwegen hoe hij het lijk het best zou kunnen terugkrijgen in de wagen, viel Tandy's oog opeens op het pistool. Het zat aan Whitehills dijbeen bevestigd; de kolf stak uit de holster.

Hij keek naar het westen en toen naar het oosten. Zover het oog reikte geen mens te bekennen op de weg. Het werd al donker. De nacht was altijd al de tijd geweest dat hij zich het moedigst voelde.

Hij hurkte neer naast Hezekiah Whitehill – veteraan van Shiloh, Pea Ridge en Peachtree Creek, Vicksburg, Gettysburg en Petersburg, krijgsmakker van Forrest en vertrouweling van Johnston – en trok het pistool uit de holster. Het was geladen; hij was bang geweest dat dat niet zo zou zijn.

Dit zou hem blijven achtervolgen. Geen ogenblik twijfelde hij daaraan. Af en toe zou dit weer bij hem bovenkomen – net als die lucht van brandend paardenvlees. Maar tegen die tijd zou hij precies weten waarom hij het had gedaan.

Hij zou zijn verhaal vanaf het eind naar het begin verzinnen en alles daar tussenin wat hij niet kon gebruiken, eruit gooien.

Sommige mensen zouden het zich herinneren als een scène uit een bioscoopfilm, hoewel niemand in Loring toen nog zoiets had gezien. De achtergrond was wit, de randen zwart en binnen die omlijsting verscheen het span grijze paarden met een ijskorst op hun gareel. Tandy volgde, op de bok waarop iedereen Whitehill altijd had zien zitten. De wagen reed voorbij. Erachter volgde, aan de laadklep vastgebonden, het paard van Tandy met zijn sinistere last. Whitehills armen hingen bijna tot op de grond. Er zat bloed in zijn haar, in zijn baard en aan zijn jas. Er zat bloed aan het zitvlak van zijn broek.

Bij geen mens kwam het op zich af te vragen waarom het lijk op Tandy's paard was gebonden, waar het in de harde wind lag, terwijl het toch ook in de wagen had kunnen rusten – nog net een iets waardiger toestand voor een lijk dat eruitzag alsof iemand het zo-even voor schietoefeningen had gebruikt.

Niemand hield er op dat ogenblik veel logische gedachten op na. Iedereen stond uit het raam te kijken en af te wachten tot iemand anders de eerste stap zou doen.

In zijn nu warme huis zat Seaborn penny's te tellen. De avond daarvoor had Loyal Taylor een wagen vol acaciahout tot aan hun deur gebracht en hij had er geen cent voor willen hebben.

'Wij nikkers moeten elkaar steunen,' had hij gezegd, en voor die ene keer verzette Seaborn zich niet tegen het gebruik van dat woord. De laatste dagen was hij zich zelfs een nikker gaan voelen. Het was een gevoel dat heel diep ging, en het ergste eraan was nog het besef dat hij dit eigenlijk altijd zo had gevoeld, en dat als hij ooit kinderen mocht krijgen, zij het ook weer zouden voelen, en hun kinderen ook.

Langzamerhand was hij tot de conclusie gekomen dat er heel wat aspecten aan het nikkerdom zaten, en het aspect dat zich het meest liet gelden, was de besmettelijkheid ervan. Het nikkerdom kon via het bloed van vader op zoon overgaan, van moeder op dochter, en door een woord of een blik kon het zelfs op kennissen overslaan. Een man die vandaag een neger was kon morgen een nikker worden, enkel en alleen doordat hij zijn weerstandsvermogen was kwijtgeraakt, of er eentje had ontmoet bij wie dat was verdwenen.

Nu had hij zijn weerstandsvermogen verloren, of hij was bezig het te verliezen, en hij koesterde niet al te veel illusies over de mogelijkheid het terug te krijgen. Voorlopig kon hij even niets anders verzinnen om te doen dan zijn penny's te tellen. Want als je genoeg penny's in je hand had, dan kreeg je op het laatst een dollar, en als je genoeg dollars had, dan kreeg je op het laatst een fortuin. Hij geloofde nog altijd dat mensen die een fortuin bezaten, boven het nikkerdom konden uitstijgen. Het probleem zat hem enkel hierin, dat je die dollars bij elkaar moest slepen.

Loda stond al een tijdje in de huiskamer naar buiten te kijken. Nu deed ze de gordijnen dicht. 'Seaborn,' zei ze.

'Wacht even. Zevenenveertig, achtenveertig, negenenveertig. Vijftig.' Hij maakte een keurig stapeltje van de laatste penny's.

'Seaborn?'

Hij pakte nog een handvol munten uit het geldkistje en legde ze op de tafel. 'Ja?'

Zij had zich van het raam afgewend en deed zichtbaar haar best rustig te blijven.

'Wat is er?' vroeg hij. 'Heb je iets?'

'Die oude man. Die de laatste tijd hun post ophaalt. Tandy Payne kwam zonet voorbij. Hij zat op de bok van die wagen. De oude man is dood. Ik zag zijn hoofd neerhangen van het paard. Je kon zien dat hij op een akelige manier overhoop geschoten was.'

Seaborn stond op en liep op haar toe.

'Seaborn,' zei ze weer. En toen besefte hij dat ze, hoewel ze steeds zijn naam herhaalde, niet bij hem was met haar hoofd. 'Ik moet het paard van stal halen.'

'Jij gaat nu niet het huis uit.'

'Dan moet jij het doen. Zeg tegen hem dat hij ervandoor gaat. En dat hij niet terug mag komen.'

'Dat hij ervandoor gaat? Waarheen dan?'

'Doet er niet toe.'

'Dus hij moet vertrekken en wij niet?'

Hij had graag nog meer gezegd, maar toen hij haar eens nauwlettend aankeek, zag hij dat ze zich, voor het eerst sinds die dag op de stoomboot toen die blanke mannetjes uit het bos te voorschijn waren gekomen en op het gezelschap hadden geschoten, zich geheel en al op zijn optreden verliet: hij kon het doen of hij kon het weigeren. Maar als hij voor dat laatste koos, dan zou hij zich steeds een nikker blijven voelen. Hoeveel penny's hij ook mocht hebben.

'Waar kan ik hem vinden, denk je?' vroeg hij.

'Waarschijnlijk is hij al weg bij Rosenthal – 's avonds gaat hij altijd omstreeks deze tijd naar huis. Hij woont nog altijd samen met Scheider in zo'n huisje buiten de stad, in die bocht waar de weg afbuigt in de richting van de Deadening.'

Hij greep zijn jas al. 'Een mens heeft het gevoel,' zei hij, 'of alle wegen vroeg of laat naar de Deadening leiden.'

Rosenthal ging voor het etalageraam staan en tuurde tussen de omgekeerde letters door naar buiten. Aan de overkant van de straat hield de wagen stil, vlak voor het postkantoor. De mensen uit de stad die erachteraan waren gekomen, bleven nu ook staan, maar bewaarden enige afstand tot het paard met het lijk achter de wagen.

Tandy Payne klom van de bok, liep naar de paal en bond de trekpaarden eraan vast, en bleef toen een ogenblik staan met zijn rug naar de toeschouwers. Hij stond met gebogen hoofd. Het leverde een effect op dat Rosenthal wel kon waarderen. 'Wanneer je weet dat je een bepaalde emotie niet kunt overbrengen,' had zijn oude leermeester aan het toneel vaak gezegd, 'ga dan met je rug naar de zaal staan en hou je mond dicht.'

'Blueford?' fluisterde Rosenthal en liep de winkel in. 'Blueford, waar zit je?'

Blueford stapte tussen de gordijnen door. Hij was in de ruimte achter de winkel aan het opruimen geweest en maakte al aanstalten om te vertrekken.

'Weet je wat je nu nog even doet, Blueford,' zei Rosenthal en liep naar de hoek met de toiletpotten en wastafels en ander sanitair, 'mij een handje helpen met die badkuip.'

Die kuip was in de week voor Kerstmis binnengekomen, de grootste die er op dat ogenblik te krijgen was: een meter tachtig lang, bijna zestig centimeter hoog en met een omgekrulde rand van wit email. Hij woog tegen de tweehonderd kilo.

'We zetten dit ding op zijn kant,' zei Rosenthal en nam een houding aan voor het tillen van iets zwaars, 'en als het dan stevig staat, precies in evenwicht, dan kruip jij eronder en je gaat liggen, en dan duw ik hem over je heen. Je kunt maar het beste helemaal plat gaan liggen, want als dat gevaarte op je hoofd terechtkomt, dan ben je in één keer van alles vergeten wat je nu nog niet eens weet.'

'Waarom wilt u hebben dat ik daar onder ga liggen?' vroeg Blueford en keek de winkel in. Van waar ze stonden, helemaal achterin, kon je de straat niet zien.

'Jij moet daar gaan liggen,' fluisterde Rosenthal, 'omdat ik veel prijs stel op je aanwezigheid. Kijk, als jij onder dit ding gaat liggen, dan zorg je ervoor dat je je aanwezigheid ook in de toekomst kunt voortzetten. Niet hier – hier niet meer, nee. Maar ergens.'

'Nee, mijnheer,' zei Blueford. 'Ik ga niet onder badkuipen liggen.'

Rosenthal zei: 'Noem dit ding dan geen badkuip, Blueford. Het is een zwaar, wit voorwerp dat bescherming biedt.'

Tandy had het niet koud meer.

Hij voelde zich net zo gloeien als wanneer hij een paar glazen whisky achterover had geslagen en een mooie vrouw wier naam hij nog niet wist, binnen handbereik had. Tegen menige vrouw had hij al gezegd dat ze hem niet meteen moest vertellen hoe ze heette. 'Vertel me dat later maar,' zei hij dan. Zij geloofden dat hij hun naam niet wilde weten om hen gemakkelijker te kunnen vergeten, maar hij snakte ernaar zichzelf te vergeten, en daarvoor moest hij hen terugbrengen tot een stuk warm vlees met lage aandriften.

Hij zou niet eens de namen kunnen opsommen van de mannen die in een kringetje bij zijn paard stonden, dat nog steeds het stoffelijk overschot van Hezekiah Whitehill torste. Hij wist alleen dat zij het uitschot van de stad vertegenwoordigden, want iedereen met enig aanzien of verstand zat binnen in zijn warme huis. Maar uitschot kon hij op dat ogenblik ook uitstekend gebruiken. Dit was niet het ogenblik voor puike whisky, maar voor het eerste het beste sterke bocht.

Hij schoof het gordijn aan de achterkant van de wagen weg. 'Leeg,' zei hij en deed een stap opzij, zodat iedereen het kon zien. 'Alles lag overal op de weg en op het land. Witte papieren die tussen de stoppels rondritselden, van die dooie katoenstengels waar de wind doorheen floot – alles bij elkaar één klaagzang, verdomd als 't niet waar is. De vent die het heeft gedaan, heeft de zakken eruit gesleept en opengescheurd en toen onze post naar de filistijnen geholpen. Nadat hij eerst deze brave ouwe soldaat had vermoord.'

Een forse man met een rood gezicht en een vuile linnen jas aan zei: 'Dat is het werk van een nikker geweest.'

'Een nikker of lui van die verdomde federale regering.'

'Ze hebben die ouwe man in de oorlog niet te pakken gekregen, en toen hebben ze maar vijftig jaar gewacht om hem nu aan flarden te schieten.'

'En dat terwijl hij niks anders deed dan zijn best doen om andere mensen te helpen.'

Even zei niemand een woord. Toen zei de man in de linnen jas: 'Goed, jongens, laten we gaan.'

Toen ze weg waren maakte Tandy zijn paard los en nam het mee de straat in. Hij was van plan het lijk eraf te halen en de rest van de avond samen met de commandant van politie voor het vuur in diens kamer door te brengen, whisky drinkend en verhalen over Whitehill opdissend – terwijl buiten een almaar koudere wind loeide, zou hij voortborduren op de leugenverhalen van de oude man.

Onder zijn kleren droeg Seaborn ondergoed van dikke wafelstof, maar de eerste de beste windstoot sneed daar dwars doorheen. 'Goeie genade,' zei hij bij zichzelf en hij trok zijn sjaal wat hoger. Zijn tanden klapperden verontrustend; hij verbond dat verschijnsel met ziekte, en in het bijzonder met processen die door niets anders te beteugelen waren dan door een medische ingreep.

Hij stapte van de achterveranda, maar zijn voet vond geen houvast en hij viel plat op zijn rug en gleed tegen de pomp aan.

Er hadden zich ijskristallen aan zijn broek en ondergoed gehecht. Hij draaide zich om, zette beide handen op de met sneeuw bedekte grond en drukte zich op. Hij keek even naar het keukenraam om te zien of Loda hem had zien vallen, maar het raam was donker. Waarschijnlijk was ze nog in de voorkamer en keek ze door het andere raam, met haar hoofd heel ergens anders.

Hij klopte zich zo goed mogelijk af en begon aan zijn tocht door de achtertuin; telkens probeerde hij het terrein met één voet uit om gladde gedeelten te vermijden. De brede heg aan de achterkant was bedekt met ijs en sneeuw. Er zat niets anders op dan zich in die doornige wirwar te storten en zich er dwars doorheen te worstelen.

Een bevroren takje schramde zijn gezicht en stak hem in zijn rechteroog, en toen dat begon te tranen, bevroren zijn wimpers. 'Goeie genade,' zei hij weer, toen duwde hij nog eens uit alle macht en zijn hoofd, schouders en benen staken aan de andere kant naar buiten.

Hijgend stapte hij het achterstraatje in, dat er keihard bevroren en verlaten bij lag. Iemand die bij zijn volle verstand was, zou vanavond niet naar buiten gaan – alleen waren de mensen de laatste tijd niet bij hun volle verstand. Terwijl hij in de richting van de kreek liep, permitteerde hij zichzelf de vraag door wie de oude man vermoord zou zijn. Hij geloofde niet dat Blueford het had gedaan, of een andere neger. Maar ook geloofde hij geen ogenblik dat de verdenking op iemand met een blanke huid zou vallen.

Het zou een merkwaardig en beklemmend soort verdenking worden die de blanken zouden koesteren. Hij had haast medelijden met hen. Ze zouden een neger de schuld in de schoenen moeten schuiven, maar ze konden het zich niet veroorloven *de negers* de schuld te geven – in district Loring had je er vier op elke blanke – want ze konden niet zonder die negers. Je kon wel woedend worden op één paard en het neerknallen, maar als je het hele stel neerknalde, wie moest de ploeg dan trekken?

Het voor de hand liggende antwoord – dat je dan wel aan andere paarden zou komen – wenste hij niet in overweging te nemen. Op dit ogenblik had hij behoefte aan een positieve kijk op het leven. Wat hij nu wilde was de kreek oversteken, uitkomen bij dat keetje waar Blueford met die ouwe gek van een Scheider woonde en hem zeggen dat hij op die stomme fiets van hem moest klimmen en dan blijven trappen tot hij de Grote Oceaan had bereikt. Het kon hem niets schelen als Blueford de oceaan inreed, maar dat was iets wat hij overliet aan de man zelf en aan de rare gedachten die hem bezielden.

Hij stak Main Street over, sloeg rechtsaf in Loring en liep de brug over de kreek op. De planken waren glad. De nergens meer door belemmerde wind rukte aan de slippen van zijn jas. Zijn sjaal woei in zijn gezicht, zodat hij even niets kon zien.

Gedurende het ogenblik dat zijn ogen zo bedekt waren, hoorde hij gehinnik en het geluid van hoeven die over een hard oppervlak roffelden.

Blokken hout knapten in de haard en haar zoon zat met zijn benen opgetrokken in de leunstoel met zijn stukgelezen *Jagers in de wildernis* voor zich op schoot. Toen Leighton even tevoren binnen was gekomen en zag wat Will zat te lezen, had hij niets afkeurends gezegd, hoewel de schrijver van dat boek vast niet goedkeurend tegenover hém stond. 'Zeker het beste boek dat je ooit hebt gelezen, jongen?' had hij gezegd.

Nu zat hij naast haar op de bank en bladerde een catalogus door met spullen voor drukkerijen. Hij was ontzettend vriendelijk sinds die avond dat zij er iets van had gezegd dat hij helemaal niet opkwam voor de inwoners van Loring, maar hij raakte haar niet meer aan. Ze vroeg zich af of hij dat ooit nog zou doen.

'Hoe koud zou het nu zijn, denk je?' vroeg ze.

Hij sloeg de catalogus dicht en legde hem neer, alsof hij zijn volle aandacht wilde wijden aan die vraag. 'Toen ik binnenkwam was het vijf graden. En dat was twee uur geleden. Ik wil wedden dat het langzamerhand om en nabij de nul is.'

'Binnen,' vroeg ze, 'of buiten?'

Hij zuchtte en bestudeerde een tijdje de planken van de vloer. Toen zei hij : 'Zeg jongen, ga je naar boven, je nachtpak aantrekken? Dan mag je nog een uur in bed lezen, goed?'

'Ja, vader.'

Hij wachtte tot Will naar boven was. 'Binnen,' zei hij toen, 'en buiten. En ik denk niet dat we veel kunnen doen aan die temperatuur, hier niet en daar niet.'

Dat dacht zij ook niet, maar ze zei: 'We zouden ons best kunnen doen.'

'We hebben ons best gedaan – en we doen nog steeds ons best. We zitten ons hier te gedragen als getrouwde mensen. Als iemand toevallig door het raam keek, zou hij zo zien dat wij een stel echtelieden zijn.'

'Ik betwijfel of onze vaders en moeders ooit zo'n gesprek hebben moeten voeren.'

'Mijn moeder en mijn vader hadden nooit gesprekken. Mijn moeder zou het geweldig hebben gedaan als officier in het leger van de Confederatie. Haar hele leven heeft ze zich op een elegante manier teruggetrokken. Mijn vader heeft haar en nog heel wat andere mensen ook regelrecht kapotgemaakt.'

Omdat ze hem wilde kwetsen en dacht dat ze wist hoe ze het moest aanleggen, zei ze: 'Je hebt altijd inkt aan je handen. Was je ze dan nooit?'

'Sommige dingen laten zich niet afwassen,' zei hij.

Op dat ogenblik hoorden ze voetstappen op de veranda.

Als hij geen zwart gezicht had gehad, had Seaborn P. Jackson er uitgezien als een sneeuwpop. Zijn wenkbrauwen, haar en kleren zaten onder dikke lagen ijs en sneeuw. Uit een snee bij zijn mondhoek druppelde bloed. In een van de mouwen van zijn jas zat een scheur.

'Seaborn,' zei Leighton. 'Kom binnen. Wat is er gebeurd?'

De man maakte geen aanstalten om binnen te komen. 'Niets,' zei hij. 'Met mij is niets gebeurd, mijnheer.' Seaborns blik schoot langs hem heen en bleef rusten op Sarah, die nu voor de open haard stond en hem aanstaarde alsof ze een bandiet voor zich zag. 'Ziet u, mijnheer, die oude heer die de post heen en weer reed voor uw broer, hè? Nou, mijnheer, het schijnt dat die op een ongelukkige manier aan zijn eind is gekomen.'

'Hoe dan?'

'Ach, mijnheer, op een hoogst ongelukkige manier. Het schijnt dat iemand hem heeft doodgeschoten. Dat zei mijn vrouw tenminste, en zij heeft gezien hoe uw broer met het lijk de stad inkwam. Ze zei... ze zei, mijnheer, dat de oude... dat de oude heer zo te zien op een akelige manier overhoop geschoten was, en daarom ben ik hierheen gekomen, want om u de waarheid te zeggen...' Seaborn hapte naar adem en bleef steken. Hij trilde.

Leighton pakte hem bij de mouw van zijn jas, trok hem naar binnen en sloeg de deur dicht. 'Wat is er?' vroeg hij. 'Heeft iemand je bedreigd?'

'Nee, mijnheer, maar wij maken ons een beetje ongerust – of erger dan een beetje, heel erg ongerust zelfs. Ze maakt zich ongerust over... Of iemand ons bedreigt? O, goeie genade, ik heb haar alleen thuis gelaten.' Hij draaide zich om en greep al naar de deurknop.

Weer pakte Leighton hem bij de arm. 'Wat kwam je me vertellen, Seaborn?'

'Mijn vrouw maakt zich ongerust over Blueford Lucas. En ik geloof dat ze daar inderdaad alle reden toe heeft. Ik heb paarden gehoord – een heel stel waren het. Ziet u, mijnheer, nu denken ze... dat gaat nu eenmaal zo bij blanke mensen – en ik probeer heus niet iets te zeggen wat u misschien... Maar wat zij nu denken, wat ze wel moeten denken...'

Leighton wuifde die uitleg terzijde en pakte zijn jas. 'Kun je me laten zien waar hij woont?'

'Jawel, mijnheer.'

'Leighton?' zei Sarah.

Met haar armen vlak onder haar borsten gevouwen stond ze voor het haardvuur, haar wangen zagen rood en het lamplicht glansde op de zilveren broche die ze op haar sjaaltje droeg. Nog nooit had ze er begeerlijker uitgezien. Of onbereikbaarder.

'Jij gaat er op een avond als deze met een gekleurde man op uit, zonder dat je weet of hij al of niet de waarheid zegt?'

'Dat is één manier om ertegenaan te kijken,' zei hij. 'Maar er is ook nog een andere. Je zou ook gewoon kunnen zeggen dat ik een eindje om ga met mijn zwager. Of is dat iets wat nog niet tot de plaatselijke overleveringen was doorgedrongen?'

Seaborn strompelde met de burgemeester mee en voelde zich rustig.

Hij dacht nu niet meer aan zijn angst van even tevoren: dat Loda alleen thuis was. Loda kon wel op zichzelf passen. Een paar dagen tevoren had hij de inhoud van haar tasje geïnspecteerd – iets wat hij, mocht God hem vergeven, geregeld even deed – en bij die gelegenheid had hij het pistool ontdekt.

Ook maakte hij zich er geen zorgen over wat er zou kunnen gebeuren als ze bij Bluefords huisje kwamen. Tenzij die mannen te paard er al waren, maar dat was niet waarschijnlijk, want blanke mensen hadden zelden enig idee waar een neger van Bluefords status woonde, zou de burgemeester zo dadelijk het heft in handen nemen en ervoor zorgen dat Blueford Lucas er als een haas vandoor ging, de velden in.

Hij stond niet eens meer stil bij zijn verlangen Loring te verlaten, iets waar hij pas enkele dagen tevoren nog uiting aan had gegeven. Dat Loda en hij op zijn laatst de ochtend daarop uit de stad zouden vertrekken, sprak nu vanzelf.

Wat hij wel overpeinsde, was de manier waarop blanken zich alles wat de neger ooit ondernam, toe-eigenden met het oog op hun eigen plannetjes. Half bevroren, trillend en stotterend, alsof iemand hem via zijn achterwerk een lading stroom had toegediend, had hij bij de burgemeester aangeklopt en zijn verzoek uitgesproken. En door de manier waarop hij op dat verzoek had gereageerd, had de burgemeester een eind gemaakt aan een meningsverschil dat hij blijkbaar met zijn vrouw had: hij had verkondigd dat Loda Jackson, Seaborns vrouw, het bastaardkind was van zijn eigen verdorven pappie.

De burgemeester had er geen ogenblik over nagedacht wat voor effect dat bericht weleens zou kunnen hebben op de man die in zijn huiskamer stond, want die man was, zwager of geen zwager, een trillend en bevend toonbeeld van negeronderdanigheid.

Maar nu, op die ijzige weg, besloot Seaborn nog wat zout in de wond te strooien en te kijken hoe diep die eigenlijk ging. 'Ja, het is wat,' zei hij. 'Die vrouwen, die weten een man af en toe tot waanzin te drijven, hè?'

De burgemeester gaf geen antwoord. Maar Seaborn gaf het niet op.

'Die Loda van mij, als die zich iets in het hoofd zet – maak dan je borst maar nat! Dan komt ze binnen en zegt van: "Seaborn, dit of dat moet zus gebeuren," of "Seaborn, dit of dat moet zo gebeuren." En dan zit er voor Seaborn niks anders op dan het hoofd te buigen en ja en amen te zeggen. Maar u weet hoe dat gaat. Ik heb door het raam gekeken. Ik zag u ook het hoofd buigen.'

Zo zoet smaakte de kost waarvan hij zojuist had geproefd, dat hij zich waarschijnlijk de lippen had afgelikt als hij niet had geweten dat ze dan zouden bevriezen.

Hij wierp een verstolen blik op de burgemeester: die marcheerde voort met zijn kraag opgezet, waardoor het onderste gedeelte van zijn kin niet te zien was. Zijn bovenlichaam helde iets naar voren, tegen de wind in, alsof hij die uitdaagde hem omver te blazen. Seaborn had altijd al wel vermoed dat Leighton Payne familie was van Loda, maar hij had vruchteloos naar iets van fysieke gelijkenis gespeurd. Nu begreep hij dat de ware gelijkenis tussen die twee niet te vinden was in hun uiterlijke trekken, maar in de houding waarmee zij moeilijkheden tegemoettraden.

'Ik heb er spijt van dat ik mijn vrouw dat daarnet vertelde waar jij bij stond,' zei de burgemeester. 'Ik had het haar eerst moeten vertellen, en daarna pas jou. Of eerst jou en dan haar. Of misschien had ik niemand iets moeten vertellen, want iedereen weet toch al alles. Maar ja, als we ons niet voornemen de dingen te gaan zeggen die we nooit eerder hebben gezegd, dan zullen we steeds opnieuw dit soort nachten krijgen.'

Seaborn had nog nooit van een blanke gehoord die zich tegenover een neger ergens voor verontschuldigde, en het gaf hem een enigszins onbehaaglijk gevoel, alsof de spelregels veranderd waren zonder dat hij daarvan wist.

'Tja, mijnheer,' begon hij, en toen besefte hij dat hij ongemerkt weer in dat oude gedrag was vervallen. 'Tja, mijnheer de burgemeester – of mijnheer mijn zwager – of wat u ook maar bent – moge de Heer ons voortaan zulke nachten besparen.'

'Ik denk niet dat Hij dat zal doen. Daar zullen we zelf voor moeten zorgen.'

'En hoe stelt u zich voor dat we dat voor elkaar krijgen?'

'In de eerste plaats zullen we moeten ophouden met liegen.'

'Dat zal niet meevallen,' zei Seaborn. 'Er is hier niet veel dat niet op een of andere leugen berust.'

'Tja, dat is althans waar.'

Tot Seaborns verbazing legde de burgemeester een gehandschoende hand op zijn schouder.

'Misschien dat jij en ik zo dadelijk doodvriezen of opgeknoopt worden,' zei de burgemeester, 'maar we bewegen ons tenminste in één en dezelfde richting.'

Daar gaan ze: een lange blanke man die in zijn eentje een hele kamer vult en een kleinere, zwaargebouwde zwarte man die al kortademig wordt.

Ze benen over de spiegelgladde weg, en allebei struikelen ze af en toe en grijpen dan de ander bij de elleboog; en geen van beiden weet heel zeker wat het ogenblik van hem zou vergen – hoeveel het zou kosten en in wat voor munt – mocht de ander uitglijden en in de greppel langs de weg belanden.

Wat Scheider ziet en wat Scheider zegt komt vaak min of meer overeen.

Maar wat Scheider die nacht zag, zou hij nooit zeggen.

De volgende ochtend zat hij kilometers verderop. Via de achterdeur was hij stilletjes aan de haal gegaan, de katoenvelden in, en daar was hij zeker doodgevroren als zijn bloed niet zo veel alcohol had bevat. Iemand die meestal in de buurt van juffrouw Lavinia verkeerde, moest zich wel verdoven.

Die avond was hij er aardig goed aan toe. Al haast verdoofd. Hij lag op zijn korte bed in de hoek, tegenover die waar Blueford sliep. Scheiders hoek lag altijd vol lege potten en flessen, terwijl die van Blueford eruitzag als de schappen bij Rosenthal, met alles precies in het gelid.

Scheider lag met zijn hoofd tegen de muur en had beide dekens opgetrokken tot aan zijn kin. Hij lag maar wat in het vuur te staren, want hij wist dat als Blueford zo dadelijk thuiskwam, die het vuur wel zou oppoken en meer hout zou gaan halen van de stapel achter het huis. Als het moest zou hij er met een houten hamer het ijs afslaan. Blueford wist altijd wat hij moest doen.

Scheider hoorde de stemmen die op de wind zijn kant op kwamen, als van heel ver weg. Toen klonken ze dichtbij, en daarna weer verder weg.

'Blueford?'

Een klop op de deur. Op die deur was nooit eerder geklopt. In geen jaren was hier ooit iemand geweest, voor zover hij wist, behalve dan hij en Blueford Lucas.

'Wie daar?'

'Burgemeester Payne.'

Klonk niet als burgemeester Payne. Klonk eerder als iemand die probeerde als burgemeester Payne te klinken. Niet dat burgemeester Payne ooit iets tegen hem had gezegd. Maar hij had vaag in zijn hoofd hoe burgemeester Payne zou klinken als je hem hoorde.

'Hé, blanken, wat willen jullie?'

Ditmaal rammelde de deur. 'Scheider?'

Nu herkende hij de stem. 'De verzekeringsman?'

'Scheider, doe in godsnaam die deur open.'

Hij kwam uit zijn bed, zocht steun tegen de muur en strompelde naar de deur. 's Avonds deden ze die op slot met een stuk ijzerdraad dat ze door een oog aan de deur en eentje aan de muur haalden.

Hij maakte het ijzerdraad los en opende de deur. Met zijn armen om zich heen geslagen sprong de heer Seaborn P. Jackson naar binnen. Achter hem stond de burgemeester, die de deuropening eens langdurig opnam, toen zijn hoofd introk en ook naar binnen stapte.

Burgemeester Payne duwde de deur dicht. 'Waar is Blueford?' vroeg hij.

Scheider kon niets zeggen. Hij had geen idee hoe het antwoord moest luiden, en hij voelde er niets voor om op het verkeerde antwoord te worden betrapt.

Jackson greep hem onder de armen en schudde hem door elkaar. 'Godverdomme, Scheider, kom tot jezelf.'

'Heb hem sinds gisteravond niet meer gezien,' zei Scheider.

'Jawel. Zo zit het. Hij was al weg toen ik vanmorgen opstond.'

'Waarheen dan?'

'Naar z'n werk, denk ik zo.'

'En is hij anders al thuis omstreeks deze tijd?'

'Jazeker.'

Het begon hun alledrie ongeveer op hetzelfde ogenblik te dagen. Scheider las het het eerst op het gezicht van de burgemeester, omdat hij al zijn leven lang blanke gezichten bestudeerde. Toen zag hij het ook in het gezicht van de heer Seaborn P. Jackson. En de heer Jackson zag het in het zijne.

'Paarden,' zei hij.

En de burgemeester zei: 'Ja.'

Wat Scheider ziet.

De burgemeester doet net alsof het veel meer dan zijn heilige plicht is om naar buiten te gaan en een misstand recht te zetten – alsof het eerder zijn geboorterecht is – en zegt: 'Blijven jullie hier. En hou je stil.'

Hij doet de deur open en stapt naar buiten.

Er zitten geen ramen in de keet, maar in de wand aan de voorkant zit een flinke spleet, waarvoor een platgeslagen blik hangt dat eens Blauw Lint heeft bevat, een maagbitter. Als je naar buiten wilt kijken, dan draai je het blik, dat aan een spijker hangt, wat opzij. Scheider en Seaborn hurken ervoor neer en gluren door de spleet.

Er staat daar een heel stel mannen te paard – wel vijf of zes of zeven. De paarden zijn niet van het soort dat bij Heath in de stal staat. Deze paarden zien eruit of ze omstreeks Thanksgiving voor het laatst iets te eten hebben gehad.

De gezichten van de mannen zijn niet goed te onderscheiden, maar desondanks herkent Scheider er een stuk of twee, drie. Hun namen kent hij niet, net zomin als zij die van hem zouden weten. Dit zijn mannen die werken voor andere mannen.

Heel even staat de burgemeester hen alleen maar op te nemen. Dan loopt hij dichter op hen toe. 'Kan ik u helpen, heren?' vraagt hij.

De man op het voorste paard – een forse vent met een rood gezicht die altijd zal proberen dwars door je heen te lopen als jij niet vlug genoeg van de stoep springt – die man zegt: 'We zijn hier niet om met u te praten. Die oude man die de post heen en weer rijdt is vermoord. Dat heeft die nikker Lucas gedaan.'

'Waarom denken jullie dat?'

'Wij denken niet. We weten het.'

'Die eerste constatering is juist,' zegt de burgemeester. 'Jullie denken niet. Jullie nemen niet de tijd om je af te vragen wat er morgenochtend gaat gebeuren als ik naar de politie stap en onder ede een belastende verklaring afleg over ieder van jullie afzonderlijk. Ik weet niet hoe jullie heten, maar ik ken jullie van gezicht. Jij werkt bij Catchings Stark. En die man daar achteraan, die woont op de plantage van Newcomb Teague. Het feit dat jullie hier staan, in plaats van de mannen bij wie jullie werken – tja, dat wijst toch op een zekere vooruitgang, dunkt me. Vroeger moesten ze zo'n karwei zelf opknappen.

Waarschijnlijk gaan jullie ervan uit dat zij jullie in bescherming zullen nemen, maar dat heb je mis. In hun ogen zijn jullie nog minder waard dan een diepploeg. En dat betekent dat jullie nog een heel stuk minder waard zijn dan een gekleurde man, en daarom maken jullie je zo woest. Maar als je Bluford Lucas vermoordt, dan verander je daar niets aan.

Goed, mannen, maken jullie nu beleefd rechtsomkeert en ga naar huis. En als je niet anders kunt, ga dan maar terug naar dat steegje achter Dierenvoeders en Granen, stook een vuurtje in die ouwe wastobbe en sla alle zelfgestookte drank achterover die er maar te vinden is in Loring, Mississippi. Maar als je voor dat laatste kiest, probeer dan een beetje rustig aan te doen met het oog op Meadows, die vlak boven jullie hoofd in het hotel slaapt. Hij heeft zich een verschrikkelijk slecht oordeel over ons hier gevormd, en ik denk dat hij dat ook al aan Roosevelt heeft doorgegeven.'

De man met het rode gezicht buigt zijn hoofd. Als je het een en ander van blanken afweet, dan zie je wel dat hij zo'n type is dat al behoorlijk vaak het hoofd heeft gebogen. Maar je moet wel meer verstand hebben van blanken dan de burgemeester om te begrijpen dat de man op het paard er nu genoeg van heeft.

Scheider denkt, maar zegt het niet: *mijnheer de burgemeester loopt achter.*

De forse man met het rode gezicht rukt aan de teugels, het paard steigert, de burgemeester beweegt zich niet snel genoeg. De hoeven komen zwaar neer.

De burgemeester valt. Hij doet zijn best om zijn hoofd te beschermen, maar het paard stampt hem in de bevroren grond.

'Jongens, naar binnen,' schreeuwt de man, en hij pakt een touw en ranselt er de burgemeester mee. 'Pak die verdomde nikker.'

Scheider is al op weg naar de achterdeur, hij loopt snel en hij ademt zwaar. 'Mijnheer Jackson,' zegt hij. 'Deze kant op!'

Net alsof hij al moe was van een eind rennen, zal Scheider later vaak denken, maar nooit zeggen. *En dat terwijl hij voor die nacht nooit een eind gerend had, als ik 't wel heb. Maar toen rende hij, die mijnheer Jackson. Hij pakte die ouwe houten hamer die al tijden bij de voordeur lag.*

En hij zegt jullie ellendig stelletje blank tuig nietswaardig onruststokend uitschot.

Mijnheer Jackson, die trekt erop los, die stapt door die deur de nacht in.

Dampen

De gestalte op het scherm vervaagde, kwam weer opzetten en werd een man in een zwart cowboypak met een gitaar die aan een riem over zijn schouder hing. Hij bewoog zijn mond en zijn hoofd knikte op en neer. Achter hem zaten een paar net zo uitgedoste jonge mannen op bergjes hooi; hun laarzen trapten mee op een ritme dat voor haar niet te horen was. Het toestel liet hetzelfde gespetter horen als spek in een koekenpan.

'Juffrouw Loda?' De stem van het meisje klonk door het open raam. 'Ben ik er nu?'

'Ik kan ze wel zien,' zei ze. 'Ik kan ze alleen niet horen.'

'Juffrouw Loda! Ik zei, ben ik er nu?'

Ze raapte haar moed bijeen. 'Nog niet helemaal, kind. Alleen het beeld is er.' Ze hoorde een krakend geluid: het meisje probeerde aan de antenne te draaien.

'En nu?'

Deze keer gaf ze geen antwoord.

Even later viel de hordeur dicht. Het meisje liep door naar de slaapkamer en ging met haar handen op haar heupen voor het toestel staan. 'D'r is toch niks bijzonders op. Enkel dat volk uit El Dorado. Je vraagt je af hoe ze de kost verdienen als ze zo slecht zingen. Dat volk zou beter bij een benzinestation kunnen gaan staan of katoen plukken.'

Ze liep naar het toestel, zette het uit, ging op de stoel in de hoek zitten en pakte een van de pamfletten waar haar moeder de dag tevoren mee thuis was gekomen. Ze kwamen van een predikant, dominee Truitt, die de moeder van het meisje had verteld dat hij geld inzamelde voor een tabernakel, een klein gebedshuis dat alle zwarte mensen in de Delta ten dienste zou staan. Een tabernakel op wielen dat van de ene stad naar de andere zou rijden, van het ene district naar het andere, en het Evangelie zou verspreiden onder allen die op het land werkten. Het einde der tijden was nabij, had dominee Truitt tegen de moeder van het meisje gezegd. Alleen niet het einde dat sommige mensen verwachtten. Zoals hij het had beschreven, en zoals zij het weer voor Loda had beschreven, zouden alle blanke mensen op een dag gewoon verdwijnen. Alsof ze verdampt waren. Niemand zou hen missen; ze zouden zichzelf niet eens missen, had hij lachend gezegd. En wat er dan overbleef, was een kern van zwarte gelovigen. Om het woord onder alle broeders en zusters te verspreiden, zei dominee Truitt, hadden ze die tabernakel op wielen nodig. Zij die er niet naar hoorden, zouden niet in damp opgaan, maar hun arbeid op het land zou dan wel langer duren.

'Nu, wat mij betreft,' zei de dominee, 'heeft iedereen die één uur lang katoen heeft geplukt, lang genoeg gezwoegd. Daarom wil ik alle broeders en zusters vragen eens diep af te dalen – nee, niet in hun portemonnee, maar in hun hart. Want wanneer het hart zich openstelt, dan volgt steevast ook de portemonnee.'

Celia's portemonnee was bijna leeg, en dat was de reden dat ze die pamfletten had meegebracht: ze wilde steun voor dominee Truitt vragen bij iemand van wie ze wist dat die zich dat kon veroorloven. En dan had ze nog een reden. 'U staat al wat dichter voor de poort van het hemelse paradijs dan de meeste mensen die ik ken, juffrouw Loda, dus daarom dacht ik dat u misschien wat minder behoefte had aan alle mogelijke "aardse opschik", zoals de dominee dat noemt. Helpt u hem toch, juffrouw Loda, ik zou die tabernakel zo graag door Loring zien rijden.'

Het had geen zin om tegen Celia te opperen dat de dominee misschien niet zo'n rechtschapen man was. Iedereen moest zich weleens achter iemand anders scharen. Loda vroeg haar het geldkistje te halen. 'Pak maar alles wat erin zit,' zei ze. 'Geef het aan de dominee en zeg tegen hem dat ik hem veel geluk wens.'

'O, de dominee heeft geen geluk nodig,' zei Celia. 'De dominee heeft die dampen aan zíjn kant.'

Net als het beeld op het televisietoestel viel zij ook af en toe weg. Er waren dagen dat ze je kon vertellen welke datum het was, of zelfs hoe laat. En dat ze de namen kon opsommen van alle grote aandeelhouders van Levens- en Ongevallenverzekering Piedmont, de verzekeringsmaatschappij die ze samen met Robert Williams had opgericht. Dan kon ze je uitleggen waar het huis aan Pettiway Street in Raleigh stond waar ze gewoond had, niet ver van de hogeschool waar Robert Williams had gewerkt totdat hij het idee had dat hij die baan wel vaarwel kon zeggen om zich voortaan alleen nog aan de verzekeringsmaatschappij te wijden. Dan kon ze je de namen vertellen van alle honden en katten die ze hadden gehad.

Maar op andere dagen wist ze niet waar ze was. Dan keek ze de kamer rond en dacht dat ze die voor het eerst zag. De foto's van twee mannen die aan de wand hingen – de een wat gezet en kalend; de ander mager en met een lichte huid en een tengere neus die eruitzag alsof hij in een vrouwengezicht hoorde

– waren dan de portretten van een paar wildvreemden.

'Wie zijn die mannen?' vroeg ze het meisje op een keer.

Het meisje zei: 'Nou zeg, juffrouw Loda, u maakt me gewoon bang. Straks moet ik mama nog roepen.'

'Wie zijn die mannen dan?' vroeg ze weer en toen het meisje geen antwoord gaf, vroeg ze: 'Waar is Blueford?'

Toen riep het meisje haar moeder en haar moeder riep de dokter en die kwam aanzetten met een leren tas, een jongeman die rook alsof hij zich met een vrouwengeurtje had bespoten. Hij hield een koud instrument tegen haar borst, en toen dat koude metaal haar huid aanraakte, was ze in één klap weer helder.

'Dokter Ormesby,' zei ze.

'Jazeker, mevrouw.'

'Hoe gaat het met uw grootmoeder?'

'Prima, mevrouw Williams. U moet weer eens bij elkaar langsgaan als u zich allebei beter voelt.'

'Vroeger was zij mijn bridgepartner. Zij en uw grootvader. En Seaborn, mijn man.'

'Ja, mevrouw, ze praat nog steeds met veel vertedering over die tijd.'

Toen werd ze stil, ze voelde wrok. Ze herinnerde zich dat zij hun verzekering hadden opgezegd. Ze wilde geen woord meer zeggen. Voordat hij wegging, schreef hij nog een recept uit en hij zei tegen het meisje dat ze haar moeder naar de apotheek moest sturen en hem waarschuwen als ze bij de apotheek problemen maakten.

Nu lag ze in bed en ze keek naar het meisje dat bij haar in de kamer zat en weer een ander pamflet doornam. De televisie was stil en de radio ook. Maar buiten, ergens vlakbij, hoorde ze muziek en harde stemmen. In de hoop te ontdekken waar dat lawaai vandaan kwam, keek ze door het raam, dat het meisje open had laten staan om het avondbriesje in de kamer te krijgen. Maar het raam was één zwart vlak en ze kon niets zien.

Ze besefte dat ze haar voeten niet kon bewegen. Ze probeerde zich voor de geest te roepen hoe lang ze al geen voet of hand meer had bewogen. Het leken wel dagen. Ze had geen gevoel meer in haar benen en voeten, en ook niet in haar armen, en in haar borst deed het geen pijn meer, terwijl het daar zo lang zeer had gedaan.

'Johnnie Mae?' zei ze.

Het meisje legde het pamflet neer en keek haar aan. 'O, juffrouw Loda, nu maak ik me toch ongerust over u, hoor. U weet best dat ik niet Johnnie Mae heet. Wie is dat in vredesnaam geweest? Volgens mij hebt u haar verzonnen. Dat zegt mijn moeder ook.'

Ze had haar net te vaak bij de verkeerde naam geroepen. Het meisje stond op en ging naar buiten en vanaf de veranda schreeuwde ze 'Mama' totdat haar moeder kwam aanhollen.

Het vrouwenpaviljoen op de negervleugel bestond uit vier bedden in een ruimte die niet veel groter was dan een bezemkast. Het stonk er naar lysol. Elke dag stuurden ze een jonge negerin om de vloer te dweilen.

Ze legden haar in een bed naast het raam. Vandaar had ze uitzicht op een braakliggend terrein dat tot aan de snelweg liep. De eerste dag nam ze zich voor alle auto's en vrachtwagens te tellen die voor het rode licht stopten. Een paar keer dommelde ze in en dan wist ze niet meer waar ze was gebleven, dus dan moest ze opnieuw beginnen. En weer doezelde ze weg.

Ze dacht dat ze Blueford in Memphis ergens op straat had gezien, in '23 of '24. Na de oorlog in ieder geval. Zij en Robert Williams waren daar toen om een paar huizen te bekijken, want ze dachten erover een hotel te beginnen. Hij liep weg toen ze zijn naam zei. Ze riep zijn naam nog eens, harder ditmaal, en hij begon vlugger te lopen. Hij verdween om een hoek en een paar seconden later sukkelde er een hond achter hem aan.

Ze had gedanst in een grote zaal in Raleigh. Meestal gebruikten de blanken die ruimte, maar soms mochten zij erin. Die avond speelde Duke Ellington. Ze was al te oud om te dansen, maar ze deed het toch. Ze danste met Robert Williams, die ook te oud was en er ook niet veel voor voelde, en de nacht daarop had zijn hart het begeven.

'Toen ik haar hier registreerde,' hoorde ze de ene verpleegster tegen de andere zeggen, 'toen zei die gekleurde dokter dat zij eigenares is van een verzekeringsmaatschappij. Ergens in Noord-Carolina.'

'Mijn opa heeft me eens verteld over een gekleurde man die vroeger verzekeringspolissen verkocht in deze streek,' zei de tweede verpleegster. 'Nog ver voor de Eerste Wereldoorlog. Volgens hem verdiende hij daar toen een smak geld aan, en hij had winkels in het blanke gedeelte van de stad, en iedereen mocht hem graag en had respect voor hem. Probleem was alleen dat hij whisky verkocht om wat bij te verdienen. Op een keer hebben twee andere gekleurde mannen hem 's nachts vermoord.'

Ze ziet zichzelf tussen hoog gras staan waar een briesje overheen speelt – koud of warm, dat kan ze niet zeggen. Wanneer ze uitkomt op een open plek, staat ze tegenover een lange man met een grijs gezicht die een scheermes in zijn hand heeft. Hij vraagt haar om hem ermee te behandelen. Ze zegt dat ze dat niet kan doen. Waarom niet, vraagt hij. Ze is haar bewijs kwijt, antwoordt ze.

'Ze hebben mij m'n rijbewijs ook afgepakt,' vertelde iemand, 'in '51 was dat. Hadden ze al veel eerder moeten doen. Ik was patsboem tegen het padvindersclubhuis opgereden. Gelukkig zaten de jongens er niet in. Ik weet niet hoe het gebeurd is, waarschijnlijk was ik in slaap gevallen. Op een dag ben ik voor een stoplicht in slaap gevallen – de agent vond dat een geweldige bak. Je hebt me vast wel zien rondrijden in de stad. In zo'n grote, paarse auto. Het merk weet ik niet meer. Ik ben nooit geïnteresseerd geweest in auto's. Ik heb jou ook vaak gezien. Ik heb het ook gehoord toen je terugkwam uit Noord-Carolina. Ik weet ook waarom je bent teruggekomen. Ik heb erover gedacht om ook te vertrekken, maar waar kan een mens naartoe?

Mijn zoon Will is gesneuveld in het Fôret d'Argonne. Hij was naar West Point geweest en voerde het bevel over een batterij artillerie. Ik ben nog naar Frankrijk geweest om te zien waar het was gebeurd. Ik kon er niet goed achterkomen hoe het was gegaan. Dat kun je nooit als je er zelf niet bij bent geweest, en zelfs dan zegt het je meestal nog niks. Teddy Roosevelt heeft daar ook een zoon verloren. Toen Teddy zelf stierf, was er een neger bij hem. Dat was zijn oppasser – hoe die vent heette weet ik niet meer. Maar het staat wel ergens in een geschiedenisboek, en daar gaat het om. Ik weet waar Seaborn begraven ligt. Ik ben er een paar keer heen geweest. Zag dat jij bloemen op het graf had gelegd. Had zelf ook bloemen meegebracht.

Mijn broer is in 1931 in Birmingham overleden – volslagen aan lager wal geraakt. Hij was al een maand dood toen ik het hoorde. Een vrouw en haar dochter hebben voor zijn begrafenis betaald. Ik schaam me dat ik het moet zeggen, maar hoe zij heetten weet ik ook niet meer. Een of andere verslaggever heeft nog een stukje over hem geschreven in de krant van Birmingham, maar het was maar één alinea, en met een paar dingen zat hij ernaast.

Ze zitten er altijd naast in de krant. Ik zat er ook altijd naast in mijn krant. Als ik m'n eigen 'In memoriam' moest schrijven, dan zou ik er hier en daar nóg naast zitten. Vooral bij die van mij. Ik zou niet eens weten hoe ik het moest laten beginnen.'

Toen opende ze haar ogen en ze zag Leighton Payne. Ze had gedacht dat hij op een krukje zou zitten, maar hij stond. Een lange man met een huid als schuurpapier en een oudemannetjesluchtje dat je nog boven de lysol uit rook. Hij had een glazen oog en zijn neus stond scheef. Hij hield zijn hoed in zijn handen en stond er iets gebogen bij, alsof hij zich onzeker voelde over zijn positie en over de ruimte die hij al zo lang in beslag nam.

Woord van dank

Tijdens het schrijven van deze roman zijn de volgende bronnen van onschatbare waarde voor me geweest: Herbert Ashbury, *The French Quarter: An Informal History of the New Orleans Underworld* en *Sucker's Progress: An Informal History of Gambling in America from the Colonies to Canfield*; John M. Barry, *Rising Tide: The Great Mississippi Flood of 1927 and How It Changed America;* H.W. Brands, *T.R.: The Last Romantic*; James C. Cobb, *The Most Southern Place on Earth: The Mississippi Delta and the Roots of Regional Identity;* Eric Foner, *A Short History of Reconstruction, 1863-1877*; John Hope Franklin and Alfred A. Moss, Jr., *From Slavery to Freedom: A History of African Americans;* Willard B. Gatewood, Jr., *Theodore Roosevelt and the Art of Controversy: Episodes from the White House Years;* Louis R. Harlan, *Bookter T. Washington in Perspective: The Essays of Louis R. Harlan;* Harlan and Raymond W. Smuck (editors), *The Booker T. Washington Papers*, deel 6 en 7; Marie M. Hemphill, *Fevers, Floods and Faith: A History of Sunflower County, Mississippi, 1844-1976;* William F. Holmes, *The White Chief: James Kimble Vardaman;* Nathan Miller, *Theodore Roosevelt: A Life;* Frank Luther Mott, *American Journalism: A History, 1690-1960;* Ted Ownby, *American Dreams in Mississippi: Consumers, Poverty and Culture, 1830-1998;* Hortense Powdermaker, *After Freedom: A Cultural Study in the Deep South;* Theodore Roosevelt, *The Rough Riders;* Richard Schweid, *Catfish and the Delta: Confederate Fish Farming in the Mississippi Delta;* John Ryan Seawright, 'Slavery Onstage', in *The Oxford American*, nummer 21 en 22; Vernon Lane Wharton, *The Negro in Mississippi, 1865-1890*, en C. Vann Woodward, *Origins of the New South, 1877-1913*. De grappige opvattingen van de kakkerlak die op de toetsen van de schrijfmachine rondspringt, zijn ontleend aan gedichten van Don Marquis, die in 1916 voor het eerst zijn verschenen in de *New York Sun*.

Veel dankbaarheid ben ik verschuldigd aan de velen die mij hulp hebben geboden bij mijn onderzoek, en vervolgens hun geestelijke steun en vriendschap toen ik bezig was aan het boek. Vooral aan Luis Costa, S. Gale Denley, Scott Ellsworth, John Evans, Gail Freeman, John en Renee Grisham, Caitlin Hamilton, Sloan Harris, Jere Hoar, Lisa en Richard Howorth, Kathi Lamonski, Hugh en Mary Dayle McCormick, Teri Steinberg, Sarah Williams en J.K. Yarbrough heb ik veel te danken. Voorts gaat mijn dank uit naar de Californian State University in Fresno en de University of Mississippi.

Ten slotte wil ik in het bijzonder mijn redacteur en vriend Gary Fisketjon dank zeggen, omdat hij in meer dan een opzicht veel voor me heeft betekend.

~~22,90~~ € 9,50 1001